COLLECTION « LES ÉTRANGÈRES »
DIRIGÉE PAR FRANÇOISE TRIFFAUX

Le Poids de l'eau, Anita Shreve, 1997
Mauvaise mère, A.M. Homes, 1997
Appelle-moi, Delia Ephron, 1997
Un été vénéneux, Helen Dunmore, 1998
De l'autre côté du paradis, Dawn Turner Trice, 1998
Les Consolatrices, Nora Okja Keller, 1998
Le Don de Charlotte, Victoria Glendinning, 1999
L'Africaine, Francesca Marciano, 1999
La Femme perdue, Nicole Mones, 1999
Ils iraient jusqu'à la mer, Helen Dunmore, 2000
Céleste et la chambre close, Kaylie Jones, 2000
Cafard, vertiges et vodkas glace, Kate Christensen, 2000
Un seul amour, Anita Shreve, 2000
Le torchon brûle, A.M. Homes, 2001
Malgré la douleur, Helen Dunmore, 2001
Oublier Cuba, Ivonne Lamazares, 2001
Nostalgie d'amour, Anita Shreve, 1994, rééd. 2001
Pénélope prend un bain, Gohar Marcossian, 2002
Fuji nostalgie, Sara Backer, 2002
Ultime Rencontre, Anita Shreve, 2002
Je ne suis pas là, Slavenka Drakulić, 2002
La Faim, Helen Dunmore, 2003
L'Envers du miroir, Jennifer Egan, 2003
Casa Rossa, Francesca Marciano, 2003
Petite musique des adieux, Jennifer Johnston, 2003
La Maison du bord de mer, Anita Shreve, 2003
Les Insatiables, Diane McKinney, 2003
L'Égale des autres, Laura Moriarty, 2004
Imani mon amour, Connie Porter, 2004
L'Objet de son désir, Anita Shreve, 2004
Les Petits Avions de Mandelstam, Helen Dunmore, 2005
Jours de fièvre et d'attente, Annie Ward, 2005
Une lumière sur la neige, Anita Shreve, 2005
Dépendances, Kaylie Jones, 2006

FLEURS DE YA-YA

DU MÊME AUTEUR

Les Divins Secrets des petites Ya-Ya, Belfond, 1998, et Pocket, 2002

REBECCA WELLS

FLEURS DE YA-YA

Traduit de l'américain
par Daphné Bernard

belfond
12, avenue d'Italie
75013 Paris

Titre original :
YA-YAS IN BLOOM
publié par HarperCollins Publishers Inc., New York

Si vous souhaitez recevoir notre catalogue
et être tenu au courant de nos publications,
vous pouvez consulter notre site internet :
www.belfond.fr
ou envoyer vos nom et adresse,
en citant ce livre,
aux Éditions Belfond,
12, avenue d'Italie, 75013 Paris.
Et, pour le Canada,
à Interforum Canada Inc.
1055, bd René-Lévesque-Est,
Bureau 1100,
Montréal, Québec, H2L 4S5.

ISBN : 2-7144-4173-4

À ma mère et en mémoire de mon père,
et pour Thomas, dont l'amour me soutient.

Au plus profond de leurs racines,
Les fleurs conservent la lumière.

Theodore ROETHKE

Un petit cadeau d'amour

Vivi, janvier 1994

Je m'appelle Viviane Abbott Walker. À soixante-huit ans je n'en parais que quarante-neuf. Depuis 1975, je trafique mes permis de conduire en y collant la fabuleuse photo où j'ai encore une masse de cheveux et où je ressemble à Jessica Lange. Jamais un policier n'a eu le mauvais goût de m'en faire la remarque. J'aime à me considérer comme la reine des Ya-Ya, la confrérie dont je suis membre depuis l'âge de quatre ans. Mais en fait, nous sommes toutes reines. Les Ya-Ya ne forment pas une monarchie mais une Ya-Ya-cracie de quatre membres. Caro, qui est la femme la plus vivante que je connaisse, bien que son emphysème l'oblige à être reliée la plupart du temps à une bouteille d'oxygène. Teensy, sans doute la plus sophistiquée d'entre nous, même si elle l'ignore, est toujours jolie comme un cœur. Je ne sais jamais si elle est à Thornton – en plein centre de la Louisiane, où nous avons toutes grandi – ou à Paris ou à Istanbul. Enfin Necie, notre chère et douce Necie, qui continue à présider nos œuvres de charité de la paroisse, pour ne pas dire de toute la Louisiane.

Ya-Ya nous avons grandi, Ya-Ya nous avons élevé nos gosses – les Petites Ya-Ya – et accueilli nos petits-enfants, les Très Petites, dans ce monde doux et dingue. Nous nous sommes entraidées et soutenues aux pires moments de nos existences. À une exception près toutefois : nous n'avons pas encore enterré nos maris. En fait, Caro a bien tenté d'occire Blaine quand elle a découvert qu'il était pédé, mais finalement elle a changé d'avis : son petit ami était trop marrant et Blaine trop bon cuisinier.

C'est grâce aux Ya-Ya que je me suis réconciliée avec ma fille aînée, Siddy, alors que nous étions sur le point de nous brouiller pour de bon. Elles ne supportaient pas de nous voir fâchées, les chers cœurs ! D'après Siddy, c'est leur triple intervention et la découverte du journal que je tenais dans mon enfance – intitulé pompeusement « Divins Secrets » – qui l'ont aidée à me comprendre. Et à admettre que je l'aimais – quoique j'aie été ce qu'on peut appeler une mère « inégale ». Mais ma fille aime bien dramatiser.

Elle a surtout aimé les photos de mon journal intime. Pour moi, une photo n'est qu'une image. Mais Siddy a la manie de tout analyser. Pourtant, ce matin, c'est moi qui ai envie d'étudier un cliché. Le comble, c'est qu'il s'agit d'une photo où figure ma mère.

Je me suis réveillée avec un souvenir très précis en mémoire. Ce n'était pas un rêve, mais une image très nette de ma mère entourée de fleurs. Cela a déclenché tout un processus dans ma tête. Mais il m'a fallu une tasse de café avant de commencer mes recherches. Dans cette maison, on ne peut pas dire que les photos soient rangées. En fait, il faudrait les compétences d'un archéologue pour mener à bien les fouilles. J'ai été trop occupée à vivre pour rester assise pendant des heures à classer des photos dans des albums de famille. Je suis débordée. J'ai beau avoir une carte senior, je ne suis pas à la retraite. Ni même sur le point de l'être ! Non mais ! Je suis occupée, très occupée, archi-occupée ! Gym au club tous les jours. Parties de *bourrée*[1] avec les Ya-Ya. Croisières avec Shep. Et je passe du temps dans le jardin. Mon mari y travaille tellement que, si je veux le voir, je dois – pour la première fois de ma vie – enfiler des gants de jardinage et bêcher ou enlever quelques mauvaises herbes. D'après lui, je vais y prendre goût. D'après moi, il n'y a pas de mal à faire semblant. Je vais aussi à la messe le samedi après-midi. À confesse deux fois par mois. Je lis tout ce qui me tombe sous la main (sauf les ouvrages de science-fiction, qui me donnent des cauchemars). Ah ! Et je joue au tennis avec Teensy et Chick. En résumé, je pète le feu. Solide comme un roc, je suis. Mon foie est en grande forme, à la surprise des médecins. Mon seul problème : un peu d'arthrite dans les mains. Je vais ressembler à ces Chinoises qui vivent jusqu'à cent quarante ans sans cesser de boire ni de fumer.

Oh, il y a bien des choses qui me chiffonnent, mais c'est difficile de mettre le doigt dessus. Parfois, allongée sur mon lit, je me demande si je n'ai pas oublié le rappel contre la typhoïde des enfants ou leur visite annuelle chez le dentiste. Quelque chose que j'aurais dû faire et que j'ai oublié. Ou alors je me dis que j'aurais dû demander à Siddy, à Little Shep, à Lulu ou à Baylor ce qu'ils auraient souhaité pour avoir l'impression d'être vraiment aimés. Mais je ne creuse pas le sujet, merci beaucoup. Je préfère suivre les sages

---

1. Sorte de poker local. *(N.d.T.)*

conseils de Necie : « Ne songe qu'à des choses rose et bleu. »

Après une tasse de café bien fort, j'ai commencé à fouiller les tiroirs du vaisselier où je mets la plupart des photos de famille. J'ai prié saint Antoine, le saint patron des objets perdus, et il m'a aidée à trouver ce que je cherchais. Le cliché était coincé au fond du tiroir, légèrement froissé, mais bien là. Une des choses que j'apprécie dans le catholicisme, c'est qu'il y a un saint pour tout. Quand Siddy ne trouve pas le saint adéquat, elle l'invente. Comme sa sainte Madge de la Menstruation. À une époque, j'aurais trouvé ça blasphématoire. Aujourd'hui, ça me paraît original.

J'ai emporté la photo et une seconde tasse de café près de la fenêtre du petit salon d'où j'ai vue sur le bayou de Pecan Grove, notre plantation, et je me suis assise pour réfléchir.

Sur la photo, que j'ai prise avec mon Brownie, ma mère tient la cheville de ma fille aînée de sa main gauche. Ce jour-là trois générations étaient réunies, car même si l'on ne me voit pas j'étais présente. Siddy était alors un petit ange d'un an. J'adorais la robe rose que ma mère lui avait confectionnée. Quand je lui ai fait remarquer : « Ce tissu a dû coûter une fortune ! » elle m'a répondu, avec son éternelle voix de martyre : « Je préfère dépenser mon argent pour les enfants plutôt que pour moi. » Dire que cette robe était ravissante serait au-dessous de la vérité. Elle était coupée dans le coton le plus fin, avec un col en lin blanc irlandais et un plastron délicatement brodé. La jupe, en forme de cloche, descendait juste au-dessus des chevilles. Un peu longue, mais ma mère préconisait les vêtements « qui grandissent avec les enfants ». Cette robe donnait à Siddy un air de princesse, l'éloignait du commun des mortels. Elle avait l'air de sortir d'un tableau de grand maître ou de l'un de ces peintres français spécialisés dans les portraits de l'aristocratie.

Siddy ne semblait pas née de mon corps. Pour la première fois j'avais l'impression que c'était une personne à part entière, que le cordon était coupé. C'était fort désagréable. D'ailleurs, je ne m'y suis toujours pas habituée – une des raisons pour lesquelles je dois faire attention quand nous sommes ensemble. C'est ce qu'elle m'a expliqué. Ce n'est pas un hasard puisqu'elle a passé des millions d'années en thérapie et qu'elle a lu bien plus de livres que moi sur le sujet. Les choses tristes ne font pas partie de mes obsessions.

On prétend que le rose ne va pas aux rousses. Quelle ânerie ! Mon bébé, avec ses petites boucles rousses qui illuminaient son visage, était la preuve du contraire.

Si je n'avais pas été de nouveau enceinte, j'aurais passé plus de temps à mieux connaître mon aînée à tête de dauphin. Elle était superbe mais elle avait un grand front. Je la surnommais « mon bébé Einstein ». Je savais qu'elle serait un génie. Dans quel domaine ? Je l'ignorais. Mais à coup sûr Siddalee Walker marquerait le monde.

D'immenses yeux marron qui viraient au vert en vous regardant. Une petite bouche parfaite. C'était bien avant sa chute et sa petite cicatrice sur la lèvre. Maintenant qu'elle est grande et belle, elle la dissimule savamment avec du lip liner. Bébé, elle prenait un air si intense qu'une ride barrait son front comme un orage ou une dépression tropicale. À la façon dont elle dévisageait les gens et les choses, il était évident qu'elle était mon petit génie. Parfois, je lui disais « Ne me regarde pas comme ça » alors qu'elle ne savait pas encore parler. Cette enfant a dû saisir ce que je lui disais dès sa naissance. Quand Siddy me fixait comme si elle voulait me comprendre, elle se figeait. Ça me rendait folle. Je ne le supportais pas. Je la soulevais en l'air, la secouais pour briser cette intensité et lui faire retrouver une expression normale.

J'adorais ses dix petits doigts de pied si bien formés, les dix petits doigts de ses mains, si parfaits. J'adorais la couleur de sa peau. Celle d'une vraie rousse, tout comme j'ai le teint d'une vraie blonde. Elle avait une peau de lait. Impossible de la mettre au soleil. Dès son tout jeune âge je l'en ai protégée. Avant même qu'on découvre les horribles dégâts que les bains de soleil peuvent causer. Je lui mettais un petit chapeau à bord. En fait, ce jour-là, je le lui ai enlevé pour la photo et remis immédiatement après. Aujourd'hui, les mères n'ont pas le temps de s'occuper de chapeaux. Et regardez ce qu'est devenue Siddy : un metteur en scène de théâtre reconnu et une épouse heureuse qui paraît dix ans de moins que son âge. Son teint, simplement divin, c'est à moi qu'elle le doit.

Sur la photo, ma mère est penchée en avant et tient Siddy. Elle porte une jolie robe empesée en lin bleu marine et a soigné sa coiffure. Les feuilles fraîchement ouvertes des sycomores, encore jaunes et translucides, chatoient sous le soleil. La jeune herbe est d'un vert tendre et une centaine de pensées de toutes les couleurs nous dévisagent depuis leurs plates-bandes. Une journée idéale d'avril. Mère m'avait demandé de lui amener Siddy pour lui offrir cette robe. Non pas comme cadeau d'anniversaire. Ni pour qu'elle la porte le dimanche de Pâques. C'était juste une idée qui lui était passée par la tête. Un petit cadeau d'amour.

— Quand j'ai vu le modèle dans un magazine, je me

suis dit que je serais capable de le réaliser. Comme je ne voulais pas qu'une autre petite fille de notre paroisse ait la même, j'ai apporté quelques changements. Elle te plaît ?

— Mère, elle est vraiment superbe. Aussi jolie qu'un gâteau d'anniversaire.

C'était dix mois après que papa se fut tué dans un accident de voiture en rentrant de son cabinet d'avocat. Nous étions assises dans les fauteuils à bascule près de la cheminée de la grande cuisine de ma mère. J'ai eu l'impression que la confection de cette robe l'avait aidée à se changer les idées. Si elle avait été une femme différente, elle aurait cousu cette robe pour elle-même et non pour sa petite-fille.

On a posé Siddy sur la table ronde en chêne et on lui a délicatement enfilé la robe par la tête. Mère avait acheté d'élégantes socquettes bordées de dentelle et des chaussures en cuir blanc d'une douceur infinie. Je les ai pressées contre ma joue et j'ai respiré l'odeur du cuir et du satin qui doublait l'intérieur. J'ai songé que ma mère adorait les contes et qu'elle croyait aux fées. Je ne l'écoutais jamais quand elle m'en parlait, mais là, je lui ai dit :

— Mère, ces chaussures pourraient avoir été fabriquées par des fées.

Elle a souri.

— Ce n'est pas impossible.

J'ai eu un coup au cœur en voyant ses yeux briller de plaisir.

Ce n'était pas le genre de mère à avoir ce type de réaction. Quand j'y repense, je suis encore émue. Je n'ai qu'un vague souvenir de ces années. C'est pourquoi cette photo si nette a une telle importance. Tandis que je mettais au monde cinq gosses en trois ans et huit mois – y compris le jumeau de Siddy, un bébé que j'ai perdu –, mes hormones ont dansé le plus étrange des tangos. Il m'a fallu le reste de mon existence pour me remettre de ces maternités aussi rapprochées. L'une après l'autre et une autre après encore. Aucune pause durant toute cette période. Couches sales, manque de sommeil, et un mari la plupart du temps absent, occupé à chasser le canard.

Bien que je n'aie pas hérité de ses dons, ma mère était une excellente jardinière. En ce début d'avril son jardin était magnifique. Nous nous y sommes promenées au milieu de forsythias dorés, d'azalées d'un rose éclatant et de grappes de jonquilles sauvages, et, après avoir considéré plusieurs emplacements pour prendre la photo, nous avons choisi le vieux mur en ciment près de la grange. Juste à l'endroit où le mur était fissuré, et où du jasmin s'entrelaçait si intimement à du chèvrefeuille qu'il était impossible de dire où l'un se terminait et l'autre commençait. Et leurs feuilles étaient si touffues qu'elles cachaient presque la fissure. Nous n'avions aucune raison d'être spécialement élégantes – c'était le milieu de la semaine, sans fête en perspective –, sauf que mère avait fait cette robe pour Siddy. Il en émanait quelque chose de magique. La sortir du papier de soie qui l'emballait dans le carton rose m'avait donné envie de me changer. J'étais rentrée chez moi pour enfiler ce que j'avais de mieux – un ensemble en lin couleur kaki, constitué par une élégante tunique tombant au-dessus de la jupe droite qu'enflait mon gros ventre. La plus élégante robe de grossesse que j'aie jamais vue. Je l'ai fait copier encore et encore dans différentes couleurs de lin et de soie pour mes grossesses successives. Noir, blanc, beige, kaki. Avec ces couleurs, impossible de se tromper. Surtout qu'à l'époque il n'y avait guère d'autre choix – sinon celui de porter ces choses ridiculement gentillettes qui vous transformaient en une petite fille ayant avalé un ballon de basket. Et j'aurais préféré mourir plutôt que d'avoir l'air d'une baleine engoncée dans un boubou sous prétexte que j'étais enceinte. À l'heure actuelle, les futures mères suivent la mode et arborent leurs seins et leurs gros ventres avec des airs de déesses. Et elles sont sexy ! Ce n'était pas le cas dans les années 1950, quand j'ai eu mes enfants, mais je faisais le maximum. Et ce jour-là, j'étais en beauté.

Il était près de onze heures quand la photo a été prise. Un moment de détente qu'on s'offrait, ma mère et moi. La robe méritait d'être immortalisée, tout comme cette magnifique journée. Le soleil, le ciel, les arbres, les petites violettes éparpillées sur la pelouse, la glycine réclamaient à tue-tête : « Regardez-moi, souvenez-vous de moi. »

Et je m'en souviens. Avril 1954. J'avais vingt-huit ans, ma mère cinquante-quatre.

En prenant la photo, j'ai pensé : maman, je t'en prie, détends-toi et souris. Juste une minute, n'aie pas l'air de travailler trop, d'en faire trop. Pour une fois, relaxe-toi, comme si tu étais aussi épanouie qu'une de tes précieuses fleurs. Ne t'en fais pas pour Siddy. Elle est forte. Amuse-toi, bon sang ! Mais je n'ai rien dit d'autre que « Souris ! »

Sur la photo, on ne peut pas voir que Siddy était née jumelle. Rien ne l'indique. Impossible de deviner que quelqu'un est mort. On imagine une famille comblée : ma mère, mon bébé et moi. Les feuillages sont verts.

Étonnamment verts. Sans doute étions-nous à la fin du printemps, et je confonds les mois. Les arbres, dressés dans le soleil, semblent fiers de servir de fond de verdure à la robe rose et aux quelques cheveux roux de l'enfant qui deviendra la femme accomplie et épanouie qu'elle est aujourd'hui. L'alliance de maman brille au soleil et les veines de ses mains sont légèrement gonflées, mais elle tient la petite cheville de Siddy avec une grâce infinie. Sa main est si féminine. C'est drôle : je n'ai jamais trouvé que ma mère était féminine. Pourtant, à regarder sa main sur la photo, c'est évident. Tant de féminité. Sans aucun artifice, mais du genre qu'on remarque chez une femme qui a vécu et travaillé et a été trahie et a essayé d'aimer malgré tout. Le genre de féminité qui transparaît déjà dans votre bébé. Et qui vous donne la force de vivre – comme chez les Ya-Ya, mes amies depuis des siècles. Le genre de féminité qu'on voudrait avoir en soi tout le temps.

À cette époque, maman me portait sur les nerfs. Et ça durait depuis vingt-huit ans. Mais ce jour-là, j'étais heureuse d'être avec elle. Juste nous trois. Nous faisions partie d'un club mère-fille très fermé dont seules maman, Siddy et moi pouvions être membres. Après, nous avons grignoté des petits sandwichs au concombre et des sablés en forme d'animaux que maman avait recouverts d'un glaçage rose. Elle a toujours été bonne pâtissière. Sa cuisine embaumait la bouillie d'avoine, le pain frais, le beurre de cacahouète. Rien que d'être assise près du fourneau à respirer ces bonnes odeurs vous redonnait le moral. Cela m'arrivait souvent, surtout après mon mariage. Pendant les six mois qui ont suivi la cérémonie, maman a préparé tous les dîners pour Shep et moi. Jusqu'au jour où il a découvert que je m'attribuais ce que maman nous préparait :

— Il faut que ça s'arrête. Je vais t'apprendre à cuisiner.

C'est ce que mon mari a fait. Sacrément bien ! Comment accommoder le poisson, la viande, et tous les gibiers de Louisiane ? Comment doser les épices et les saveurs ? J'ai appris tout ça et je suis passée à l'action. Aidée par Willetta, notre bonne, c'est vrai, mais j'ai toujours nourri mes quatre enfants quoi qu'il ait pu arriver.

Siddy était assise dans sa chaise haute et je jure qu'elle n'a rien renversé sur sa ravissante robe. Je voulais la lui enlever avant de la nourrir mais maman a objecté :

— Oh ! non, mettons-lui un bavoir et tout ira bien.

Et tout s'est bien passé. Les choses auraient pu tourner au vinaigre entre ma mère et moi, mais non. Sans doute grâce aux fleurs. Ma mère était persuadée que les fées avaient élu domicile dans les fleurs. C'est ce qu'elle disait à Siddy. Ces jours derniers, durant lesquels j'ai passé beaucoup de temps dans le superbe jardin créé par Shep, je me suis parfois dit qu'elle avait peut-être raison. Les fleurs, les plantes, les arbres, un peu comme des créatures magiques, dégagent une forme d'énergie et nous protègent de nous-mêmes, des démons qui veulent nous manger tout cru. Les fées, prétendait ma mère, sont petites mais fortes. Elles ignorent la différence entre le travail et les jeux. Pour elles, c'est la même chose. Tout n'est que jeux. Ma mère s'y connaissait en graines, en bourgeons, en plantes grimpantes et en botanique. Elle savait sans doute d'autres choses que je n'apprendrai jamais. À moins d'un miracle.

LES GRAINES DE L'AMITIÉ

La légende de Teensy
et de sa noix de pécan

Juin 1930

Au commencement était le mot. Et le mot était « pécan ». Ou était-ce « narine » ?

Des millions d'histoires circulent dans Ya-Ya City, mais celle que les Ya-Ya Jolies préfèrent s'appelle « Comment Vivi a rencontré Teensy ». Les enfants demandaient à leurs mères de la leur répéter sans cesse. Si elles omettaient un épisode, leur progéniture les forçait à revenir en arrière et à l'inclure. Elles avaient le droit de broder, mais pas de sauter un élément essentiel.

Il en est ainsi des légendes. On peut les enjoliver, mais pas oublier leurs fondements.

Tout a commencé avec la rencontre entre Vivi et Teensy.

Teensy a quatre ans. Sa maman l'adore, elle est pourrie gâtée par son père, et son frère Jack ferait n'importe quoi pour sa petite sœur. Teensy Whitman n'obéit à personne.

C'est un jour d'été et la petite fille s'ennuie. Elle en a assez de sa corde à sauter, ses poupées la barbent et ses livres de contes l'énervent. Ses jouets ne l'amusent plus. Alors, pour se distraire, Teensy enfonce un pécan – encore dans sa coquille – dans son nez.

Il faut savoir que ce pécan-là n'est pas une de ces petites noix à la chair tendre. C'est un gros et vieux pécan, dur et sec à l'intérieur. Un mastodonte de la taille d'une pièce de cinquante cents.

Quoi qu'il en soit, Teensy réussit à l'enfoncer si loin dans sa narine gauche qu'elle ne peut plus le retirer. La noix est bel et bien bloquée et personne ne peut rien y faire. Ni Geneviève, la mère de Teensy, qui vient du bayou et qui, au début, a pris ça à la rigolade. Ni Shirley, leur bonne, qui après avoir enveloppé le nez de Teensy dans un linge chaud presse dessus. Et certainement pas le père de Teensy, qui trône dans son immense bureau à la banque où Geneviève, paniquée, a conduit leur fille.

M. Whitman préside une importante réunion d'hommes d'affaires où il est question de grosses sommes d'argent quand Geneviève fait irruption avec Teensy et son pécan. Tour à tour Geneviève et Teensy lui expliquent le problème, la voix de Teensy résonnant d'une façon bizarre à cause de sa narine bouchée. À leurs yeux, M. Whitman est si important qu'il peut sûrement faire quelque chose. Mais le père de Teensy se lève et s'exclame :

— Sacré nom ! Je suis banquier, pas médecin ! Allez voir immédiatement le docteur Mott !

Puis il s'excuse auprès de ses clients, qui regardent, sidérés, la petite fille au pécan coincé dans le nez.

Geneviève emmène sa fille directement au cabinet du docteur Mott. Teensy ne s'en fait pas. Au contraire, elle s'amuse beaucoup et respire par son autre narine. D'ailleurs elle adore attirer l'attention sur elle. C'est le genre de petite fille qui préfère être la vedette plutôt que de boire ou de manger. En chemin, elle interpelle tous les passants en criant : « J'ai coincé un pécan dans ma narine ! Et personne ne peut l'enlever. » Et elle montre son nez en même temps.

Dans la salle d'attente, où les sièges sont durs et où il n'y a pas de magazines comme chez les médecins actuels, sont assises Vivi Abbott et sa mère, Buggy. Buggy s'appelle en réalité Mary Katherine mais sa mère Delia l'a surnommée « Buggy » car, tout bébé, elle prétendait vaticiner. Aux yeux de Delia, un enfant encore au berceau capable de délires prophétiques ne pouvait être que *buggy*, c'est-à-dire zinzin.

Vivi souffre d'une otite estivale, la pire sorte puisqu'elle vous interdit de vous baigner ou même de vous mouiller la tête. Buggy veut que le docteur Mott (qui a mis Vivi au monde) examine l'intérieur de l'oreille de sa fille avec son petit instrument surmonté d'une lampe et lui dise que faire. Teensy se plante au centre de la salle d'attente, se met les mains sur les hanches d'un air insolent, puis tourne lentement sur elle-même pour que tout le monde la remarque. Ensuite elle s'assied sur le divan à côté de sa mère. Elle lisse sa robe, la plus jolie robe que Vivi ait jamais vue en dehors de celles que l'on voit dans les films, une robe amidonnée à rayures bleues et blanches avec un plastron à smocks entrelacés de rubans.

Teensy ressemble à une héroïne de roman. Elle est petite et porte des richelieus en cuir noir munis de petits œillets et des socquettes en dentelle blanche. Des chaussures habillées, Teensy ne supporte que ça, et ce sera ainsi toute sa vie. Sinon, elle préfère encore marcher pieds nus. Ses cheveux sont noirs et bouclés, ses yeux si extraordinairement foncés qu'on peut dire qu'ils sont noirs.

Vivi, assise à côté de Buggy, une main sur son oreille malade, observe attentivement tous les mouvements de Teensy. Finalement, à sa plus grande joie, elles échangent un regard. Alors Teensy s'avance hardiment vers Vivi et sa mère. Elle s'arrête en face d'elles, et, une main posée sur sa hanche, elle déclare d'une voix fière empreinte d'un léger accent cajun :

— J'ai enfoncé un pécan dans mon nez et personne ne peut l'enlever. Mais je respire quand même. Regardez !

Elle prend une grande inspiration et souffle par sa narine indemne, avec l'aplomb d'une championne olympique. Puis elle se penche pour qu'elles admirent son trophée :

— Regarde ! dit-elle, le visage à une dizaine de centimètres de celui de Vivi, il ne sortira jamais. *Mais jamais*[1] !

Geneviève s'approche de sa fille pour la corriger :

— Tu parles encore bayou ?

Puis elle explique à Vivi et à Buggy :

— Surtout, pas un mot à mon mari. Il nous interdit de prononcer un mot de cajun.

Elle lève les bras au ciel et, dans un soupir :

— *Eh bien, ma foi*, que peut-on y faire ?

Sur ce, Geneviève adresse un grand sourire à Vivi et à Buggy et s'agenouille près de sa fille, qui, par pur plaisir, tâte délicatement son pécan. Cette noix me rend importante, pense la petite fille. Si j'ai réussi à

1. Les mots ou expressions français en italique sont en acadien dans le texte. *(N.d.T.)*

enfoncer un aussi gros pécan dans mon nez, c'est que le monde m'appartient.

— *Chère*, ton père a appelé le docteur et il va nous prendre tout de suite. Allons, je t'en prie, cesse de toucher à ton pécan. Tu ne veux pas l'enfoncer encore plus. *Bien* ?

Teensy ne bouge pas son doigt. Geneviève s'adresse à Buggy :

— Je vous prie d'excuser ma *fille* de vous avoir dérangée.

Puis, prenant la main de Teensy (celle qui ne touche pas le pécan), Geneviève lui dit :

— *Chère*, fais des excuses à *madame*.

Mais Teensy se contente de fixer Buggy en se penchant tant qu'elle peut vers elle. Elle fronce son nez, pécan compris.

Puis, s'adressant à Vivi :

— Tu veux le toucher ?

Vivi en meurt d'envie. Elle tend la main mais, avant d'avoir pu atteindre le nez de Teensy, Buggy lui donne une tape :

— Je t'interdis d'y toucher, Viviane Abbott ! Tu es ici pour ton mal d'oreille et non pour tâter des objets bizarres que de vilaines petites filles ont fourrés dans leur nez.

Pour Buggy, toucher le pécan de Teensy c'était risquer d'infecter le conduit auriculaire de Vivi.

Elle dévisage Teensy comme si elle pouvait lui faire entendre raison :

— Enfant, pourquoi as-tu mis cette noix dans ton nez ?

— Pour voir si elle tenait, répond Teensy en lui faisant une vilaine grimace.

Puis la radieuse petite créature éclate de rire. Si fort

que Vivi a l'impression d'entendre une cascade. Elle se met à l'imiter et, pour la première fois depuis deux jours, elle oublie son otite.

À ce moment, l'infirmière pénètre dans la salle d'attente pour annoncer :

— Mme Whitman, le docteur va vous recevoir tout de suite.

Geneviève se tourne vers Buggy :

— Ravie d'avoir bavardé avec vous.

Puis, se penchant vers Vivi, elle lui caresse légèrement l'oreille.

— *Se rétablir, chère.* Remets-toi vite, mon enfant.

Pendant une minute, Vivi se croit à la fête patronale de la Saint-Blaise, quand le curé fait le signe de croix avec les cierges pour guérir ses maux de gorge. Sauf que cette fois, c'est une dame qui bénit son oreille.

Quand Teensy et Geneviève se dirigent vers le cabinet de consultation, Vivi ne les quitte pas des yeux. Teensy, qui s'est retournée, garde aussi son regard fixé sur Vivi. Au moment où elles sortent de la salle d'attente, Vivi court après elles.

— Reviens immédiatement, Viviane Joan Abbott, s'écrie Buggy, furieuse.

Vivi obéit à sa mère. Elle se rassied près d'elle. Oubliant son oreille douloureuse, elle balance ses jambes d'avant en arrière, persuadée que quelque chose d'agréable va lui arriver. Un frisson de bonheur l'envahit.

Buggy pose une main sur la cuisse de Vivi :

— Arrête ! Tiens-toi tranquille ! Conduis-toi comme une lady.

Buggy sort un mouchoir pour s'en tamponner le nez :

— La mauvaise éducation de ces deux-là ! Quelle conduite grossière. Oser nous passer sous le nez alors que nous poireautons depuis vingt minutes. C'est vraiment impoli.

Vivi ne songe pas à leur grossièreté, mais à la façon dont Teensy lui a décoché un clin d'œil. Un clin d'œil magique, d'un genre tel que peu de personnes sont capables de le réussir, quel que soit leur âge. Teensy sait fermer complètement son œil droit sans que le gauche palpite. À cet instant, Vivi est tombée amoureuse de Teensy Whitman. Ce clin d'œil est une promesse. Un message émanant des magnifiques yeux sombres de Teensy qui annonce : ce n'est qu'un début. Tu en verras encore bien d'autres.

Vivi commence à s'exercer à cligner de l'œil comme Teensy. À peine rentrée chez elle, elle projette de s'enfoncer quelque chose dans le nez. Pas aussi gros qu'un pécan dans sa coquille, mais au moins un haricot de Lima ou un dé à coudre. Ou même une des billes de son frère Peter. En cinq minutes, Teensy Whitman a persuadé Vivi que le monde est plus grand qu'elle ne le croyait. Vivi veut revoir la Princesse au Pécan le plus vite possible. Elle n'a que quatre ans, mais elle sait déjà qu'elle ne pourra plus se passer du rire de Teensy.

Quelques années plus tard, le docteur Mott sera mis au défi par un ami pédiatre de La Nouvelle-Orléans d'exposer en vitrine certains objets qu'il a retirés de corps d'enfants durant sa longue carrière.

Quand les Ya-Ya Jolies grandissent, elles vont avec leurs mères dans la clinique que le fils du docteur Mott a reprise et modernisée. Si elles ne sont pas trop malades, les gamines foncent droit vers la vitrine étiquetée « OBJETS ÉTRANGERS RETIRÉS DE CORPS D'ENFANTS » qui trône dans la salle d'attente.

Les objets sont exposés tels de précieux spécimens et, à chaque visite chez le jeune docteur Mott (ce qui arrive fréquemment, car les maladies enfantines ne cessent de ricocher d'un gosse à l'autre), la progéniture de Vivi les étudie comme si c'était la première fois. Siddy adore spécialement cette collection. Il y a le coin des monnaies : des pièces de cinq cents, de vingt-cinq cents, de cinquante cents et même un vrai dollar en argent. Il y a un dé à coudre, un petit taille-crayon métallique, un bouchon qui semble provenir d'un tube de Brylcreem. Chaque objet est daté. Mais le clou de l'exposition est le pécan de Teensy. Avec le temps, il a commencé à s'effriter légèrement mais reste encore intact. Exhibé dans une vitrine à part, il bénéficie d'un carton rédigé à la main : « Noix extraite de la narine gauche de Teensy Whitman. 18 juin 1930. »

Teensy est connue des enfants de Thornton. En fait, des tas de gosses ont appris son nom grâce à la vitrine du docteur Mott. Aussi, lorsqu'ils la rencontrent pour la première fois, ils commencent par lui demander :

— C'est vous la Teensy du pécan dans le nez ?

Un jour, des années plus tard, Vivi et ses quatre enfants sont assis dans la salle d'attente quand une femme se plaint à la réceptionniste de la vitrine aux trophées :

— Il faut absolument vous débarrasser de cette horrible chose. Ça ne peut que donner des idées aux enfants. J'insiste pour qu'on l'enlève. C'est d'un mauvais goût achevé et vraiment grotesque.

Finalement, Vivi, excédée par ces jérémiades, se lève.

— Écoutez, dit-elle à la dame, je ne veux pas vous interrompre, mais, ma chéériie, la vie est *grotesque.* Alors arrêtez vos récriminations et taisez-vous.

Pendant l'enfance des Petites Ya-Ya à Thornton, le pécan continuera à être exposé dans toute sa gloire. Non pas comme une bizarrerie mais comme un talisman commémorant la rencontre de Vivi Abbott et de Teensy Whitman, membres fondateurs des Ya-Ya. En grandissant, elles forgeront leur légende. Mais tous leurs secrets ne les empêcheront pas de vivre.

Les petites belettes du bon Dieu

Août 1930

Vivi et Teensy ne se connaissent que depuis deux mois et déjà elles s'entendent comme larrons en foire. Elles jouent ensemble chaque fois que Buggy le leur permet. De temps en temps, Vivi passe la nuit chez Teensy. Elle a fait la connaissance de son frère, Jack, et de Shirley, la bonne. Toute cette joyeuse maisonnée devient silencieuse en présence de M. Whitman, dont les apparitions sont heureusement rares. Geneviève leur a présenté « Coco Robichaux », un personnage inventé quand elle-même était enfant dans le bayou. Personne ne sait qui est Coco, où elle vit, ni à quoi elle ressemble. Mais c'est une vilaine, très vilaine petite fille qui est tenue pour responsable de tout.

Chaque fois qu'une des filles fait une bêtise, Geneviève s'exclame (suivant l'exemple de sa *mère*) :

— Oh, ce n'est sûrement pas toi qui as fait ça ! Il n'y a que Coco Robichaux pour être aussi méchante et se conduire aussi mal !

Coco Robichaux a tous les défauts possibles. Elle est le bouc émissaire idéal en toutes circonstances.

Ce qui rend Buggy furieuse :

— Vivi, arrête de tout mettre sur le dos de cette diablesse de Coco. Oui, c'est une véritable diablesse.

Pourtant, la manière dont Geneviève utilise Coco Robichaux a finalement un effet bénéfique sur Teensy et Vivi. Quand Geneviève blâme Coco pour une bêtise, elles baissent la tête et répondent en chœur :

— Oh, cette vilaine Coco ! Heureusement que ce n'est pas moi.

Bien sûr, elles en profitent, lui attribuant tous les torts. La seule personne avec qui Vivi ne s'aventure pas à l'utiliser est son père. Elle a essayé une fois et elle porte encore les marques de son martinet. Depuis, elle évite de mentionner Coco quand M. Taylor Abbott se trouve dans les parages.

Les filles n'arrêtent pas de parler de Coco en secret. Toujours à sa recherche, elles se tiennent aux aguets dans l'espoir d'apercevoir enfin cette insolente diablesse. Elles savent qu'elle n'existe pas pour de vrai, mais elles espèrent quand même. Elles aimeraient tant rencontrer une petite fille de leur âge qui pourrait faire plein de sottises et continuer à danser ! Une fois, elles croient la voir sous un chêne dont la mousse espagnole pend jusqu'à la rivière. Une autre fois, elles ont l'impression de la repérer près de l'arrière-boutique de l'institut de beauté de Miss Beverly où Geneviève fait coiffer ses magnifiques cheveux noirs. Mais Coco disparaît en quatrième vitesse. Et donc, elles ne sont pas plus avancées. En plus, cette incroyable Coco a le talent de s'évaporer quand elle le veut !

Si Coco Robichaux a le don d'être omniprésente et de prendre n'importe quelle forme, pourquoi n'irait-elle pas à la messe ? se demandent Vivi et Teensy. Elles décident donc de guetter leur magique amie à l'église de Notre-Dame-de-la-Divine-Compassion. Ce serait bien le genre de Coco que de se faire passer pour la petite fille la plus parfaite de la paroisse, pour ensuite faire des tas de bêtises en se moquant des gens qu'elle a bernés. Et quel bonheur de commettre ses méfaits dans une église !

Plusieurs dimanches de suite, Vivi et Teensy observent attentivement une petite fille assise avec sa nombreuse famille dans la partie de l'église appelée saint autel. La petite fille a neuf frères et sœurs, preuve que ses parents sont plus aimés de Dieu que ceux de Vivi ou de Teensy. Elle s'agenouille, prie, fait des génuflexions si parfaitement que Vivi et Teensy se persuadent qu'elle est l'incarnation de Coco ! Une Coco déguisée en sainte nitouche. Elles adorent ses longues tresses châtain foncé qui descendent jusqu'à sa taille, ainsi que le petit sac où elle enferme son missel et son chapelet. Si elles ont raison, il leur suffira de tirer sur sa natte pour qu'elle se révèle être la Seule et Unique Coco Robichaux. Ce serait un miracle ! Pendant des semaines, elles discutent de la gamine aux tresses dans le jargon que leur amitié a inventé. À quatre ans, elles ont déjà mis au point un langage codé que personne d'autre ne peut comprendre. Après s'être longuement consultées, elles conçoivent un plan comprenant des signaux à échanger et un minutage précis. Elles risquent gros, surtout Vivi, mais révéler la fausse splendeur de Coco Robichaux en vaut la peine.

Elles choisissent pour agir la grand-messe du vendredi 15 août 1930, jour de l'Assomption, ce jour béni où le corps de la Sainte Vierge s'est envolé jusqu'au ciel. Si une telle chose a pu se passer, alors il est sûr et certain que la mère de Jésus va les aider à démasquer la vilaine Coco déguisée en sainte nitouche.

À Notre-Dame-de-la-Divine-Compassion, chaque famille a son banc, selon une sacro-sainte tradition. Si quelqu'un d'étranger à la paroisse cherche à s'asseoir, il devra rester debout plutôt que de prendre le risque d'occuper une place réservée. Les Whitman – Geneviève, son mari Newton, leur fils Jack et Teensy – sont dans la partie Saint-Joseph de l'église, près de la chaire. Vivi et sa famille – Buggy, Taylor Abbott et son frère Pete – s'asseyent au cinquième rang, du côté du saint autel.

Oh ! comme Vivi et Teensy détestent se tenir tranquilles pendant la messe. Elles sont prises de crampes dans tout le corps. Rester immobile pendant une longue messe en latin n'est pas fait pour des gamines de quatre ans pleines de vie, qui ont envie de bouger, de sauter, de se tortiller, de danser le shimmy. Elles ont projeté de se déplacer en rampant sous les bancs.

La plupart des dimanches et des jours de fête, M. Abbott n'assiste pas à la messe. Il prétend aller à son bureau, alors qu'en réalité il monte à cheval au parc du Merle-Moqueur et boit du champagne avec d'autres cavaliers. Le dimanche précédent, en l'absence de son père, Vivi a plongé sous son banc et avancé de quelques travées. Se glisser vers sa place n'a pas été commode, mais elle y est arrivée. Seulement, une fois rentrée à la maison, Buggy s'en est prise à son petit derrière. De l'autre côté de la nef, Teensy a fait la même gymnastique, mais avec plus de chance. L'espace entre les prie-Dieu et les bancs est étroit, mais suffisant pour une fille de quatre ans. Les intrépides redresseuses de torts n'ont pas voyagé loin, mais elles savent maintenant que le passage sous les bancs va les mener à Coco Robichaux.

En ce jour sacré, Vivi et Teensy sont furieuses contre leurs mères qui les ont traînées à la messe alors qu'on n'est même pas dimanche ! Elles ont l'impression d'avoir été à l'église la veille. Quand Vivi a protesté, Buggy lui a expliqué :

— L'Assomption est la plus belle des fêtes. Comme la Vierge Marie était la mère de l'Enfant Jésus et qu'elle était pure, elle est montée au ciel dans toute sa gloire et non pas le corps grouillant de vers comme nous qui sommes nées avec le péché originel. Elle vivra à jamais au paradis en vaticinant. Et elle comprendra ses fidèles qui, comme moi, vaticinent, bien que personne ne m'écoute.

En fait, Vivi écoute tout à fait quand sa mère prophétise, parlant une langue secrète qu'elle n'utilise qu'en l'absence de son mari. « C'est le Saint-Esprit qui m'inspire cette façon de parler », a confié Buggy à sa fille. Au début, Vivi a cru à un jeu et s'est mise à baragouiner à l'adresse de sa mère, qui l'a aussitôt envoyée au lit sans dîner « pour s'être moquée du Saint-Esprit ». Aussi, désormais, quand sa mère commence à émettre ces sons effrayants, Vivi disparaît hors de sa vue.

Il fait chaud et moite en ce jour de l'Assomption, même avec toutes les fenêtres de l'église ouvertes. Vivi s'efforce de ne pas penser aux millions de vers grouillant dans son corps. Le père O'Donohue remplace le curé habituel, qui est au chevet de sa mère malade. Il se tourne vers l'assemblée et s'exprime en anglais en disant avec beaucoup de mots que la Sainte Vierge est montée au ciel parce qu'elle était pure, que le soleil l'avait habillée et qu'elle avait la lune à ses pieds. Vivi ne comprend pas tout ce qu'il dit, mais le passage où

Marie est coiffée d'une couronne d'étoiles lui plaît. Elle aimerait bien en avoir une à elle.

Quand le prêtre passe à la façon dont le Seigneur a réduit ses ennemis à néant, Vivi regarde l'autre côté de l'aile et croise le regard de Teensy. Celle-ci lui fait un clin d'œil, le signal prévu, et toutes deux plongent sous leurs bancs et se mettent à ramper. Elles ont agi si vite qu'elles disparaissent avant que leurs mères s'en aperçoivent. Fonçant à quatre pattes à travers Notre-Dame-de-la-Divine-Compassion, elles se glissent entre les pieds des fidèles, écrasent les chaussures des messieurs, frôlent les ourlets des dames. Elles se déplacent si vite que personne ne les attrape. Non pas que les gens n'essaient pas. N'est-ce pas M. Gremillion qui saisit le talon de Teensy pour l'obliger à se relever afin que tout le monde la voie ? Mais Teensy est trop rapide pour lui. Elle se dégage et continue son chemin.

L'église bruit des chuchotements des fidèles. Par respect, aucun n'ose se plaindre à voix haute, mais il y a des vagues de murmures, des grognements, des hochements de tête, des regards furibonds en direction de Buggy et de Geneviève, comme si la conduite éhontée des mères se répercutait dans le comportement de leurs filles. L'assistance n'a aucun doute sur l'identité des enfants responsables de ce chahut. Un coup d'œil à Teensy et à Vivi et vous savez tout de leur côté « survolté », pour dire les choses aimablement. Les deux filles sont insupportables : elles jacassent constamment, s'amusent à laisser tomber leur missel, posent leur chapelet sur leurs cheveux comme Cléopâtre sa tiare, jettent le bulletin de la paroisse dans l'allée pour le plaisir d'aller le ramasser. Certains membres de la congrégation se sont demandé si ces deux petites filles qui se tiennent si mal devaient vraiment assister à la messe. Mais Buggy et Geneviève estiment qu'il est important que leurs filles aillent à l'église, même si leur conduite n'est pas à proprement parler angélique.

En ce jour de l'Assomption, les deux mères se demandent si elles n'ont pas eu tort. Leurs filles se déplacent à plat ventre sous les bancs, à une vitesse record. Aussi rapides que des petites belettes du bon Dieu.

Ayant atteint le fond de l'église, Teensy traverse l'allée en courant pour passer de la partie Saint-Joseph au côté du saint autel. Ses petites chaussures blanches cliquettent sur le carrelage. La petite fille lutte de toutes ses forces contre une envie subite de faire des claquettes. Mais ça, personne ne le devine.

Ce qui suit, tous les fidèles en sont témoins. Les deux filles jaillissent du banc derrière Denise Kelleher et tirent si fort sur ses nattes qu'elle hurle. Elle se retourne, et Vivi et Teensy l'observent attentivement, s'attendant à ce qu'elle se transforme en Coco Robichaux la Grande. Après tout, si le pain et le vin peuvent se transformer en chair et en sang, pourquoi la petite fille ne deviendrait-elle pas leur héroïne ? Mais il leur suffit de voir la surprise, la peur, la douleur dans le regard de Necie pour savoir qu'elles se sont trompées. Vivi laisse échapper un hurlement que suit le cri aigu de Teensy. On dirait qu'elles inventent leur propre cérémonial sauvage.

Cette fille n'est pas Coco Robichaux. Coco, elle, rirait comme une hyène, puis les entraînerait jusqu'à l'autel principal. Et là, tandis que le père O'Donohue continuerait à discourir sur la pureté de la Vierge Marie, Coco Robichaux leur ferait entonner avec leurs voix aiguës d'enfants leur chanson favorite :

K-K-K-Katy, Belle Katy,
Tu es la seule fille que j'adore !

Puis Coco les inciterait à bousculer les enfants de chœur et à enlever leurs surplis rouges pour les enfiler. Elle monterait en chaire, pousserait le curé et chanterait à tue-tête. Oh oui, Coco serait une courageuse et folle petite Jeanne d'Arc !

Rien de tel avec Denise Rose Kelleher.

L'enfant est à l'évidence douce comme un agneau, aussi sage que l'image de sainte Thérèse. En voyant l'air affolé de Denise Rose Kelleher, les petites belettes du bon Dieu se cachent.

Mais déjà leurs mères les ont repérées et, totalement humiliées, entraînent les jeunes pécheresses vers la sortie latérale. Un bourdonnement collectif se répand dans l'église.

À peine une heure après avoir lavé et rangé la vaisselle du déjeuner, et placé des fleurs fraîches près de la statue de la Vierge Marie de l'entrée, Buggy appelle Mme Kelleher pour organiser un rendez-vous entre les mères, leurs filles et le père O'Donohue. « Il nous faut recevoir son absolution avant qu'il quitte Thornton », lui dit-elle.

Mme Kelleher et Buggy se sont rencontrées à la Société des femmes de l'autel. Membre dévoué, Buggy donne ses plus belles fleurs à l'église, allant même jusqu'à dénuder certains endroits de son jardin et à priver sa maison de couleurs et de senteurs. La maison de Dieu demande – non, mérite – ses fleurs. La raison même de leur existence n'est-elle pas d'honorer la Madone et le fruit bénit de ses entrailles ?

La mère de Necie, Rose Kelleher, est à la tête de la Société des femmes de l'autel de la Divine-Compassion. Elle sait tenir les réunions, distribuer les tâches. Elle connaît suffisamment les jardins de chaque membre pour leur demander de contribuer à la décoration de l'autel.

La réunion a lieu au presbytère le mercredi suivant. Vivi a été récurée, habillée et, après une bonne tape sur les fesses, elle a reçu des consignes précises quant à la façon de se tenir. Elle doit présenter ses excuses à Mme Kelleher et à sa fille, mais d'abord et surtout au père O'Donohue. Buggy est on ne peut plus claire :

— Les péchés mortels existent bel et bien, Viviane. Bien que tu n'aies pas encore atteint l'âge de raison, tu peux malgré tout brûler en enfer pour avoir blessé l'Enfant Jésus à l'église le jour même de l'Assomption où tu aurais dû vénérer Sa Mère. Il te faut maintenant confesser ton péché, faire pénitence et être pardonnée, si le père y consent.

Arrivées au vieux presbytère en brique situé en face de l'église, Buggy et Vivi sont conduites par une servante dans le bureau du curé. Elles s'asseyent dans une causeuse près de la fenêtre. Un instant plus tard, Mme Kelleher et sa fille font leur apparition. Buggy ne cesse de marmonner des prières. Mme Kelleher et sa fille prennent place dans des fauteuils inconfortables le long du mur, à l'opposé du bureau qui domine la pièce. Vivi fixe intensément la fille aux nattes en se demandant comment elle a pu prendre cette petite poule mouillée pour la courageuse et vaillante Coco Robichaux.

Bientôt, la dernière mère fait son entrée accompagnée de sa fille. Geneviève porte une robe couleur pêche avec une jupe à volants. Son chapeau est assorti et la façon dont il est perché sur sa tête proclame au monde que sa propriétaire n'a pas peur de brûler en enfer.

— *Bonjour*, madame Abbott, dit Geneviève en souriant à Buggy. *Bonjour*, mademoiselle Vivi.

Quel soulagement pour Vivi de voir Geneviève lui sourire. Peut-être, après tout, n'ira-t-elle pas brûler en enfer éternellement. La petite fille n'en éprouve que plus d'affection pour Geneviève.

Teensy regarde Vivi et montre les dents comme un animal sauvage. Vivi louche, tire la langue et éclate de rire, mais s'arrête net quand sa mère lui pince le bras.

Geneviève et Teensy occupent deux fauteuils à oreilles face au bureau.

Bientôt, le père O'Donohue, un homme trapu et musclé aux sourcils broussailleux et aux yeux bleu clair, entre et se glisse entre ses paroissiennes en faisant bruire sa soutane.

— Bonjour, mesdames et mesdemoiselles. Comment allez-vous en ce jour magnifique que le Seigneur nous offre ?

Il s'installe derrière son bureau, place ses mains en forme de pyramide et regarde les gamines à tour de rôle, attendant qu'elles parlent. Mais elles restent bouche cousue.

Finalement, Buggy prend la parole :

— Mon père, pardonnez à nos filles car elles ne savent pas ce qu'elles ont fait. J'ai passé ma vie à essayer d'inculquer à ma fille les principes de notre religion pour qu'elle honore de son mieux l'Enfant Jésus et la Vierge Marie. J'ai failli à ma mission.

Pourquoi ? Je l'ignore. Mais je trouve si consternant qu'elle se soit moquée de vous et de Notre-Seigneur de cette façon abominable que, depuis vendredi, il m'est impossible de dormir ou de manger.

La porte s'ouvre sur la servante qui apporte un plateau croulant sous les friandises : petits gâteaux au citron, pains d'épice et biscuits glacés au sucre, ainsi qu'une grande carafe de thé glacé sucré. Elle place le tout sur une petite desserte à côté du bureau.

— Eh bien, dit le prêtre, j'espère que vous vous permettrez de cesser de jeûner en notre compagnie. Je vous en prie, profitez des bienfaits du Seigneur.

Teensy bondit immédiatement et empile trois gâteaux au citron sur sa petite assiette en porcelaine aux armes des Chevaliers de Christophe Colomb. Elle se rassied et commence à manger, balançant ses jambes, ravie comme d'habitude de fourrer des sucreries dans sa bouche.

— *Merci, père*, fait Geneviève en s'approchant à son tour de la desserte, comme c'est *délicieux*.

Elle se sert un verre de thé, regagne son siège et en avale une gorgée. Après s'être tamponnée les lèvres avec une petite serviette en lin, elle dit :

— Le sermon que vous avez fait pour l'Assomption était *très inspirant, père*.

— Merci, madame Whitman. Je suis heureux d'apprendre qu'au moins une des fidèles présentes ici l'a apprécié.

— *Oui*, reprend Geneviève, tout le monde a pensé la même chose.

Buggy se racle la gorge.

— N'est-ce pas, madame Abbott ? demande Geneviève.

— Mon père, on aurait dit que le Saint-Esprit

lui-même l'avait écrit, fait Buggy enthousiasmée. C'est pourquoi il est d'autant plus honteux que ces petites filles de Marie aient ainsi péché.

— Absolument, dit le curé en se servant plusieurs tranches de pain d'épice et du thé glacé.

Il enfourne un gâteau au citron dans sa bouche et le fait passer avec une gorgée de thé. Puis il ajoute :

— Béni soit le Seigneur pour ces délices.

Enfoncé dans son fauteuil, il regarde les mères et leurs filles. Vivi et Teensy lui adressent de grands sourires. Buggy baisse la tête.

Le regard du prêtre s'arrête sur Necie :

— Denise Rose Kelleher, quel beau nom irlandais. Mademoiselle Denise Rose, que désirez-vous dire aujourd'hui ?

Necie rougit jusqu'aux oreilles. Il lui est impossible d'ouvrir la bouche.

Mme Kelleher tapote gentiment l'épaule de sa fille.

— Le père t'a posé une question, Denise.

— Oui, mère.

Mais elle ne réussit pas à parler au prêtre.

Le père O'Donohue tend la main vers la desserte, empile plusieurs pâtisseries sur une assiette et remplit un verre de thé. Il se lève et apporte le tout à Necie.

— Allons, ma fille, prends un gâteau. Et dis quelque chose. Tu es irlandaise, non ? Le bonimenteur n'a pas pu t'oublier.

Mme Kelleher se met à rire doucement, puis va se verser du thé. Elle observe sa fille et attend.

Le prêtre, qui a regagné sa place, prend une autre bouchée de pain d'épice.

— Eh bien, commence Necie d'une voix à peine audible, j'aimerais bien savoir, s'il vous plaît, pourquoi elles ont tiré mes nattes. Je ne leur ai rien fait. C'est parce qu'elles ne m'aiment pas ?

— Non ! s'écrie Teensy.

Elle en fait presque tomber son assiette de gâteaux au citron.

— Non ! s'exclame Vivi.

Elle jette un coup d'œil à Teensy avant de continuer :

— Voilà, c'est parce qu'on croyait, on pensait que tu étais quelqu'un qu'on connaissait.

— En fait, c'est parce qu'on veut jouer avec toi, dit Teensy. Mais tu es si sage que tu ne nous remarques même pas. Tu ne nous regardes pas après la messe, sur les marches de l'église. Tu fais comme si on n'était pas là quand on passe à côté de toi en allant à la salle paroissiale à l'heure de la collation. Tu te conduis comme une sainte miniature.

— Je ne suis pas une sainte miniature ! Bien sûr que je vous ai vues, toutes les deux !

— Alors, pourquoi tu ne joues pas avec nous ? demande Vivi.

— Vous ne m'avez jamais invitée.

— On t'invite maintenant ! dit Teensy. *S'il vous plaît.*

Le père O'Donohue s'essuie la bouche du revers de sa manche et observe tour à tour Vivi et Teensy.

— Alors, vous pensez que la meilleure façon de vous faire une amie c'est de lui tirer les cheveux ? S'agit-il là d'une coutume rare qui n'existe qu'à l'église de la Divine-Compassion de Thornton ?

— Non, mon père, répond Vivi.

— Non, *père*, répond Teensy.

— On s'excuse, font-elles à l'unisson.

— Ne me faites pas vos excuses, ce n'est pas mes

cheveux – ou ce qu'il en reste – que vous avez tirés. Mais les ravissantes longues tresses de Mlle Denise Rose Kelleher que vous avez failli arracher.

Teensy et Vivi échangent un regard avant de dévisager Necie :

— On s'excuse, disent-elles une fois de plus à l'unisson.

— Demandez-lui si elle vous pardonne, ordonne le prêtre.

— Est-ce que tu me pardonnes ? fait Vivi.

— Oui.

— Et moi ? reprend Teensy.

— Toi aussi, je te pardonne.

— Alors, dit le père, si Mlle Denise Kelleher vous pardonne, moi aussi. Mais je vous avertis : si vous recommencez un tour pareil dans l'enceinte de notre sainte église, vous ne vous en tirerez pas à si bon compte. Compris ?

— Oui, mon père, dit Vivi.

— Oh ! oui, mon père, répète Teensy en écho.

Les mères poussent un soupir de soulagement. Sauf Buggy, qui ne veut pas en rester là. Elle est la mère d'une fille coupable et elle se sent responsable :

— Mon père, je vous demande de tout mon cœur de pardonner la manière païenne dont ma fille s'est conduite pendant votre sermon d'une telle élévation d'esprit. Je vous supplie de la châtier. Je vous laisse libre de choisir sa punition. Merci, mon père.

Le prêtre observe Buggy un long moment.

— Madame Abbott, êtes-vous heureuse ?

Il se penche pour prendre encore un gâteau, qu'il fourre dans sa bouche sans pourtant quitter Buggy des yeux.

— Vous viendrez me parler, n'est-ce pas ? Pas en confession mais ici, au presbytère.

Buggy baisse la tête :

— Merci, mon père.

— Et maintenant, vous deux, dit-il en pointant un doigt long et fort en direction de Vivi et de Teensy, levez-vous et approchez.

Les deux fillettes obéissent.

— Dites-moi, au nom de tous les saints, pour quelle raison vous avez interrompu mon sermon en faisant un tel remue-ménage ? Donnez-moi juste une raison !

Vivi et Teensy se taisent. Elles aimeraient bien se consulter du regard mais, avec le prêtre en face d'elles, c'est impossible.

Vivi fait semblant de tousser, en espérant que le prêtre va croire qu'elle a un rhume. Elle tousse de nouveau. Et une fois encore.

— Voilà une très mauvaise imitation d'une personne malade, dit le père. Je t'ai posé une question.

Vivi n'est pas très sûre de ce que veut dire le mot « remue-ménage » mais elle décide de faire de son mieux. Elle réfléchit un moment et ses yeux brillent.

— On parlait en vatican, mon père. On voulait que Denise parle comme nous.

— Vaticination ! babille Teensy. Oui, mon père, on vaticinait.

— Le Saint-Esprit nous a dit de parler en vatican – je veux dire en vaticinant ! insiste Vivi.

Buggy se prend la tête dans les mains.

Le père O'Donohue continue à les observer, en s'essuyant le visage. Vivi et Teensy ne savent pas très bien ce qui va se passer. Geneviève émet un petit rire qui se transforme en couinement lorsqu'elle essaie de l'étouffer.

Finalement, le père O'Donohue secoue la tête. Il leur tourne le dos et contemple les livres alignés sur les rayonnages derrière le bureau. Elles l'entendent se mettre à rire, mais comme elles ne le voient pas de face, elles font semblant de rien.

— Ah, je vois. Des vaticinations ? Parce que le Saint-Esprit vous l'a commandé.

Le père O'Donohue baisse la tête et glousse légèrement :

— Quelque chose vous a pénétrées, mais aussi sûr que Dieu a créé les lacs de Killarney, ce n'était pas le Saint-Esprit.

— C'était Coco Robichaux ! laisse échapper Teensy avant de mettre sa main devant sa bouche.

— Qu'as-tu dit, mon enfant ?

Teensy regarde sa mère, qui, d'un mouvement imperceptible, lui fait non de la tête.

Teensy adresse au prêtre le plus beau sourire de son répertoire.

— J'ai dit « *Merci, père* ».

— Et comment avez-vous échappé à vos parents ? Vous savez vraiment ramper sous les bancs ? Vous êtes de vraies petites belettes, c'est certain. Dites-moi comment vous faites, que je puisse empêcher d'autres petites païennes de faire la même chose.

— Il faut être intelligente, dit Vivi.

— Et toute petite, ajoute Teensy.

— Très bien, fait le prêtre en hochant la tête. J'ai une bénédiction à dire dans vingt minutes à l'église. Je veux que vous toutes, mères et filles, restiez dans ce bureau. Vous n'en partirez que lorsque tous ces gâteaux et ce bon thé glacé auront disparu.

Il s'arrête sur le pas de la porte et se retourne :

— Méditez sur le fait que Dieu nous a envoyés ici

pour L'aimer, L'adorer et vénérer Sa mère et Son Fils bénit. Souvenez-vous que c'est un Dieu généreux qui n'attend pas de nous la perfection, mais le respect. Dieu a besoin de petites filles sages. Mais parfois Il a aussi besoin de petites belettes bien vivantes.

Sur ce, le père O'Donohue sort et referme la porte derrière lui.

— *Chères*, dit Geneviève en se rapprochant de la desserte, on dirait que l'affaire est close, *non* ?

Buggy demande :

— Ne pensez-vous pas que Viviane, au moins, mérite une punition ? Je trouve que le père a été trop indulgent.

Geneviève sourit. Elle regarde Buggy puis Mme Kelleher :

— Qu'en dites-vous ?

— Je pense qu'une punition n'est pas un bon début pour une amitié.

Buggy se tait un moment. Elle contemple la magnifique décoration florale du bureau du prêtre, puis sa fille. Pendant un instant, elle oublie la défense de l'église et l'importance qu'elle attache à la conduite de sa fille.

— Allez, madame Abbott, dit Geneviève, aidez-nous à obéir aux ordres du curé. Nous avons des tas de délicieux gâteaux à savourer.

Sur ce, Rose Kelleher se lève pour aider Geneviève à distribuer les rafraîchissements. Elle tend à Buggy un verre de thé glacé et une assiette de gâteaux au citron.

— Merci, madame Kelleher.

— Appelez-moi donc « Rose ». Si nos filles deviennent des amies, j'espère que nous le deviendrons également.

— *Mais oui !* s'exclame Geneviève en levant son verre comme si elle voulait porter un toast.

Necie finit son verre de thé avant de s'essuyer, puis elle avale l'un après l'autre deux gâteaux au citron.

— Maman, je peux en avoir encore un ?

— Bien sûr, Necie, tu n'as qu'à te servir.

Pour la première fois depuis son arrivée, Necie traverse la pièce pour aller se servir.

— Necie ! couine Vivi, c'est ton vrai nom ?

— J'adore ce nom, fait Teensy. *C'est bon.*

Necie sourit :

— C'est mon surnom. Bien mieux que Denise, non ? Mes amies m'appellent Necie.

Buggy se lève pour aller admirer les fleurs et bavarder avec Mme Kelleher. Elle envisage de lui révéler son vrai nom, mais finalement s'abstient.

Les trois fillettes occupent la causeuse et balancent leurs jambes en rythme.

Necie prend une grande gorgée de thé. Puis, sans crier gare, elle laisse échapper un rot. Un rot puissant sans rien de distingué et certainement indigne d'une petite fille sage. Vivi et Teensy commencent à se tenir les côtes. Necie cache sa tête dans ses mains. Les deux mères, ne comprenant pas ce qui s'est passé, ne réagissent pas tout de suite.

— Necie, mon petit chou, dit Mme Kelleher en prenant les mains de sa fille, qu'est-ce qui se passe ? Tu pleures ?

Necie écarte ses mains de son visage. Non, elle ne pleure pas. Parcourue d'un tremblement de la tête aux pieds, elle s'efforce d'empêcher son hilarité de redoubler. Et puis elle éclate de rire comme jamais de sa vie. Elle rit d'avoir roté. Quelque chose qu'elle pensait ne jamais faire. Car c'est très mal de roter en public, non ?

Mais devant des amies, c'est permis.

Les rots ? Encore une chose de plus dont on peut se moquer. Et Necie commence à se rendre compte qu'il est très amusant d'être une petite fille bien vivante. Elle a neuf frères et sœurs et des dizaines de cousins. Mais maintenant, elle a deux amies qui transforment la messe en une partie de plaisir. Deux vraies amies qui n'ont pas trouvé Coco Robichaux mais qui vont continuer à la chercher pendant le restant de leur vie. Qu'importe d'ailleurs ! L'essentiel, c'est qu'elles se soient trouvées. Dans ce vaste monde, des âmes sœurs se sont reconnues. Elles sont prêtes à ramper pour se rejoindre. Jamais elles ne se laisseront séparer. Et si cela doit souder leur complicité, elles créeront leur propre cérémonial.

Cinéma et magie

Décembre 1930

Un samedi soir de décembre, Geneviève emmène la petite Vivi Abbott, Necie Kelleher et Teensy voir le spectacle du Bob Theater. Pour l'occasion, elle a commandé à Mme Boyette, sa couturière, des petites robes de velours rouge, légèrement différentes les unes des autres, mais comportant toutes un col en dentelle blanche. Chaque col est également orné dans le dos d'un brin de gui qui a été cousu avec des points si fins que seul un œil expert pourrait les déceler. Mais les filles sentent la présence de ce talisman : elles ont l'impression d'être des cadeaux de Noël.

La tournée de « Maître Giovanni et sa Galaxie Miraculeuse de Mystères » s'est arrêtée en ville. Pour être sûre que les amies de sa fille obtiendraient la permission de voir ce spectacle de prestidigitation, Geneviève a élaboré un petit mensonge. Le magicien va donner anonymement les trois quarts de ses bénéfices à l'Église catholique, a-t-elle affirmé à Buggy. Dans l'esprit de cette dernière, Maître Giovanni a donc cessé d'être un émissaire du diable pour devenir un homme qui, malgré sa coupable activité, verse à notre mère l'Église un tribut pour chaque tour de magie. Elle explique cela à Mme Kelleher. Et c'est ainsi que les trois fillettes vont assister à une soirée de magie guère catholique.

Vivi est enchantée de passer cette soirée glaciale d'un samedi de décembre avec la divine Geneviève, son effrontée de fille Teensy et leur nouvelle amie, Necie. Pour Vivi, aucune femme dans toute la Louisiane n'égale en beauté et en gentillesse Geneviève Whitman. Avec ses yeux magnifiques et pétillants, avec sa chevelure noir de jais, elle donne l'impression qu'en sa compagnie la vie est plus excitante, le monde plus vaste. Elle chante tout le temps et préfère danser plutôt que de marcher. Souvent, à l'occasion de tout et de rien, elle lance aux petites :

— *Faire une danse, filles ! Faire une danse !*

Geneviève a fait ami-ami avec M. et Mme Bob Brewer, les propriétaires du Bob à Thornton, en même temps que de plusieurs autres théâtres, le plus important étant le théâtre Robert de La Nouvelle-Orléans. La première fois que les Brewer ont vu Geneviève dans leur salle, ils ont cru qu'elle faisait partie d'une troupe qui venait d'arriver de Shreveport, une ville du nord de l'État. Sa jupe de gitane, ses grands anneaux dorés et le turban orange dans ses cheveux rendaient la méprise compréhensible. Et le fait est que, quand des artistes de variétés s'arrêtent en ville, Geneviève est parfois tentée de s'enfuir avec eux. Elle adore l'odeur du maquillage et du pop-corn ; elle adore les chanteurs, les danseurs et les pianistes ; elle adore les machinistes qui plantent les décors et transforment le Bob en un autre monde. Elle arrive toujours en avance au théâtre pour disposer des meilleures places.

— Bienvenue en ville ! lui a lancé M. Bob la première fois qu'il l'a vue ainsi débarquer avant tout le monde. Nous espérons que votre spectacle va remporter un grand succès.

— Oh, *non, non, cher*, a-t-elle répliqué, ravie d'être prise pour une artiste. Si seulement je savais jouer ! Je ne suis qu'une épouse et une mère de famille. Voici ma fille, Teensy, et un de ces jours vous ferez la connaissance de mon fils, Jack. Nous fréquentons l'église de la Divine-Compassion. Vous ne nous avez pas vus là-bas ?

— Bon, alors, bienvenue. Nous espérons que votre famille se sentira ici comme chez elle.

— Oh, oui ! a renchéri Mme Bob. Et il faut que votre fille rencontre notre fille, Caro. Elles vont s'entendre comme larrons en foire. Caro adore les dingues de cinéma.

— Ça, pour être dingue, Teensy est dingue, je vous le garantis ! dit Geneviève en riant. Elle a de qui tenir.

Tout le monde, à Thornton, n'a pas une haute opinion de Geneviève Aimée St. Clair Whitman, épouse de Newton S. Whitman III, président de la Banque Garnet d'épargne et de crédit et un des hommes les plus riches de la ville. Ils ont fait connaissance alors qu'elle faisait ses études à l'école des Ursulines à La Nouvelle-Orléans, grâce à la générosité d'un riche ami de son père, trappeur dans le bayou. Il était indispensable qu'une fille aussi intelligente reçoive une excellente éducation, avait estimé son mécène. Newton Whitman, lui, s'était persuadé qu'il était l'homme qu'il fallait pour dompter la beauté sauvage et fière qu'était Geneviève. Toute femme aussi magnifique peut se transformer en une dame du Sud raffinée, en épouse parfaite et en mère idéale. C'est ce qu'il avait pensé. Il en serait d'elle comme d'une jeune pouliche. Il suffirait de la dompter. M. Whitman se trompait. S'il est arrivé à brider le caractère de sa femme au point parfois de la blesser, il n'a jamais pu la dompter.

Geneviève n'a jamais voulu devenir une « dame » à la manière dont M. Whitman et la plupart des habitants de Thornton l'entendent. Elle pimente sa conversation de mots cajun et s'habille de la façon qui lui plaît. Elle porte des turbans quand bon lui semble, des boucles d'oreilles qui ne vont avec rien parce que ça l'amuse, et son rouge à lèvres est toujours un peu trop écarlate au goût de certaines bonnes catholiques de la petite bourgade fluviale de Thornton en Louisiane. Certaines personnes prennent ombrage des coiffures et des chapeaux de Geneviève, affirmant que la manière dont elle noue ses foulards autour de sa tête la font ressembler plus à une négresse qu'à l'épouse d'un honorable banquier. Geneviève a décidé de prendre ça pour un compliment. Je préfère passer pour une négresse plutôt que pour une dame blanche respectable et à moitié morte, se dit-elle en observant les matrones de la ville.

Geneviève adore les vaudevilles et le cinéma. Entrer au Bob la transporte dans un autre univers, bien que le théâtre ne soit qu'à un quart d'heure à pied de chez elle. À chaque représentation, elle emmène Teensy et souvent Jack, à moins qu'ils ne soient vraiment malades.

— Rien ne me remonte le moral comme un film, un Coca-Cola et une boîte de pop-corn, affirme-t-elle souvent. Je peux arriver complètement déprimée et sortir sur un nuage.

Elle ignore la différence entre un spectacle de première qualité et une représentation de troisième ordre. D'ailleurs, elle s'en fiche. Du moment qu'il y a du divertissement, des projecteurs et des paillettes, ça suffit à son bonheur. Elle assiste à tous les shows qui se donnent et elle voit tous les films au moins trois fois.

Avec le temps, Geneviève est devenue plus qu'une spectatrice régulière. Le théâtre et les Bob sont désormais pour elle *une famille*. Si la caissière, Mlle Lelia, est souffrante, elle la remplace. Si la femme du gérant, Gerald Giroux, se sent mal – elle est d'une santé fragile –, Geneviève vend les Mars, les pâtes de jujube et les Coca-Cola à sa place. Ce qui rend M. Whitman à moitié fou de honte. L'idée que la femme du président de la banque Garnet puisse faire la vendeuse le met en colère. Il lui interdit de travailler dans ce théâtre comme une vulgaire employée. Mais Geneviève se contente de hocher la tête et de sourire en disant « *Oui*, m'sieur ». Et si une des ouvreuses attrape une mauvaise pneumonie, Geneviève endosse son uniforme, y compris sa superbe casquette, attrape la lampe torche et la remplace au pied levé.

Geneviève est indépendante et son mari ne réussit jamais à la dominer. Ce qui la rend à la fois mystérieuse et brillante aux yeux des petites filles. Elle ressemble à un article d'importation exotique arrivé par hasard à Thornton. Les Brewer, eux, adorent Geneviève. Ils sont tous trois très proches, comme seuls des gens qui travaillent ensemble peuvent le devenir.

Comme elles approchent du théâtre, Geneviève et ses trois elfes sont auréolées d'une lueur rose provenant de l'enseigne en néon rouge (faite des trois lettres B, O, B superposées sur la marquise). Ce halo accentue le rouge des robes en velours de Vivi, Teensy et Necie et les nimbe d'une douceur magique et onirique tandis qu'elles tournoient dans l'air froid. Les lumières de Noël qui bordent la caisse ronde et moderne les fascinent. Des lattes d'acier chromé entourent les vitres de la cabine et un éclat or entoure la femme qui parle à travers un petit rond. Pour les fêtes, les Bob ont décoré le bas de la caisse avec des rameaux de pin et des baies rouges de houx. L'odeur des aiguilles de pin embaume l'air. Deux grandes couronnes de pommes de pin sont accrochées aux portes du théâtre. Un ruban rouge, soigneusement repassé d'une année sur l'autre, serpente entre les cosses de gommier qui ont été plongées dans de la colle blanche puis dans une mixture scintillante rouge et or – le tout confectionné à la main par les Brewer dans leur grande cuisine. S'il arrive qu'un peu de la mixture brillante éclabousse le linoléum, Mme Bob ne manque pas de dire :

— Ne vous en faites pas. Des paillettes sur le plancher sont la preuve d'une bonne vie.

Les Bob accueillent chaleureusement Geneviève et les fillettes à leur arrivée dans le hall. Peu de gens connaissent le nom de baptême de Mme Brewer. Geneviève est du nombre. Mais elle ne l'a jamais divulgué. Car Mme Bob déteste son prénom.

— J'aime qu'on m'appelle madame Bob.

Elle répond à la rigueur au nom de Bob. Le fait que ce soit le prénom de son mari ne la gêne pas du tout.

Aux yeux de Vivi, de Teensy et de Necie, le hall avec son haut plafond voûté a quelque chose d'étrange, ainsi que sa moquette aux fleurs rouges et lie-de-vin et ses murs roses. Mais l'endroit est encore plus étonnant avec les guirlandes de houx accrochées au-dessus des portes. Les moulures et les plinthes sont peintes en imitation bronze, et un grand lustre en cuivre et en verre rouge venant sûrement d'Asie pend du plafond. Au centre du hall se dresse un sapin de Noël orné de pop-corn avec des petits cadeaux éparpillés sous ses branches.

— Il fait assez frais pour vous ? demande M. Bob.

— *Temps froid, oui, oui !* répond Geneviève, en enlevant son chapeau de renard orné sur le côté d'une épingle en strass.

Les fillettes trépignent pour se réchauffer.

— Bonsoir, monsieur Bob, disent-elles.

Mme Bob sort d'une des réserves en lissant son tablier, qu'elle enlève très vite :

— Bonsoir !

Elle fait un grand sourire à Geneviève et aux trois filles. Elles s'apprêtent à la saluer quand elles entendent un aboiement provenant d'un coin du hall.

— Les décorations du *Joyeux Noël* sont charmantes, félicite Geneviève.

— Merci, dit Mme Bob. Le houx vient d'un vieil arbre de notre jardin. Nous avons mis des décorations à l'extérieur pour que ceux qui ne peuvent s'offrir une place de cinéma profitent un peu de l'ambiance des fêtes. Bonsoir, les petites, comme vous êtes jolies !

Sur le point de la remercier du compliment, Vivi, Teensy et Necie entendent aboyer de nouveau.

— Vous avez un toutou ici ? demande Necie, en se cachant derrière Geneviève. J'ai peur des chiens.

Mme Bob roule des yeux :

— Mais oui, nous avons un toutou, n'est-ce pas, monsieur Bob ?

Prenant Necie par la main, Mme Bob l'aide à enlever son manteau et son chapeau.

— N'aie pas peur du chien, Denise.

— Il n'est qu'à moitié sauvage, intervient M. Bob. Nous connaissons ses parents.

— Je parie que je sais qui c'est ! dit Teensy.

— C'est vrai qu'on a un chien ici, continue Mme Bob en pinçant gentiment l'épaule de Necie et en réunissant tous les manteaux et les chapeaux pour les mettre au vestiaire. Une chienne que nous avons appelée « Caroline », mais qui s'est baptisée ce soir « Rin-Tin-Tin ».

À ce moment, Caro sort à quatre pattes de derrière le comptoir des friandises en tenant dans sa bouche une tablette de Baby Ruth.

— Ohé, Teensy ! dit-elle. Ohé, Necie la froussarde !

Elle fixe Vivi et demande :

— Qui est-ce, cette inconnue ?

D'une voix timide, Necie balbutie :

— C'est notre amie, Vivi...

Caro porte sa main à son front et, agitant ses doigts comme si elle voulait hypnotiser Necie, elle déclare :

— Je trouverai bien toute seule.

Elle aboie encore plusieurs fois, se relève et toise Necie, qui a dix centimètres de moins qu'elle. Puis elle inspecte Vivi des pieds à la tête, comme pour décider si oui ou non elle mérite de faire partie de la bande du Bob.

— Qui a traversé les sept mers ? demande-t-elle.

— Sindbad, répond Vivi.

— Comment s'appelle l'éléphant du cirque des

Ringling Brothers, celui qui mène le défilé quand ils arrivent dans une ville ?

— Je ne sais pas, avoue Vivi.

Caro sourit, les yeux pleins de malice.

— Qu'est-ce tu sais, alors ?

Vivi s'approche de Caro et lui caresse le crâne :

— T'es un brave toutou, Rinty.

Caro se laisse faire et bouge même la tête comme font les chiens quand on les caresse.

Puis Vivi dit :

— Tes cheveux te font ressembler à une Yubangi.

— Je suis une Yubangi ! répond Caro en s'éloignant de Vivi. Je suis une sauvage. J'ai grandi avec Tarzan.

— Moi aussi, fait Vivi.

— Alors on est sœurs.

— Sœurs de la jungle !

Se frappant la poitrine, Vivi laisse échapper un cri qui est censé ressembler à celui de Tarzan.

— D'ac. Sœur de jungle aime tablette Baby Ruth ?

— Oy ! moi aimer Baby Ruth, dit Vivi.

Caro remet la tablette dans sa bouche et se penche vers Vivi. Celle-ci, sans perdre un instant, mord dans le morceau qui sort de la bouche de Caro.

— Toi bonne indigène, dit Caro en lui tendant la main.

Vivi contemple cette main un instant. Elle n'a jamais serré la main de personne. Mais elle ne va pas se laisser impressionner par cette petite fille qui aboie et qui est coiffée comme une folle. Elle tend sa main.

Caro la secoue. Puis elle lève le pouce en signe de bienvenue et ajoute, comme Spanky dans *Les Petits Chenapans* :

— D'ac-d'ac.

Caroline Eliza Brewer, plus connue sous le nom de Caro, a fait du Bob son terrain de jeu privé et elle s'y plaît tout comme Héloïse, l'insupportable héroïne de la bande dessinée, aime le Ritz. Caro est la terreur du Bob, une terreur aux cheveux blondasses. Elle en connaît les meilleures cachettes, se glisse sous les rampes et fonce dans les travées à toute allure. Elle est devenue la mascotte des troupes qui se produisent à Thornton. Elle n'arrête pas d'embêter les artistes et les techniciens dans leur travail afin qu'ils lui expliquent ce qu'ils font et exige d'eux des histoires exotiques et effrayantes. Elle voit les films tellement souvent qu'elle connaît par cœur les répliques de Myrna Loy ou d'Edward G. Robinson. Quand elle est fatiguée, elle se blottit dans un des beaux fauteuils en velours marron de la mezzanine et lit tout ce qui lui tombe sous la main. Du coup, elle a appris à lire plus vite que ses frères et sœur, ce dont sa mère est fière. Lowell, qui a trois ans de plus que Caro, ne pense qu'à jouer au base-ball. Il vient rarement au Bob. Mary (baptisée ainsi à la fois en l'honneur de la Vierge Marie et de Mary Pickford), sa grande sœur de treize ans, a mieux à faire. Bébé Will, qui est encore tout petit, est la plupart du temps à la maison sous la garde de Lavonia, la bonne. Caro n'est ni jolie ni « pourrie gâtée », mais juste assez choyée pour avoir confiance en elle. Tout en jambes, elle porte des salopettes à longueur d'année sauf pour aller à la messe. Comme elle s'est coupé les cheveux toute seule, elle ressemble, au grand désespoir de sa mère, à une jeune primate de la jungle. Il y a indéniablement quelque chose d'indompté chez Caro. Geneviève a remarqué, avec une certaine appréhension, ce même défaut chez sa propre fille. Elle sait que Necie trouvera toujours sa place dans la bonne société. En revanche, qui sait ce qui adviendra des trois autres ?

Caro et Vivi essaient de marcher d'un même pas pour retrouver Teensy et Necie. Geneviève s'avance vers le comptoir et passe commande. Elle sait ce dont les filles raffolent. Après avoir bavardé avec Gerald, elle distribue à chacune sa friandise favorite. Un Milk Duds pour Teensy, un Milky Way pour Vivi, des pastilles Chuckles pour Necie et un Bit-O-Honey pour Caro. Elle leur offre également un petit verre de Coca-Cola et ajoute des tonnes de serviettes en papier.

— Faites de votre mieux pour ne pas en mettre partout sur vos robes, leur recommande-t-elle.

Pour sa consommation personnelle elle achète une grande boîte de pop-corn dans laquelle elle permettra à sa petite troupe de puiser.

— Oh, merci, Mme Whitman, dit Necie en recevant ses Chuckles.

— Necie, *ma petite chou*, réplique Geneviève, je t'en prie, appelle-moi par mon prénom et non plus madame Whitman. Surtout quand je suis dans le palais de tous mes rêves.

— Je suis désolée. Mais maman m'a toujours...

— Ta mère ne veut que ton bien, *chère*, et tu m'appelleras madame Whitman en sa présence. Mais le reste du temps, souviens-toi de m'appeler Geneviève. C'est mon nom. Je suis une femme libre.

— Oui, madame, dit Necie toute gênée, en baissant la tête.

Geneviève enlace la gamine et, comme par magie, sort une tablette de Mounds de la poche de sa robe en lainage rouge dont l'ourlet est doublé de fourrure.

Necie murmure :

— *Merci*, Geneviève.

— Caro, propose Geneviève, aimerais-tu te joindre à nous pour assister à la Galaxie des Mystères ?

Caro observe les trois autres filles, lève les yeux au ciel et accepte :

— Mille mercis, ô, femme libre !

— *Très bien !* fait Geneviève en lui tendant une boîte de pâtes de jujube. Maintenant nous avons *quatre elfes d'Noël* !

Les quatre fillettes suivent Geneviève derrière le grand rideau marron retenu par un gros cordon doré. Un ouvreur en uniforme les conduit au dixième rang, au centre de l'orchestre, c'est-à-dire aux meilleures places. Les murs du théâtre sont peints d'une couleur qui ressemble à du jus de mûre. Des appliques en bronze diffusent une lumière douce. Une petite plaque en verre rouge est incrustée dans chaque lampe tel un rubis et fait penser à l'œil d'un dragon. Mais ce que les filles préfèrent, ce sont les petites étoiles qui brillent dans le plafond.

Et le spectacle ! Elles n'en ont jamais vu de pareil ! Maître Giovanni et son incroyable magie, sa façon de couper la dame, non pas en deux mais en trois morceaux, les enchantent. Il fait sortir de la soupe de son chapeau et des pigeons s'échappent de son mouchoir. C'est le paradis. Elles se passent et se repassent la boîte de pop-corn en poussant des « oh ! » et des « ah ! ». Cette soirée est la première des innombrables autres aventures que Geneviève et les quatre filles vont vivre au Bob, ce théâtre exotique et resplendissant du centre de leur ville.

Après la séance de magie, Geneviève et les filles aident les Bob à fermer le théâtre pour la nuit.

— Comme c'est amusant ! s'exclame Necie, ravie de découvrir les coulisses.

Ensuite, Geneviève invite non seulement les Brewer mais également Giovanni et sa troupe à les accompagner chez Labadeaux, le glacier. Le bruit des clochettes accrochées à la couronne de la porte en verre annonce leur arrivée. Non pas qu'ils en aient besoin ! Leur groupe ne passe pas vraiment inaperçu : Maître Giovanni porte toujours son habit de scène. Son assistante est vêtue d'une robe rouge imprimée qui ne cache pas grand-chose et qui, en plus, est fendue sur le côté. Son assistant, du genre baraqué, a glissé ses cigarettes dans les manches de son tee-shirt. Une femme âgée, probablement la mère de Maître Giovanni, parle un anglais si hésitant qu'il est difficile de déterminer si elle vient d'un pays étranger ou si son râtelier est mal ajusté. Dégustant leurs milk-shakes ou leurs laits maltés, les honnêtes citoyens de Thornton s'efforcent de ne pas les dévisager. Mais cela devient bientôt impossible. Après que Geneviève a vérifié que tout le monde a eu, qui ses glaces, qui ses banana split, qui ses coca à la cerise, Maître Giovanni fait apparaître quatre écharpes de couleurs différentes. Puis il fait disparaître le distributeur de serviettes en papier et le remplace par un vase rempli de fleurs.

— Ouais ! Encore une fois ! crient les quatre filles en chœur.

— Mais non, c'est à votre tour de faire un numéro.

Sur ce, il distribue une écharpe à chacune d'elles. Les quatre filles bondissent sur leurs pieds. Sans se concerter, elles se mettent à faire tournoyer les écharpes au-dessus de leurs têtes, pivotant sur elles-mêmes, les enroulant autour de leurs visages telles des princesses des Mille et Une Nuits. Au début, Necie les regarde faire, mais peu à peu elle entre dans la danse. Les Bob, Geneviève, Maître Giovanni et son groupe applaudissent, rient, prodiguent des conseils :

— Roulez des hanches ! suggère l'assistante.

— *Magnificas bambinas !* s'exclame le Maître. Elles devraient songer à monter sur scène.

— Une *danse divine* ! crie Geneviève.

Une habitante de la ville, que Geneviève a déjà aperçue dans des ventes de charité, s'approche de leur table.

— Venez donc vous asseoir avec nous pour profiter du spectacle ! lui propose Geneviève.

— Sûrement pas ! Je suis venue vous dire que vous devriez faire tenir tranquilles ces filles. Comment voulez-vous qu'elles deviennent des demoiselles respectables si vous les laissez se conduire ainsi en public ?

Geneviève dévisage la femme d'un air dur sans rien dire. Puis elle se lance :

— Ce dont cette ville a besoin, *chère*, c'est de *beaucoup de filles* qui dansent avec une écharpe entre les dents. Cet endroit a besoin de plus de *joie de vivre* ! *Vive la gaieté ! La réjouissance ! Laissez le bon temps rouler !*

Elle fait un clin d'œil à Maître Giovanni, sourit à la dame et aux Bob. Les Bob ne sont pas totalement d'accord avec elle, ou alors ils n'ont pas bien compris ce qu'elle a dit, mais ils trouvent son intervention éblouissante. Du moment qu'on ne les force pas à danser avec une écharpe entre les dents.

Les filles continuent à virevolter et à virevolter encore entre les tables, l'écharpe à la main ou bien entre les dents ou même enroulée autour de leurs doigts comme une bague. Elles ne dansent pas comme de folles ménades d'une tragédie grecque, mais telles des muses inspirées, avec grâce et esprit. L'étincelle de vie qui anime chacune d'elles éclate alors qu'elles tournent sur elles-mêmes. Jeunes âmes sauvages, prêtresses débutantes d'une secte débridée, elles semblent être ailleurs, emportées dans une transe, comme si elles étaient en prière. À première vue elles ont l'air de coquines mal élevées dont des esprits malfaisants se seraient emparés. Certains clients du glacier les trouvent grossières et gauches. Mais ils n'ont sans doute jamais entendu parler des derviches tourneurs et de ce qui leur arrive quand ils dansent et prient, prient et dansent. Ils ignorent que la danse peut devenir prière et la prière danse. Le quatuor de petites filles en revanche le devine. Vivi, Teensy, Necie et Caro sont si heureuses dans cette froide nuit de décembre qu'elles semblent rayonner.

L'ÉCLOSION DES JEUNES POUSSES

Premières scènes

Siddy, février 1994

Les Ya-Ya en train de chanter : voilà mon plus vieux souvenir. Nous savions à peine marcher qu'elles fredonnaient déjà pour nous. Pas des berceuses traditionnelles mais leurs airs favoris, qui, adaptés à leur façon, ressemblaient moitié à des chansons d'amour, moitié à des cantiques. Par exemple, je suis persuadée que pour certaines Ya-Ya Jolies *Smoke Gets in Your Eyes* n'était qu'une comptine. Quand maman nous demandait en chantonnant de boutonner nos manteaux parce qu'il soufflait une bise froide et de faire attention parce que *You Belong to Me*, nous pensions qu'elle venait d'inventer cette rengaine pour l'occasion.

Teensy avait la voix épicée d'une soprano cajun, Caro celle d'une contralto et maman se qualifiait de « sopralto », c'est-à-dire qu'elle passait d'une clé à une autre selon son bon plaisir. Necie, elle, était toujours au piano. Quand elle venait à la maison, elle s'asseyait devant le quart-de-queue du salon et était capable d'accompagner n'importe quelle mélodie. Ce Steinway très usagé était dans la famille depuis des années. Mon arrière-grand-mère Delia l'avait acheté pour maman quand elle était petite, malgré les objections de ma grand-mère Buggy, qui trouvait ce cadeau trop onéreux pour un enfant. D'après maman, les remarques de Buggy n'avaient rien à voir avec les protestations de politesse d'une jeune femme bien élevée. C'était de la jalousie pure et simple, la jalousie d'une femme qui en voulait à sa mère de lui avoir refusé une simple épinette alors qu'elle se montrait si généreuse avec sa petite-fille.

Dans leur enfance, les Ya-Ya ont passé beaucoup de temps à taper sur ce piano. Plus tard, ce fut notre tour. Pilonné pendant plusieurs générations, l'instrument montrait des signes de fatigue. D'étranges meurtrissures ornaient la partie en bois surplombant le clavier : nos marques de dents, quand nous nous énervions en étudiant nos partitions. De rage ou de frustration, il m'arrivait de mordre l'instrument. Mon frère Little Shep préférait cogner dessus avec tout ce qui lui tombait sous la main. C'est ainsi que le piano couvert de gnons a acquis un certain aspect « vieilli », comme disent les accessoiristes de théâtre. À l'époque, maman piquait une crise si on cassait un cendrier en cristal qu'elle adorait, mais se tordait de rire en découvrant une nouvelle marque sur le piano. En fait, si elle ne nous encourageait pas à grignoter le vénérable Steinway, elle ne nous punissait pas non plus.

Dans le domaine du chant, maman pouvait faire ce qu'elle voulait. Elle comblait son manque d'amplitude grâce à sa forte personnalité. C'était elle qui assurait la partie comique des spectacles (munie d'une canne et d'un chapeau claque), elle qui faisait des mimiques et débitait des plaisanteries osées entre les morceaux. Elle n'avait pas beaucoup de voix, mais, bon sang, quelle présence ! Elle jouait avec son public, avec tous ses publics, comme s'ils étaient ses amants. Elle ne se lassait jamais. Et elle savait qu'eux aussi en redemanderaient.

Quand les Ya-Ya chantaient en chœur, on aurait dit les Boswell Sisters – des sœurs Boswell enrhumées et un peu paf. Des gosses élevés dans un milieu de chanteurs professionnels auraient sans doute trouvé que les Ya-Ya manquaient de talent ou même qu'elles étaient épouvantables. Mais pour moi c'étaient des stars. Elles sont à l'origine de ma vocation de metteur en scène. Une certaine soirée fut décisive. Jamais je ne l'oublierai.

J'avais huit ans. C'était dans les années 60, lors d'un cocktail habillé donné par les Ya-Ya à l'occasion de la Saint-Valentin. Comme il leur était impossible de patienter du mercredi des Cendres au dimanche de Pâques sans donner de fête, elles organisaient une grande réception pour la Saint-Valentin. Une façon de rompre le carême le temps d'une soirée. Cette soirée était un événement important. Presque toute la ville y assistait et se mettait sur son trente et un. Maman faisait appel à un traiteur qui préparait un buffet incroyable. Je me rappelle encore les noms de ces délices qui sonnaient à mes oreilles comme des notes de musique : « canapés de crabe épicé », « crevettes au sherry à la Ya-Ya », « pâté de canard de Mme Daniel Doiron », « boulettes aux noix de pécan à la Patsy Stafford ». La table des desserts proposait toutes sortes de friandises au chocolat, des brioches au cognac et, mon préféré, la tarte de la reine. Oh ! quel régal que ces tartelettes sablées fourrées à la crème de pécan et aux oranges de Louisiane !

Pour la fête de la Saint-Valentin, les Ya-Ya disposaient sur les tables des cartons sur lesquels figuraient une ou deux strophes d'une chanson connue. Les invités pouvaient deviner leurs places en fonction des paroles. Les Ya-Ya étaient ravies quand les gens tombaient juste. Mais elles étaient tout aussi contentes quand ils se trompaient. Caro murmurait alors :

— C'est fou ce qu'une mauvaise réponse peut être révélatrice !

Ce soir-là, maman engagea les jeunes neveux de Willetta pour garer les voitures : ils arrivèrent habillés impeccablement. Willetta avait dû les obliger à porter leurs tenues du dimanche car maman n'était pas du genre à l'exiger. Les neveux – Carver et Jefferson – prirent leur tâche très au sérieux. Ils se tenaient à l'entrée de l'allée, ouvraient les portières des Lincoln et des Cadillac des amis de papa et de maman. Comme ils travaillaient dans les jardins de la plupart des invités, ces derniers laissaient échapper des exclamations de surprise en voyant les deux jeunes Noirs en chemise et cravate. Au début de la fête, mon frère Little Shep essaya d'être plus rapide que Carver et Jefferson pour ouvrir les portières, ce qui se termina en dispute.

Au bout d'un moment papa sortit dans le jardin.

— Fiston, laisse ces garçons faire leur boulot.

Little Shep tenta de plaider sa cause :

— Mais papa, pourquoi je ne peux pas garer les autos ? C'est eux qui font tout ici.

— Fiston, tu es trop jeune. Aide les invités à sortir de leurs voitures et dis-leur bonjour, mais c'est tout.

Jeff et Carver eurent donc gain de cause. La concurrence de Little Shep leur avait semblé déloyale.

Mon frère garda cependant une mine réjouie jusqu'à ce que papa ajoute :

— Écoute-moi bien, Little Shep, tu n'acceptes aucun pourboire. Tout l'argent va à Jeff et à Carver, compris ?

Ce n'était pas du tout ce que le gamin avait imaginé, mais papa ajouta :

— Arrête tout de suite de bouder. Dis-moi seulement : oui, père.

— Oui, père, répéta mon frère.

Mais il garda pour lui certains pourboires. Et, une fois tous les invités arrivés, il se vanta d'avoir amassé un petit magot.

L'ambiance fut fantastique. Moreau, le copain cajun de mon père, apporta des tonnes de nourriture – du gombo de canard, du riz sale[1], du pain français à l'ail – qui venait de chez Boudreaux. Papa a toujours prétendu qu'il n'y avait pas meilleur cuisinier au monde, même chez Gallatoire et chez Antoine à La Nouvelle-Orléans, et même dans les grands restaurants d'Europe. Bien que ce ne fût qu'un cocktail, il ne voulait pas que maman n'offre à ses invités que des amuse-gueule.

— Tu dois nourrir les gens quand ils viennent chez toi, disait-il.

Caro, Teensy et Necie arrivèrent en avance, avec leurs vêtements suspendus dans des housses en plastique bleu et leurs vanity cases bourrés de maquillage. Les soirées officielles des Ya-Ya – par rapport à de simples dîners – m'enchantaient pour une raison précise : ces dames s'habillaient ensemble. Elles prenaient possession du vestibule, de la salle de bains

1. Riz sauté aux oignons, poivrons et céleri. *(N.d.T.)*

et du boudoir de maman. Quel spectacle que de les voir se préparer ! Certaines de mes amies évoquent avec émotion leurs parents s'habillant pour une soirée, mais moi je n'ai aucun souvenir de mon père en grande tenue. Pour l'occasion, maman poussait de côté le portemanteau du vestibule, et ces dames y accrochaient les vêtements choisis, en guise d'avant-goût des personnages qu'elles allaient devenir. Ce soir-là, il faisait particulièrement froid. Un fait assez rare en Louisiane, mais l'occasion pour ces dames d'arborer leurs fourrures. Maman était la seule à ne pas avoir sa pelisse.

— Je mange suffisamment d'animaux morts comme ça pour ne pas avoir envie d'en porter ! clamait-elle.

En fait, Teensy exhibait son manteau de vison court par n'importe quel temps. Comme papa disait : quand on a toutes les chances de se retrouver à poil, on a besoin d'un vêtement chaud à portée de main. Se déshabiller à tout bout de champ était une manie chez Teensy, et ce depuis l'enfance. Nous l'avions souvent vue toute nue et ça ne nous dérangeait pas plus que ça.

Dans le boudoir de maman, le petit tourne-disque pour 45-tours marchait à fond. Les Ya-Ya écoutaient leur « musique spéciale d'avant ribouldingue ». Selon l'humeur, c'était Judy Garland, Sarah Vaughan, Ella Fitzgerald, et plus tard Dinah Washington. De temps à autre, elles s'amourachaient d'un air qui ne faisait pas partie du répertoire habituel. Une année, ce fut *The Girl from Ipanema*. Elles passèrent le disque si souvent que papa faillit devenir fou ; elles, elles n'étaient jamais fatiguées de l'entendre.

Nous, les gosses, devions rester dans la salle de jeux du rez-de-chaussée avec Ruby. Son rôle était de nous empêcher de nous mêler aux invités – ce que nous avions fait par le passé. On disposait de la télé, d'un tas de jeux éparpillés par terre, et Baylor s'amusait avec sa boîte de couleurs. Nous n'étions que quatre, car les autres Ya-Ya avaient laissé leurs enfants avec leur baby-sitter. Généralement, nos mères préféraient nous faire garder ensemble. Mais Willetta aurait refusé de laisser Ruby venir si elle avait dû surveiller la horde. Notre salle de jeux était plutôt sympa. Dieu sait que nous avions tout ce que nous pouvions désirer, y compris un frigo plein de sodas et des boîtes de petits fours que maman avait spécialement commandés à notre intention.

Mais nous savions que l'essentiel se passait dans les pièces de réception.

Ce soir-là, donc, j'étais allongée sur un canapé avec les autres à regarder la télé quand j'entendis un bruit suspect. À cette époque, Nancy Drew [1] était mon héroïne favorite. Le moindre événement – une voiture sur le chemin en gravier, Willetta jurant qu'on lui avait volé sa casserole favorite, un craquement du parquet – se transformait en un mystère que j'étais la seule à pouvoir élucider. Je sortis de la salle de jeux en reculant, sur la pointe des pieds, espérant que personne ne s'en apercevrait.

Dissimulée dans l'entrebâillement de la porte de ma chambre, je pus jouer tranquillement les détectives en jupon. C'est-à-dire que j'épiai les quatre Ya-Ya finissant leurs derniers préparatifs dans le boudoir de maman. Ma mère, en robe de cocktail noir ajustée, se rajoutait une couche de rouge à lèvres écarlate. Necie, dans une robe romantique en mousseline de soie rose

1. Nom de l'héroïne-titre d'une série policière (1938-1939) destinée aux jeunes, où une adolescente de quinze ans mène l'enquête. *(N.d.T.)*

que j'adorais, vaporisait de la laque sur sa coiffure bouffante. Caro, également en noir, avait une robe longue dont le bas irrégulier rappelait les années 20. Elle avait fini de se préparer et, appuyée contre un mur, fumait une cigarette. Teensy avait revêtu une robe rouge très décolletée, la plus courte qu'on ait jamais vue dans la paroisse de Garnet cette année-là. Quand maman en eut fini avec son maquillage, Teensy lui emprunta son rouge à lèvres.

Et bien sûr elles chantaient, s'apprêtant à faire leur « numéro ». Dans ces années-là, les Ya-Ya divertissaient leurs invités après chacun de leurs dîners. Mais jamais, au grand jamais, elles ne répétaient les jours précédents. Elles attendaient le dernier moment pour foncer se réfugier au premier étage, dans le jardin ou dans la *cabana*, selon le lieu de la réception. Une fois seules, elles se demandaient ce qu'elles allaient interpréter. Elles appelaient ça les « coulisses ». Être admise dans le saint des saints était pour moi un immense privilège.

Maman croisa les bras et déclara :

— Les filles, je le sens, je le sens ! C'est la soirée Judy Garland.

— Ouais, chérie, Judy me parle aussi, approuva Caro.

J'avais l'habitude d'entendre les Ya-Ya s'exprimer ainsi. À l'école, il m'arrivait parfois de laisser échapper des phrases comme « J'entends Jeanne d'Arc me parler ». Les religieuses me reprenaient et demandaient plus tard à maman si j'avais été « montrée ». Régulièrement, elles nous posaient à tous les quatre cette même question. Quand j'en parlais à maman, elle se tordait de rire :

— Oh, bon sang, ne les écoute pas !

Je me rends compte maintenant que les sœurs voulaient que ma mère nous fasse examiner par un psychiatre pour enfants. Inutile de dire que ce ne fut jamais le cas. Du moins, pas à cette époque.

— Nous n'avons pas chanté du Judy depuis un certain temps, dit Necie, l'air soucieux.

— Et alors, Comtesse Nuage-qui-Chante, répliqua Teensy à Necie en utilisant le nom royal de la tribu Ya-Ya, Judy est en nous.

— Au plus profond de nous, renchérit maman.

— Dans le fond du tréfonds, rajouta Caro.

Et, sur ce, elles se lancèrent dans une improvisation de *Somewhere Over the Rainbow*.

C'est fou ce qu'elles adoraient Judy Garland. Il me semble que, depuis le berceau, je les ai toujours entendues fredonner ses chansons. Cette passion pour Judy avait commencé quand elles étaient jeunes – et quand Judy l'était aussi. Au lycée, quand pendant la guerre, elles allaient les unes chez les autres après la classe pour chanter, danser et apprendre les paroles de leurs airs favoris. Judy est restée longtemps au répertoire des Ya-Ya. Elle devait représenter pour elles ce que Stevie Wonder a été pour moi : j'étais tellement impressionnée par son talent que j'ai eu le béguin pour lui.

Assise par terre, je les regardai donc se préparer, en mâchonnant mes chocolats pendant qu'elles fredonnaient *Dreamboat* et *Be Mine*. C'est alors que me vint ma grande idée.

— Maman, dis-je doucement.

Personne ne m'entendit. Dans cette maison il fallait parler fort pour qu'on fasse attention à vous.

— Maman, dis-je plus fort.

Elle se retourna :

— Oh, Siddy, chéérie ! Qu'est-ce que tu fais ici ?

— Je vous regarde !

Et, sans lui laisser le temps de me dire de retourner jouer, j'ajoutai :

— Vous êtes sacrément bonnes.

Un peu lèche-cul dans mon genre. Mais je savais que ça marcherait et j'ai eu raison.

— Merci, mon chou, dit Caro en se penchant pour me caresser les cheveux. Ah, si seulement j'avais tes cheveux roux et toi ma verrue sur le nez !

Caro me répétait toujours ça. En fait, à plusieurs reprises elle avait pris des mèches de mes cheveux pour les apporter dans différents salons de coiffure comme échantillons de couleur. Le fait qu'elle ait baptisé ma teinte « rouge Siddalee » me donnait la sensation d'avoir une chevelure magnifique. Parfois, j'en étais même persuadée, et je lui en suis toujours reconnaissante.

— Siddy, tu as toujours eu beaucoup de goût, dit maman. C'est pour ça que je t'aime tant.

Puis elle fit quelques vocalises avant de tirer sur sa cigarette.

— Sale habitude ! marmonna-t-elle après avoir avalé la fumée.

— Maman, j'ai une idée.

— Siddy, tu sais ce que je t'ai dit au sujet de tes interruptions quand je suis occupée. Nous sommes en plein boom, pas le moment de lambiner, chéérie !

— Je sais, mais écoute quand même ! Vous devriez toutes chanter *My Funny Valentine*. Tu sais, en l'honneur du saint.

— Ça alors ! s'exclama maman.

Et elle grimaça comme si elle venait de tirer le gros lot.

— *Éclatant !* dit Teensy.

— *Magnifique*, Siddy. Absolument *magnifique*, renchérit maman.

Elle me dévisagea comme si c'était la première fois qu'elle me voyait :

— Tu n'arrêtes pas de m'étonner.

— Tu crois que c'est une bonne idée ? fis-je en espérant être félicitée.

— Une bonne idée ? Bonne ? C'est...

Caro agita ses mains en l'air comme si elle voulait attraper le mot qu'elle cherchait :

— C'est psychologique !

Pour Caro, c'était le mot de l'année. Chaque fois que quelque chose lui faisait de l'effet, elle disait « C'est trop psychologique ! » J'ignore si Caro était alors en thérapie ou si elle s'était documentée sur le sujet. Maman lisait beaucoup mais ce n'était rien comparé à Caro. Personne en Louisiane ne dévorait autant de bouquins qu'elle.

— Non, ce n'est pas « psychologique », la corrigea maman, c'est *directorial*. Elle tient ça de sa mère.

— Peu importe, dit Necie. Je connais l'air en clé d'ut. Ça vous va, les filles ?

Elles commencèrent immédiatement à chanter sous l'impulsion de maman. Elle avait attaqué trop bas et, au deuxième couplet, elles avaient perdu le ton. Elles reprirent en rigolant et terminèrent la chanson.

Alors, mue par une inspiration divine, j'eus ma seconde idée géniale de la soirée :

— Maman, pourquoi tu ne les accompagnerais pas à la clarinette ?

Maman avait appris à en jouer quand elle était petite et avait continué au lycée. À la fac elle avait même formé un petit ensemble. Elle n'en parlait jamais mais je trouvais ça extraordinaire.

Maman se pencha vers moi. J'étais assise en tailleur. Elle me souleva et m'embrassa en plein sur la bouche :

— Cette fille est incroyable. Mon aînée. Mon étoile, ma perfection !

— *Que le Bon Dieu vous bénit*, dit Teensy.

Les autres Ya-Ya ajoutèrent leur grain de sel. Il faut dire que cela faisait des heures qu'elles sirotaient du bourbon et des martinis. Leurs haleines sentaient l'alcool, mélangé aux effluves de *Chanel, My Sin, Joy* et *Hovet*, le parfum très personnel de maman, sans oublier l'odeur du tabac. Pendant des années, j'ai cru que ce mélange était celui de toutes les femmes.

— Cours vite ! dit maman. Demande à Little Shep d'aller chercher ma clarinette dans la buanderie. Elle est rangée sur l'étagère du haut avec les boîtes pour chiens que j'achète en cachette de ton père.

Mon père interdisait les boîtes de nourriture pour chiens. Si un animal ne peut pas manger les restes des repas, ce n'est pas un vrai chien et il mérite de mourir de faim, disait-il à qui voulait l'entendre.

Je me suis empressée de traverser le vestibule en appelant mon frère resté dans la salle de jeux :

— Maman veut que tu lui descendes sa clarinette de l'étagère du haut. Fais attention de ne pas tomber !

Il ne broncha pas.

— Je te parle ! fis-je en imitant maman quand nous ne l'écoutions pas.

— Je suis occupé.

Il resta planté devant la télé sans même m'accorder un regard.

— Je le sais, crétin, mais je t'ai donné un ordre ! dis-je d'un ton autoritaire.

— Vas-y toi-même !

La rage me saisit.

— Répète un peu !

J'éteignis la télévision.

— Je t'ai donné un ordre ! Alors bouge-toi et vas-y !

Sur ce, je lui décochai un petit coup de pied dans les côtes, mais sans lui faire mal : je n'avais pas de chaussures.

Il m'assena son poing sur le pied et je m'apprêtais à lui flanquer une claque quand Ruby me plaqua au sol.

— Arrête avec les coups de pied, mam'zelle Siddy !

— Tu te prends pour qui ? hurla Little Shep. Comment oses-tu me donner des ordres ? Tu te prends pour la directrice du monde ? Pauvre idiote, tu descends à peine de ton arbre !

Quand il se pencha pour rallumer la télévision, j'en profitai pour lui tirer violemment les cheveux. Ruby me frappa alors la main si fort que je lâchai prise.

— Aïe ! Tu me fais mal. Les filles de couleur n'ont pas le droit de frapper les filles blanches.

— Et les filles blanches ne doivent pas tabasser leurs frères et les insulter. Tu cherches quoi, mam'zelle Siddy ? M'sieur Little Shep va te mettre une trempe.

— Ouais, fit Little Shep, si je t'ai pas envoyé un direct dans l'estomac, c'est que t'es qu'une fille. Mais je pourrais t'étendre d'un seul coup. Et tu serais bonne pour l'hosto.

Sa remarque me fit réfléchir : c'est vrai qu'il n'avait qu'un an de moins et qu'il était costaud.

— Oui, mais tu dois m'obéir, répondis-je.

— Au nom de qui ?

— Ouais, mam'zelle Siddy, t'es pas la patronne, juste une p'tite gosse comme les autres ! s'exclama Ruby en s'interposant entre nous.

— C'est maman qui m'a dit que tu ailles lui chercher cette foutue clarinette.

— Que ta mère t'entende pas parler comme ça, intervint Ruby, ou elle va te tanner les fesses.

— Pourquoi maman a besoin de sa clarinette ? demanda Little Shep.

— Pour leur numéro, dis-je à voix basse, comme si j'étais au courant des mystères du monde.

Little Shep se dirigea vers la porte :

— Tu pouvais pas le dire plus tôt ?

Avant de disparaître dans la buanderie, il sortit les fesses et imita le bruit d'un gros pet avec la paume de sa main et sa bouche.

— Oh, vous alors ! Z'êtes vraiment les plus affreux de la terre, fit Ruby en ouvrant une nouvelle bouteille de coca.

Pendant cette scène, Baylor continua à jouer avec ses peintures, et Lulu ne leva pas les yeux de l'écran de télé, sa main exécutant un va-et-vient continuel entre sa bouche et la boîte de biscuits Crackerjacks.

Après le dîner, quand vint l'heure du spectacle, on nous autorisa à nous asseoir au salon avec les invités. Les Ya-Ya firent une entrée décontractée, agitant de grandes boîtes de bonbons rouges en forme de cœur. Je mis un air de Judy Garland en fond sonore. Mais, dès que maman et ses complices furent au centre du tapis orange qui leur tenait lieu de scène, je soulevai le bras du pick-up et tendis à maman sa clarinette.

Elle joua quelques accords, puis Necie s'assit au piano, et toutes les quatre entonnèrent *My Funny Valentine*. Grâce à leur interprétation quelque peu insolite, les fausses notes et les paroles incorrectes prirent des airs d'improvisation brillante. Ensuite, maman joua en solo. Je la regardai souffler dans sa clarinette, vêtue de sa robe bustier en satin noir, et cette image se grava en moi. Ma mère avait du rythme, de la puissance et du panache. À certains moments, elle était tellement absorbée par sa musique qu'elle fermait les yeux, emportée par son interprétation. Elle était au comble du bonheur, je le voyais bien. On l'applaudit à tout rompre, puis les Ya-Ya reprirent ensemble la chanson. À la fin, tout le monde – mon père compris – se mit à pousser des cris de joie, à brailler, à siffler. Baylor, Little Shep et Lulu, assis à côté de moi, étaient bouche bée. Ils avaient déjà entendu les Ya-Ya chanter, mais jamais maman jouer de la clarinette. Leur numéro terminé, les quatre complices se courbèrent jusqu'au sol en révérences exagérées, puis, se tenant la main, elles saluèrent d'une manière plus classique. Toujours à l'unisson.

Maman se mit à siffler entre ses doigts comme un camionneur pour faire cesser les applaudissements. On sentait qu'elle était folle de joie.

— Merci à vous tous, chers cœurs ! s'écria-t-elle. Et je remercie particulièrement ma fille, Mlle Siddalee Walker, qui nous a aidées à mettre en scène ce numéro spécial de la Saint-Valentin.

Et tout le monde applaudit de nouveau.

Jamais je n'ai été aussi fière de ma vie. Comme ce compliment était doux à mes oreilles ! Quel pouvoir il me donnait ! J'avais trouvé la chanson et j'avais dit à maman de jouer de la clarinette ! Les Ya-Ya avaient trouvé mon idée excellente ! Et elles avaient suivi mes conseils !

Maman a-t-elle jamais su à quel point son témoignage de reconnaissance m'a touchée ? Ce fut un moment privilégié entre tous. Non pas qu'il ait effacé les événements douloureux de ma vie. Mais quand je me retrouve le dos au mur, quand je tremble de peur avant une première, quand je me tiens à l'entrée du théâtre pour assister à l'arrivée des spectateurs, le souvenir de ces louanges m'aide à ne pas aller vomir dans les toilettes. Ce moment m'a permis de ne pas m'écrouler quand j'ai eu ma première critique au vitriol – celle qui me suggérait de laisser tomber la mise en scène et d'aller plutôt diriger un bowling. C'est un de ces moments qui me permettent (enfin, presque) de tenir le coup alors que je travaille de plus en plus sous pression. Maman le sait-elle ? Je me demande pourquoi je ne lui en ai jamais parlé.

Quand les applaudissements et les vivats se turent, Teensy sabra une bouteille de champagne. Cette année-là, elle ne buvait rien d'autre. Elle buvait du champagne seule, en compagnie et avec tout. Elle jurait que c'était une boisson « propre ». Teensy m'en versa une larme dans une des coupes ornées d'un filet d'or qui avaient appartenu à mon arrière-grand-mère Delia. Puis on nous envoya au lit, Little Shep, Baylor, Lulu et moi.

J'étais si excitée que je n'avais pas du tout fait attention à Lulu. Quand on s'est couchées dans nos lits jumeaux, j'ai remarqué que, la main pleine de boulettes au pécan, elle était toujours en train de mastiquer.

— Lulu, dis-je, arrête de manger ! Donne-moi ces boulettes.

— J'ai faim.

— Tu as faim ? Mais ça fait six heures que tu te goinfres sans t'arrêter. Tu vas devenir grosse comme une montagne, avec des hanches énormes comme les femmes du côté de papa.

— Et toi, arrête de parler comme maman.

— D'accord, mais ne viens pas pleurer si on t'interdit d'entrer au cinéma parce que ton gros cul risque de démolir les fauteuils.

— Ouais.

Elle s'est tenue tranquille pendant une minute, puis m'a demandé :

— Siddy, c'est vrai que c'est toi qui as mis en scène le spectacle, comme maman l'a dit ?

— Oui, j'ai supervisé chaque note et chaque geste. Elles n'ont rien fait sans mon avis, ai-je ajouté en mentant.

— Oh, la vache !

Elle s'est mise à sucer son pouce.

— La prochaine fois, elles vont même me payer.

— Te payer ? Avec de l'argent ?

— À ton avis, les gens se font payer en quoi ? En biscuits salés ?

— Si seulement je pouvais diriger quelque chose !

— Prie saint Jude, le saint patron de l'Impossible !

Ma tête était si enflée qu'elle aurait pu éclater. J'ai essayé de m'endormir mais j'étais trop excitée pour me détendre.

— Hé, Lulu, t'es éveillée ?

— Non. Je dors.

— Écoute, tu as envie de chanter ?

— Non, j'veux dormir.

— Allez, on va chanter *Side by Side*.

— Chante, toi ! Pas moi.

— Oh, t'es pas sympa...

Soudain, des voix se firent entendre d'en bas. Pas le

brouhaha habituel des cocktails. Des voix inquiètes de grandes personnes.

Je bondis de mon lit et fonçai jusqu'à la porte. Un autre mystère à résoudre pour Siddy Drew. Quand j'entrouvris la porte, le bruit se fit plus fort. J'avais l'habitude d'entendre vociférer, mais cette fois c'était différent. Un son plus haut perché, peut-être. Je descendis sur la pointe des pieds et poussai la porte du vestibule en risquant un œil dans le salon. Au milieu de la pièce, la tête sur un coussin, était étendu maître Mitchell Fontenot, l'associé de mon oncle Pete. Il ne semblait pas ivre. Visiblement il souffrait.

Little Shep sortit de sa chambre.

— Hé, qu'est-ce qui se passe ? demanda-t-il en se frottant les yeux.

— J'sais pas. M. Fontenot est couché par terre.

— Il a trop bu ?

On avait l'habitude de voir des grandes personnes allongées par terre, surtout en fin de soirée. Mais la réception battait encore son plein, et personne n'était parti.

Mme Fontenot s'adressa à son mari, et papa s'agenouilla à son tour et lui dit quelque chose.

— Viens, dis-je à Little Shep en lui prenant la main, entrons voir ce qui se passe.

— T'as pas d'ordres à me donner ! répliqua-t-il en retirant sa main.

— D'accord. Votre Honneur aurait-il l'obligeance de m'accompagner voir ce qui se passe sur ce bon Dieu de parquet ?

— Arrête de jurer !

Mais mon frère se tordait de rire.

Je commençais tout juste à utiliser « bon Dieu » à

tout bout de champ. Mais seulement en famille et avec les Noirs. Little Shep me tendit la main et, de l'autre, il remonta son pantalon de pyjama.

— Joue à l'innocent, comme s'ils nous avaient réveillés !

— Ne me dis pas ce que je dois faire !

On s'approcha du grand corps de Mitchell Fontenot. D'après l'odeur, il buvait un scotch. Avec une paille. En préparant les cocktails pour les grandes personnes, j'avais appris à reconnaître leurs arômes. Rien qu'en les reniflant je pouvais identifier un scotch, un rye ou un gin.

— Papa, M. Fontenot ne va pas bien ? demandai-je.

— Chérie, M. Fontenot dansait le twist sur un air de Chubby Checker et il s'est bousillé le dos.

— Ça vous fait mal ? s'enquit Little Shep.

— Seulement quand je souris, répondit M. Fontenot en lui faisant un clin d'œil.

— Que va-t-il se passer ? demandai-je à papa.

— Je l'ignore. Ta mère et les autres sont en train de décider. En attendant, retournez vous coucher.

Papa avait du mal à parler mais il était encore assez sobre pour se tenir sur une jambe sans perdre l'équilibre.

— Tu as aimé leur numéro ?

En posant la question j'espérai un grand compliment.

— Quel numéro ?

Quelle humiliation !

— Le numéro de *My funny Valentine* ! Celui que j'ai mis en scène !

— Ah, oui !

Et son esprit passa à autre chose, tout simplement,

laissant tomber le sujet sur le parquet à côté de M. Fontenot.

Mais heureusement, je suis bien élevée. Mes manières de fille du Sud polie prirent le dessus. Je respirai à fond et lançai :

— Monsieur Fontenot, j'espère que vous allez vite vous remettre.

— Moi aussi, ajouta Little Shep, et j'espère que vous n'allez pas faire un procès à mon père.

M. Fontenot se mit à rire puis à gémir.

Papa, lui, ne riait pas :

— Fiston, fiche le camp au lit avant que je fasse faillite.

Little Shep et moi avons filé dans sa chambre et, plantés devant la fenêtre, on a attendu de voir ce qui allait arriver.

Dix minutes plus tard, une grosse ambulance blanc et rouge se garait dans l'allée. Mon frère et moi nous sommes précipités dans le salon juste à temps pour voir des infirmiers emmener Mitchell Fontenot sur une civière. Maman et les autres Ya-Ya l'entouraient, se penchant sur lui pour lui raconter des blagues.

— Vous êtes le danseur de twist le plus courageux de la paroisse, lui lança maman.

À la dernière minute, alors qu'on le chargeait dans l'ambulance, quelqu'un eut l'idée brillante de le suivre à l'hôpital. Immédiatement, tous les invités, le verre à la main, sautèrent dans leurs voitures et sortirent du pré où Jefferson, Carver et mon sale gosse de frère les avaient garées.

Little Shep n'hésita pas une seconde à foncer jusqu'au parking. Je le suivis dans l'air frais de février, les pieds nus sur le ciment froid, frissonnant à en avoir la chair de poule.

— Papa, demanda Little Shep, tu vas l'accompagner à l'hôpital ? J'peux venir aussi ?

— Vingt dieux, sûrement pas ! L'hôpital n'est pas un lieu pour une bande de poivrots cinglés. C'est les amis de ta mère, ils ne font que des âneries.

Et c'est vrai que maman était partie dans une des voitures.

Jefferson et Carver étaient à moitié endormis. Ils avaient froissé leurs beaux habits du dimanche en attendant d'aider les invités à monter dans leurs voitures. Pour rien, en fait, car tout le monde était parti à toute vitesse, sans penser à leur laisser un pourboire.

— OK, les gars, dit papa, allez à la maison et Little Shep vous fera servir à manger avant que vous rentriez chez vous.

Puis il leur remit une liasse de billets :

— Vous avez fait du bon travail, les gars. Dites-le de ma part à votre père.

— Shep, donne-leur du solide à manger, pas des amuse-gueule. Du gombo de canard et du pain français, compris ?

— Oui, père.

— Allons-y, dit-il à Carver et à Jefferson en les entraînant à la cuisine.

Seuls Necie et son mari, M. George Ogden (qui était le seul mari des Ya-Ya à exiger qu'on l'appelle monsieur), étaient encore à la maison. Necie était en train de faire du café et avait commencé à ranger la cuisine.

— Laisse tomber, Necie, lui dit papa, Willetta s'en occupera demain matin.

— Oh, je mets juste les restes de côté, répondit-elle en continuant à s'occuper du café.

Papa resta là à regarder M. Ogden et Necie.

Little Shep ouvrit le frigo.

— Je peux t'aider ? proposa Necie.

— Papa veut qu'on donne à manger à Carver et Jefferson.

— Je vais m'en occuper, mon chou.

Les deux garçons étaient plantés dans l'embrasure de la porte.

— Je vais vous préparer quelque chose, les gars, dit Necie en souriant. Allez donc vous asseoir à la table de la cuisine et…

M. Ogden ne la laissa pas finir.

— Allez donc sous l'auvent, on vous apportera votre pitance.

Les deux jeunes Noirs obéirent. Necie essaya de dissimuler son mécontentement. On se demande pourquoi elle a épousé ce type, se disaient maman et les autres Ya-Ya de temps à autre.

Little Shep jeta un coup d'œil à papa : il n'aimait pas que M. Ogden s'exprime comme s'il était le maître de maison. Mais papa ne remarqua rien.

— George, demanda-t-il finalement, tu crois que Mitchell peut me faire un procès ?

Les avocats ont toujours intimidé papa. Or M. Ogden était non seulement avocat mais aussi procureur.

Il s'appuya contre le comptoir :

— Légalement, il le pourrait, mais comment prouver ta responsabilité ? Il a tout le temps mal au dos. Voilà deux mois, au club de tennis, il s'est effondré et il n'a pas cherché à faire de procès. Ne t'inquiète donc pas.

— Tu as sans doute raison. Je me fais bien trop de bile.

M. Ogden sourit, comme si papa avait dit une chose si vraie qu'il n'avait pas besoin de manifester son accord.

Papa jeta un coup d'œil à Necie. Il ne savait jamais sur quel pied danser avec les Ya-Ya. Surtout avec Necie, qu'il avait surnommée Tête de Clown.

— Necie, tu n'es pas folle de faire du café à cette heure de la nuit ?

— Un petit café très fort, voilà ce qui m'empêche d'avoir la gueule de bois.

— Ça alors, je veux bien être pendu ! s'exclama papa.

Et il continua à la regarder faire sans bouger. Quand papa était ivre, il avait parfois des absences. Là, dans sa propre cuisine, il semblait perdu. Little Shep dut s'en rendre compte car il s'installa sur un tabouret à côté de lui.

— Tu veux un peu de café ? demanda Necie à papa.

Papa la dévisagea comme s'il n'arrivait pas à se rappeler ce que cette femme faisait là.

— Non, merci, ma belle. Ce que je voudrais, c'est un bon vieil Alka-Seltzer des familles.

Necie se mit à fouiller dans le placard aux alcools.

— J'en veux aussi, papa, réclama Little Shep.

Papa observait sans rien dire le verre que Necie avait posé devant lui.

— J'peux, papa ? insista Little Shep.

Papa se taisait comme s'il n'y avait personne autour de lui. Il se contentait de regarder dans le vide.

Little Shep posa sa main sur le bras de papa. Plus sans doute pour lui rappeler sa présence dans la cuisine que pour obtenir un Alka-Seltzer.

— Papa ! S'il te plaît, je peux en avoir un ? redemanda Little Shep d'un ton gémissant.

Je détestais assister à ce genre de scène. Je détestais entendre mon frère avec cette voix pitoyable.

Necie servit deux grands bols de gombo, remplit une assiette de pain et sortit par la porte de service. En revenant, elle demanda :

— Qui va raccompagner ces garçons ?

Papa se leva, traversa le salon et entra dans sa chambre. On entendit sa porte se refermer.

— George, dit Necie, on va les ramener.

M. Ogden regarda sa femme en hochant la tête.

— Ce foutu John F. Kennedy t'est monté à la tête. Tu en es dingue, ma parole !

— Ça n'a rien à voir avec le président Kennedy. Il y a simplement deux gosses qui meurent de froid sur le parking et personne pour les ramener chez eux. Nous avons une voiture. On peut les conduire et on va le faire.

— Traverser le quartier nègre un samedi soir ! On ne peut pas rêver mieux !

Necie lui tourna le dos en marmonnant un truc incompréhensible.

— Little Shep, tu veux toujours un Alka-Seltzer ? demanda-t-elle.

Mon frère fixa le sol.

— Oui, merci.

Necie le lui prépara dans un verre à moutarde.

Il en but une partie puis me passa le verre.

— Tiens, finis-le, je n'en veux plus.

— Psitt, psitt, glou, glou, chantai-je pour détendre l'atmosphère. Mais personne ne sourit.

Necie buvait son café en nous surveillant.

— Siddy, ça boume ?

— Oui, merci, tout va bien, ai-je menti.
— C'est vrai ça ?
— Oui, tante Necie !
Après un coup d'œil à son mari, elle nous conduisit au bout du couloir. Arrivés devant la chambre de Little Shep, je dis :
— Merci, tante Necie, je vais me débrouiller.
J'accompagnai mon frère dans sa chambre. Il se mit au lit et ferma les yeux. Puis Necie apporta deux serviettes chaudes. Elle essuya le visage de mon frère, avec des mouvements très doux et déposa un baiser sur son front.
— Tu dors avec moi, ce soir ? me demanda Little Shep.
— Ouais, mon pote.
Et je me glissai dans l'autre lit, où Baylor semblait dormir profondément. Necie m'essuya aussi le visage, m'embrassa et quitta la chambre.
— Tu dors ? demandai-je.
— Ouais.
— Tu penses à quoi ?
— À rien.
— J'suis sûre que tu penses à un truc.
— D'accord. Je voudrais que tu me grattes le dos.
J'ai grimpé dans son lit et j'ai commencé. C'est la chose que mon frère préférait au monde. Il se serait mis à genoux pour une séance de grattage de dos.
— Tu connais cette chanson ? murmura-t-il.
Je compris mal sa question :
— Quoi ?
— Tu sais, la chanson « Valentine » ?
— Ouais, un peu.
— Chante-la.

Tout en continuant à le chatouiller, je commençai à fredonner *My Funny Valentine*. Je chantais tout doucement en parcourant son dos couvert de taches de rousseur, je me racontais une histoire. Chacun de mes doigts était un personnage différent, avec son propre nom. Leurs vies étaient pleines de secrets et de mystères et ils jouaient des rôles importants dans le monde. Je songeais à ces personnages et je chantais, la peau de mon frère sous le bout de mes doigts.

Je restai éveillée longtemps. Quelque chose d'important s'était passé ce soir-là. Je pensai à saint Valentin qui écrivait des lettres d'amour de sa prison. Il avait tant de ferveur dans son cœur qu'il pouvait en distribuer même du fond de sa cellule. Cette nuit-là, moi aussi j'avais de l'amour à donner. Je l'ignorais, mais je venais de faire mes débuts au théâtre. Je m'endormis en entendant un chœur de voix séparées, distinctes, parfois fausses, mais pourtant en harmonie. Pas en parfaite harmonie, mais en harmonie quand même.

Le cow-boy chantant

Janvier 1963

Le jour où Baylor doit participer à l'émission *Les Jeunes Cow-Boys de Buck Lemoine*, il se réveille avec un mal de tête. Cela lui arrive souvent, et Little Shep se moque de lui à chaque fois. Pour couper court à ses sarcasmes, Baylor a pris l'habitude de souffrir en silence. Il se lève et trottine jusqu'à la salle de bains. Ses cheveux de lin hérissés sur son front le font ressembler à un petit geai à peine sorti du nid. Quand il pénètre dans la grande salle de bains bleue, Siddy, sa grande sœur de neuf ans, est déjà dans la place. Occupée à se poser de faux ongles, elle fait à peine attention au benjamin de la famille, âgé de cinq ans et demi.

— Ils se sont décollés pendant que je dormais, déclare-t-elle en s'appliquant à fixer un ongle pointu sur sa main de gamine.

Baylor ne comprend pas comment une fille aussi intelligente que Siddy peut se coller du plastique sur les doigts. Mais il y a plein de choses qu'il ne comprend pas. Il se contente de faire pipi et de se laver le visage dans le deuxième lavabo.

La salle de bains des enfants, chez les Walker, possède trois lavabos. Shep, affirmant que la majorité des bagarres familiales s'y déroulent, a voulu diminuer les risques de bains de sang entre ses quatre enfants d'âges si rapprochés. Au moment de la construction de la maison, on a donc ajouté deux lavabos supplémentaires. Du coup la salle de bains ressemble vaguement à la salle d'hydrothérapie d'un asile de dingues. Pendant les réceptions, certains invités de Vivi et de Shep s'y enferment parfois pendant des heures, se sentant en sécurité dans ce lieu carrelé en bleu, parmi les livres et les plantes vertes. Il y a une vieille étagère en osier bourrée de numéros de *National Geographic* et de *Life*, et une grande fenêtre s'ouvre sur le bayou. La pièce est assez vaste pour y faire des exercices de gym. On peut aussi simplement s'asseoir dans le vieux fauteuil à bascule qui a appartenu au père de Vivi.

Bref, cet endroit est une sorte de havre de tranquillité tout bleu. Il arrive que Vivi et Shep oublient que leurs amis trop imbibés de bourbon aiment à s'y réfugier. Un soir, Vivi a omis d'inspecter les lieux et, le lendemain matin, Lulu a trouvé l'oncle Chick endormi dans la baignoire. Depuis, Vivi fait le maximum pour procéder à l'état des lieux avant d'aller se coucher, quelle que soit la quantité de bourbon qu'elle a ingurgitée. À la fin de chaque réception, après avoir vidé les cendriers, elle jette un œil dans la salle de bains des enfants. Certes, elle a supplié les autres Ya-Ya et leurs maris de ne pas dormir là, mais on n'est jamais sûr de rien.

Baylor a besoin de s'asseoir sur le trône, mais il n'aime pas le faire en présence de ses sœurs ou de son frère. Ça lui est impossible, voilà tout. Tous les gosses de la famille sont censés partager la salle de bains.

Siddy, Little Shep, Lulu n'y voient pas d'inconvénient, mais lui a besoin d'être seul. En temps normal, Baylor n'aurait jamais demandé à Siddy de quitter les lieux. Mais ce jour-là, il tente sa chance.

— Pas question, je dois absolument me mettre mes ongles. Et en plus, j'étais là la première.

Soupirant, Baylor va se laver, remettant à plus tard l'évacuation de ses intestins.

Il se brosse les dents, à l'exception des canines, qui n'ont pas encore poussé.

Une nuit, en rentrant de La Nouvelle-Orléans après avoir fait la fête pendant le week-end dans le Garden District[1], Vivi et Shep s'étaient rappelé que Willetta leur avait laissé un message à l'hôtel Monteleone disant que Baylor avait perdu une dent. Encore un peu ivres, le visage caressé par un vent doux d'avril que laissaient passer les vitres baissées de la Thunderbird, ils s'étaient souvenus de la petite souris en arrivant chez eux. Shep n'avait qu'un billet de cinquante dollars sur lui. Ils s'étaient faufilés dans la chambre que Baylor partageait avec Little Shep : la lueur d'un croissant de lune suffisait à éclairer le visage de son plus jeune enfant. Vivi était restée émerveillée devant la délicatesse, la pâleur, le sérieux de Baylor plongé dans le sommeil. Ensemble, toujours en tenue de soirée, les petites souris s'étaient penchées, exhalant le parfum favori de Vivi, l'*Old Spice* de Shep et le bourbon. Vivi portait une robe bustier bleu nuit qui, même froissée, était splendide et, comme elle avait dormi une partie de la route, ses cheveux étaient ébouriffés. Sous

1. Quartier chic de la ville. *(N.d.T.)*

l'oreiller de leur petit dernier, ils avaient glissé le billet tout neuf de cinquante dollars, un agitateur de boisson provenant du bar du Monteleone, et trois pralines du Vieux Carré. Quand Baylor se réveilla le lendemain matin, il fut ébahi de trouver cinquante dollars pour une seule dent.

— Cinquante faffes ! s'était-il exclamé en employant l'argot de son frère.

C'était une manifestation divine. Qu'avait-il fait pour la mériter ? En général, il ne touchait que cinquante cents.

Malgré les protestations des autres enfants, qui s'étaient plaints de n'avoir jamais reçu pareille récompense, Shep n'avait pas eu le courage de réclamer à Baylor une partie du trop-perçu.

La plupart du temps, Shep ne savait pas comment se conduire avec Baylor. À ses yeux, le garçon ressemblait à un prince venu d'une autre planète. Son raffinement le mettait mal à l'aise. Avec Little Shep, c'était différent. Et plus simple, surtout quand il s'agissait de le faire marcher droit. Mais Baylor était comme le fantôme d'un de ses rêves, un rêve ou un cauchemar où il découvrait soudain, en présence d'autres personnes, qu'il était à la fois un homme et une femme et où il devait décider quel était son véritable nom.

Baylor s'étudie attentivement dans la glace. Il mesure un mètre vingt-deux, il est mince comme un fil et ses grands yeux bruns reflètent un soupçon de tristesse. Il a le teint mat, ce qui est rare avec des cheveux aussi blonds. Ses oreilles sont encore bien trop grandes par rapport à sa tête, et il a peur que ça ne s'arrange jamais. On lui rebat souvent les oreilles... à ce sujet.

Ses cousins plus âgés ne manquent jamais de dire quand ils le voient : Hé, Bay-Boy, quand vas-tu grandir entre tes oreilles ?

Et ils s'esclaffent.

Pour sa prestation à la télévision il voudrait paraître sous son meilleur jour. Il se passe du Brylcreem dans les cheveux comme son père le lui a appris, mais il ne peut rien faire pour l'épi qui se dresse sur son front. C'est à cause de cette mèche rebelle qu'on l'appelle Tête de Geai. Puis il plaque ses oreilles contre sa tête pour voir ce que ça donne.

Sans lever les yeux, Siddy lui dit :

— Bay, tes oreilles sont très bien. Tu as de belles oreilles de cow-boy.

Il aime sa sœur. En général, elle le traite gentiment, elle le défend. Une fois, elle a empêché Little Shep de le forcer à boire un prétendu verre de jus de fraise frappé qui était en fait du Tabasco.

Quand il en a terminé à la salle de bains, Baylor retourne dans la chambre qu'il partage avec Little Shep. La veille, il a préparé ses affaires : une tenue de cow-boy noire, des bottes assorties que son père lui a données pour Noël, et un chapeau de cow-boy rouge. S'il avait eu un holster, il ne l'aurait pas porté. Les holsters c'est bête, songe-t-il, et je ne suis pas bête. Sa tête continue de le faire souffrir et il aurait bien besoin d'aller aux toilettes. C'est toujours ainsi : plus il attend et plus il a mal. Peut-être que Siddy a évacué les lieux. Il emprunte la couloir, jette un œil. Elle n'a pas bougé, toujours affairée à coller des faux ongles sur ses petits doigts dodus. Au bout d'une minute elle daigne enfin lui prêter attention :

— Je n'arrive pas à faire tenir le pouce, gémit-elle.

Ne peut-elle pas deviner ? N'est-elle pas au courant ? Aujourd'hui est mon grand jour. J'ai besoin de la salle de bains pour moi tout seul.

Et si je prenais celle de papa et maman ? se dit Baylor. Il est interdit aux enfants Walker d'utiliser la salle de bains de leurs parents, sauf exceptionnellement, en cas de grippe par exemple. Mais passer à la télé, est-ce que ce n'est pas un cas d'urgence ? Il sera vu par tous les habitants de Thornton, en Louisiane. Il représente sa famille.

Baylor constate que la chambre de ses parents est silencieuse. Sans doute dorment-ils encore. Puis des gloussements lui parviennent. Un petit cri émis par Vivi. Elle est réveillée et batifole dans sa salle de bains. Vivi et Shep adorent cette pièce, qui donne sur un petit patio à l'arrière de la maison. On ne sait pas ce qu'ils font là-dedans. Mais il faut éviter de les déranger.

Il doit être à la télévision K-Dixie-BS-TV à huit heures trente pile pour *Les Jeunes Cow-Boys de Buck Lemoine*. On lui a bien précisé que les retardataires ne passeraient pas dans l'émission. Baylor consulte la montre que l'oncle Chick lui a offerte pour Noël : déjà huit heures dix !

Il court à la cuisine, prend une boîte individuelle de Rice Krispies, déchire le couvercle suivant le pointillé, ouvre le papier d'aluminium, découpe une banane en rondelles, verse le lait. Baylor adore ces petites boîtes qui le dispensent d'utiliser un bol. On peut les emmener en promenade et elles ne prennent pas de place dans le sac à dos. Pas le temps ce matin d'écouter les craquements des grains de riz soufflé sous les dents. Baylor est un cow-boy pressé. Il pose la boîte en équilibre dans sa paume et se dirige vers le petit salon, où

Little Shep, en pyjama, est vautré devant la télé à regarder des dessins animés. Baylor n'ose pas s'asseoir : d'une seconde à l'autre il devra tenir son rôle de jeune cow-boy.

— Hé, cow-boy ! le salue Little Shep, qui l'ignore ensuite pendant l'épisode de *Bip-Bip et le coyote.*

Baylor adore les bagarres de cette série. Il imite la bande-son : RRRRRRRR-MMMMMM-BIP-BIP-KABLAMMMM MMM BOUMMMMM-FLOCCCC ! BIP-BIP ! Dans son genre, il est un garçon Bip-Bip.

Le son est trop fort, sa tête va exploser. Où est maman ? se demande Baylor. Elle n'a quand même pas pu oublier quel jour on était ! Il fonce dans la cuisine, jette la boîte de céréales à la poubelle, rince sa cuillère et la met dans le lave-vaisselle, comme on le lui a appris. Il retourne dans sa chambre, où les rideaux sont encore tirés. Il s'assied en tailleur sur son lit, tel un cow-boy qui réfléchit. Il ferme les yeux, imagine les caméras de télévision se rapprochant de lui, se voit lui-même regardant la caméra, s'adressant à sa ville natale comme le président Kennedy le ferait à tout le pays : *Habitants de Thornton, j'ai des choses à vous dire. Je veux vous parler de l'aigrette qui vit derrière notre maison dans le bayou. Et du nouveau nid dans le noisetier près de la maison des enfants. Et il y a la grosse, très grosse écrevisse que personne ne peut attraper et l'alligator dont papa parle mais que personne n'a vu, et…* Il y a tant de choses que Baylor voudrait dire au monde. Il se laisse aller à rêver aux centaines d'histoires qu'il a inventées, aux contes qu'il aimerait partager avec les gens de la télévision, au nombre infini d'avis qu'il donnerait volontiers aux habitants de Thornton, petits et grands. Mais, surtout, il aimerait chanter.

Il vérifie sa montre de nouveau. Presque huit heures vingt ! Il se précipite dans la chambre de ses parents, qui sont retournés se coucher. Vivi allume une cigarette, Shep affiche un grand sourire sur son visage bronzé. On est samedi.

— Salut mon ange, dit Vivi en souriant. Viens te coucher avec nous.

— J'peux pas, maman, j'peux pas !

Il s'efforce de ne pas crier mais il est contrarié :

— Je dois être à l'émission *Les Jeunes Cow-Boys de Buck Lemoine* dans exactement cinq minutes !

— Merde ! J'avais complètement oublié ! s'exclame Vivi en écrasant sa cigarette à peine entamée dans le cendrier en argent de sa table de nuit.

— Laisse ta mère tranquille, fiston. Va regarder l'émission sur le téléviseur de la salle de jeux.

Shep est appuyé sur un coude, torse nu. Sa main est posée sur le ventre de Vivi que recouvre le drap.

— Impossible, Shep, intervient Vivi.

Elle se retourne et bondit du lit, nue comme un ver.

— Mon grand lapin, tu vois bien que Baylor a mis son costume de cow-boy ! C'est son grand jour !

Vivi ne perd pas une seconde. En deux temps, trois mouvements, elle enfile un négligé bleu et beige et court dans le hall en maugréant :

— Oh, zut alors ! J'ai prévenu tout le monde cette semaine. Je l'ai dit aux Ya-Ya, à Buggy…

Stoppant une seconde dans la cuisine pour prendre un manteau et les clés de la voiture, elle ouvre en grand la porte de service et, en un éclair, s'installe derrière le volant, Baylor à côté d'elle. Elle démarre en trombe. L'estomac noué, Baylor observe le compteur de vitesse en se demandant quelle serait la réaction du flic qui arrêterait sa mère en négligé. En se concentrant sur les chiffres du tableau de bord, il réussit à oublier son mal de crâne. Cinq minutes plus tard, ils se garent devant la chaîne de télévision.

Sans couper le contact, Vivi ouvre la portière de Baylor.

— Allez, mon ange, désolée d'avoir oublié. J'entrerais bien avec toi, chééri, mais, dans les studios de télé, ils n'aiment pas trop les mères en chemise de nuit. Ne me demande pas pourquoi !

Quand elle se penche pour l'embrasser sur la joue, il sent son odeur de nuit.

— Tu es le plus beau cow-boy du monde. Va galoper dans la Prairie. Je retourne vite à la maison pour te voir à la télé.

Baylor sort à toute allure, un pan de sa chemise claquant dans l'air matinal. À l'intérieur, une dame grassouillette, ses cheveux noirs empilés sur sa tête, est assise derrière un bureau. Elle lui fait un grand sourire :

— Salut, jeune cow-boy !

Haletant, la tête prête à éclater, Baylor ne sait pas que dire. La dame l'encourage d'un nouveau sourire, mais il ne réagit pas.

— Dépêche-toi, fiston, si tu veux entrer dans le Ranch. Ils sont déjà tous là. Tu vois le couloir derrière toi ? Tu vas jusqu'au bout et tu tournes à gauche. Tu ne peux pas te tromper.

Il meurt d'envie d'aller aux toilettes, mais il n'ose pas perdre une minute de son temps précieux. Et s'ils bouclaient la porte du studio et qu'il reste dehors pour toujours ?

Ils l'appellent tout simplement le Ranch, songe-t-il en courant dans le couloir, les talons de ses bottes claquant sur le sol. Il tourne là où la dame lui a dit, et voit une lampe rouge au-dessus de la porte du studio. Baylor se demande si la lumière rouge a un rapport avec les bombes de Cuba dont il a entendu parler. Terrifié, il pousse la porte. La dame lui a dit d'entrer, mais il sait bien que la lumière rouge signifie STOP. Un pied à l'intérieur, il aperçoit une troupe de gosses, surtout des garçons, habillés de toutes sortes de costumes de cow-boy. Ils sont tous assis sauf un adulte, un grand, debout, qui leur explique le déroulement de l'émission.

Baylor s'immobilise un instant. Doit-il avancer ? Tout le monde va se retourner et le dévisager et il n'aura alors qu'une chose à faire : filer de là et se cacher. Mais chez lui, on va se demander où il est passé. Ils vont le chercher sur l'écran mais ne le verront pas. Non, il doit entrer. Un vrai cow-boy ne s'éterniserait pas sur place. Gene Autry ne resterait pas là sans bouger comme s'il avait la polio. Si seulement il était arrivé à l'heure, comme on le lui avait recommandé !

Finalement, le grand monsieur l'aperçoit.

— Tu es en retard, cow-boy ! J'aime pas les cow-boys en retard. Mais entre. Trouve-toi une place.

Oh, malheur ! Lui qui avait projeté de s'asseoir au premier rang pour que Buck le repère, pour que tout Thornton le voie au grand moment…

— Oui m'sieur ! murmure-t-il en se faisant aussi petit que possible.

Il avance sur la pointe des pieds dans les gradins, bouscule plusieurs gamins avant de trouver une place libre. Il en connaît certains de vue, d'autres pas du tout. L'important, c'est que son costume n'a rien à envier aux leurs, grâce à son père, qui l'a acheté au Cowboy Store. De nombreux enfants ont des tenues rudimentaires, et des chaussures de tennis à la place des bottes. Son père ne le laisserait jamais sortir en cow-boy sans les bottes réglementaires. Ça le ferait trop rire, papa !

« Mais regardez-moi donc ce cow-boy de pacotille ! » s'exclamerait-il.

Il y a des projecteurs au plafond et un grand type avec des écouteurs assis derrière une grosse caméra montée sur rails. Il fait très chaud. La migraine martèle le crâne de Baylor. Les gens vont s'apercevoir que son front bat comme son pouls. *Ils vont croire que je suis demeuré ou que je débarque d'une autre planète. Les extraterrestres ont toujours de drôles de fronts.*

Pourquoi a-t-il insisté pour venir seul ? Il aurait dû demander à Little Shep de l'accompagner. Mais son frère a déjà participé deux fois à l'émission et trouve que c'est un truc pour les bébés. Il aurait pu demander à Siddy, malgré ses faux ongles. Et voilà qu'il est complètement seul. D'habitude, il ne va jamais nulle part sans Siddy, Little Shep et Lulu. Il partage tout, tout le temps, avec les trois autres. Cette fois, il a voulu être seul, pour être la vedette. Pour qu'on le remarque à la télévision. Mais maintenant, il sent comme un vide : il n'est plus protégé par la tribu des enfants Walker.

On joue le thème de l'émission, un cow-boy se met à chanter les paroles et, machinalement, Baylor l'accompagne en sifflant.

Au bout d'un moment, Buck Lemoine en personne pénètre dans le Ranch pour accueillir son public.

— Bonjour, les jeunes cow-boys ! Bienvenue au Ranch de Buck Lemoine. On en a une jolie brochette de cow-boys, aujourd'hui. Alors, les gars, vous êtes prêts à vous amuser ?

Buck est mince, presque beau dans sa tenue de cow-boy argentée. Il ne fait pas semblant, songe Baylor, c'est un vrai. Baylor sait que Lemoine a été une vedette des rodéos dans le Sud avant de s'abîmer le genou en montant des taureaux. C'est un cow-boy, un vrai de vrai. Buck prend une petite guitare et interprète une chanson au sujet d'un jeune vacher qui a sauvé cent têtes de bétail à lui tout seul pendant un terrible orage. Baylor adore les lumières, la caméra et les techniciens qui courent dans tous les sens pour mettre Buck en image.

Mais il ne se sent pas bien. Il aurait dû aller aux toilettes avant de quitter la maison. Il lui semble que son ventre est lardé de coups de couteau.

Baylor se force à oublier sa tête et ses ennuis intestinaux. Il a une grande mission à accomplir. Depuis des semaines, il répète une chanson qui doit le rendre célèbre et le faire aimer de toute la ville et même de toute la paroisse de Garnet. C'est peut-être l'occasion d'une nouvelle vie. La raison de sa présence dans le studio c'est cette chanson qu'il a composée sur le président Andrew Jackson, dans le bus, en rentrant de l'école, voilà deux mois. Baylor meurt d'envie de la chanter en direct. Il a obtenu de Siddy qu'elle l'aide à l'enregistrer sur son vieux magnétophone chéri. Après s'être entendu, il a décidé de passer à la télé. Il aurait pu choisir l'émission de Nita Marie Jeansonne Thibeaux, *À la recherche de jeunes talents*, sur K-Dixie-BS-TV, mais son père se moque toujours de ce programme : « Ça fait des années que cette foutue Nita cherche de nouveaux artistes, mais elle n'a jamais trouvé personne. »

Contrairement à lui, ses frère et sœurs se donnent toujours à fond côté spectacles maison, encouragés par

Vivi, qui affirme avoir brûlé les planches de Broadway. En général, Baylor ne participe pas. Mais aujourd'hui, la situation est différente. C'est sa chanson à lui. Seule Siddy est dans le secret, et encore, elle ignore qu'il va l'interpréter pour les téléspectateurs.

Quand il en aura terminé, Buck va lui demander de revenir régulièrement, là, au centre du studio. On lui fera un costume argenté sur mesure. Et lui, Baylor, écrasera ses aînés. Il se distinguera de tous les gens qu'il connaît. Son papa et sa maman seront stupéfaits et le traiteront comme quelqu'un d'extraordinaire, et non plus comme un petit garçon. Il n'aura plus à porter les vieilles chaussures de Little Shep dont les pointes sont déformées par des milliers de génuflexions.

Buck commence à interroger les enfants, un à un. Ils ricanent derrière leurs mains, pétris de timidité. Quels idiots, songe Baylor. Même s'ils disent quelque chose d'intelligent, on ne les entend pas. Moi, à condition que je puisse me retenir encore un peu, je vais interpréter ma chanson comme un pro.

Buck met des siècles à descendre les gradins. Il interroge chaque stupide gosse, et Baylor souffre de plus en plus. Ça n'en finit pas : c'est pire qu'à la grand-messe, quand on reste à jeun pendant des heures avant de recevoir la communion.

Enfin, Buck s'arrête devant Baylor et se penche vers lui. Son visage ridé par le soleil se trouve à la hauteur de la tête du petit garçon, qui distingue la couche de maquillage orange sur la peau du cow-boy.

— Bonjour, fiston ! Ça boume ?

Contrairement aux autres enfants, Baylor se lève. Buck tient un micro et Baylor veut parler distinctement dedans, pour se différencier des autres gosses. Il se sent comme possédé ; il a sa chanson à offrir au monde.

— Sûr que ça boume, répond Baylor, fier d'employer le mot « sûr ».

Un vrai mot de cow-boy.

— Tu t'appelles comment ? demande Buck en plaçant le micro devant la bouche de Baylor.

— Baylor Walker. Je suis le fils de Shep Walker.

— Ah oui, je connais ton père. Un sacré bon chasseur. Combien de canards a-t-il rapportés le week-end dernier ?

— Euh..., hésite Baylor, qui n'en a aucune idée. Oh, autour de deux cents. Ouais, mon papa a tué deux cents canards.

Buck Lemoine se balance sur les talons de ses bottes de cow-boy et part d'un grand éclat de rire.

— Tu en es certain, fiston ?

— Oh oui, monsieur, certain, ment Baylor.

— Sapristi ! Le garde-chasse ne va pas être content s'il regarde l'émission. Ton papa a peut-être un peu forcé la dose, non ?

Buck se retourne et s'adresse directement à la caméra :

— Shep Walker, si tu nous regardes en ce moment, tu devrais apprendre à ton fils quel pouvoir peut avoir la télévision.

Puis il éclate de rire et des tas de gosses l'imitent sans pour autant comprendre la plaisanterie.

— Bon, content de t'avoir parlé, Baylor. Rappelle-moi au bon souvenir de ton père.

Au moment où il s'apprête à interroger un autre enfant, Baylor l'attrape par la manche.

— Attendez, Buck ! J'ai une chanson que j'ai écrite exprès pour l'émission.

D'une des poches de son pantalon il extirpe une feuille de papier pliée en quatre et couverte d'une écriture enfantine.

— Je ne peux pas m'arrêter, fiston, dit Buck en tirant sur le fil du micro.

— Non ! Attendez ! Je vous en prie, seulement une minute.

Il tend le bras pour prendre le micro.

Malgré toutes les années qu'il a passées dans le Ranch, l'animateur n'a jamais vu un gosse ayant un tel toupet. Mais il ne peut pas lui arracher le micro des mains. Ni lui montrer son agacement alors qu'il s'agit d'une émission pour la jeunesse. Il a une réputation à préserver.

Baylor agrippe le micro et le place devant sa bouche tandis que de l'autre main il tient son papier. Il respire un grand coup et commence à chanter sur l'air de l'émission *Daniel Boone* :

Andrew Jackson était un homme
Oui, un grand homme
Il était intelligent
Et il eut du bon temps
Et vraiment, il était unique !

Buck veut reprendre son micro, mais Baylor ne se laisse pas faire. Il n'a pas fini. En fait il n'en est qu'au début.

Andrew Jackson avait un rêve
Oui, un grand rêve
Et il travaillait le matin
Et il travaillait le soir
Et la nuit il dormait dans les pins !

Sa chanson terminée, Baylor rend le micro à Buck d'un geste plein de panache. Il aimerait avoir le culot de faire claquer le fil du micro comme un lasso !

— Merci, Buck.

Avant de s'éloigner, Buck, les dents serrées, grommelle :

— Non, merci à toi, fiston.

À ce moment, Baylor a l'impression que son ventre va exploser. Quand il est sûr que la caméra n'est plus braquée sur lui, il dégringole les gradins, bousculant et terrifiant deux petites filles qui se tiennent par le bras, et ouvre comme un fou la porte du studio. Il est mortifié d'avoir à quitter les lieux ainsi, mais s'il ne trouve pas les toilettes rapidement il va s'en vouloir toute sa vie.

Il bondit dans le vestibule et s'arrête d'une glissade devant le bureau de la réceptionniste.

— 'Xcusez, dit-il en se tenant le ventre, pouvez-vous me dire où sont les lavabos ?

— Ça va, petit ? demande la préposée.

Il la suit à travers le hall et, une fois dans les toilettes, ferme la porte à clé et s'assied pendant un long moment sans allumer. Il fait très sombre et la pièce est silencieuse. Sa migraine s'estompe. Baylor commence à se sentir mieux, et au bout d'un moment il a l'impression de plonger et de flotter dans un espace impénétrable.

Ai-je tout gâché en filant si vite ? se demande-t-il. Pourvu que les gens ne croient pas que j'ai eu honte de ma chanson, ou que j'ai eu la trouille !

Une terreur indéfinissable, comme il n'en a jamais connu, l'envahit. Son corps se contracte et il se voit paralysé dans les toilettes de K-Dixie-BS jusqu'à la fin des temps. Et s'il priait ? Mais aucune des prières qu'on lui a apprises ne s'applique à cette situation. Ce sont juste des mots. Alors il se met à siffler, et ensuite à chanter – tous les airs qui lui traversent l'esprit. Il invente des paroles sur des airs inspirés par les mélodies que Siddy joue au piano et des chansons entendues à la télévision.

— « Mon pays est un grand pays », entonne-t-il.

Puis il enchaîne sur « Bougeons, bougeons », une chanson que son père fredonne en écoutant l'air à la radio de sa camionnette. Au bout d'un moment, Baylor se sent en sécurité dans l'obscurité loin de la violente lumière des projecteurs. Il se balance d'avant en arrière, perdant peu à peu la notion du temps, et ne revient à la réalité que lorsqu'on frappe à la porte.

— Hé, bonhomme, ça va là-dedans ? s'enquiert la réceptionniste.

Après un instant de silence il répond :

— Oui, merci, je vais bien.

— Tu veux que j'appelle ta mère pour qu'elle vienne te chercher ? Tous les petits cow-boys sont déjà rentrés chez eux.

— Non merci. Je suis tout seul.

Il attend qu'elle se soit éloignée pour s'essuyer. Puis il relève son pantalon et observe la porte. Ouvre-la et bouge-toi, se dit-il. Allez, ouvre-la et bouge-toi.

S'exécuter est la preuve de la confiance retrouvée. Avançant un pied devant l'autre, il arrive jusqu'au lavabo, où il se lave les mains. Puis il quitte les lieux et passe devant la réceptionniste, qui a le nez dans un bouquin.

Il préférerait ne rien dire, mais il veut partir dignement :

— À bientôt, fait-il en agitant la main comme John Wayne chevauchant vers le soleil couchant. Merci de votre aide.

L'air est frais et ensoleillé dans Jefferson Street. Baylor s'aperçoit qu'il a oublié sa veste. Il se met à trembler, parcouru par une vague de panique. Il fait quelques pas mais il n'a plus rien d'un cow-boy. Il a faim, il est petit et il voudrait être chez lui à Pecan Grove, où le bruit de son frère et de ses sœurs le protège de lui-même.

Il trouve une cabine téléphonique et utilise les quelques pièces de monnaie que Vivi les oblige tous à avoir sur eux.

— On ne sait jamais quand on peut avoir besoin d'appeler à la maison, répète-t-elle.

Le téléphone sonne plusieurs fois. *Et s'ils étaient tous partis ? Et s'ils n'existaient plus ?* Il a toujours craint de tomber dans la *zone crépusculaire*[1]. Les épisodes de ce feuilleton télévisé lui ont toujours semblé parfaitement crédibles.

Il a cessé de compter les sonneries quand Vivi décroche.

— Maman, c'est Baylor. Ton fils. S'il te plaît, est-ce que tu pourrais venir me chercher ? Je suis devant le cabinet du docteur Mott.

— Ma star ! couine Vivi. Tu as été magnifique. J'arrive tout de suite.

---

1. Allusion au célèbre feuilleton télévisé *Twilight Zone* (*La Quatrième Dimension* en français). *(N.d.T.)*

Baylor ne bouge pas. Il reste dans la cabine vitrée à regarder les voitures passer. Il y a peu de trafic dans Thornton, Louisiane, le samedi matin. Sa tête est vide. Il pourrait se trouver n'importe où, dans une grande ville où personne ne connaîtrait son nom ou sa famille.

La Thunderbird, en s'arrêtant au bord du trottoir, lui redonne vie. Vivi klaxonne. Siddy, Little Shep et Lulu, penchés par les fenêtres, soufflent dans des sifflets en cire orange que Vivi garde dans un tiroir de la cuisine depuis Halloween. Vivi les accompagne en chantant.

— « Andrew Jackson était un homme/Oui, un grand homme... »

— Entre dans la voiture avec nous, petit cow-boy chantant, dit Vivi. On va tous au cinéma ! On a fait du pop-corn qu'on a emporté avec nous. Incroyable ! J'emmène une star de la télé au cinéma.

Baylor monte dans la voiture, où il croule sous les baisers et les claques dans le dos de son frère et de ses sœurs.

— Oh, tu as été formidable, dit Siddy. Je t'ai enregistré !

Lulu le chatouille et il ne peut s'empêcher de rire. Little Shep lui tapote le dos de la main.

— Deux cents canards, hein ? Papa veut que tu le fasses sortir de prison quand le garde-chasse lui aura mis la main dessus.

Siddy le serre dans ses bras en faisant attention à ses faux ongles.

La radio diffuse *It's My Party and I'll Cry if I Want* à plein volume, tandis que Vivi fonce vers le Bob Theater.

— J'emmène ma star au cinéma, répète-t-elle en tendant à Baylor un sandwich au beurre de cacahouète et à la confiture qu'elle a sorti d'un sac bourré de bonnes choses.

Baylor se rend compte qu'il meurt de faim. Il prend une bouchée du sandwich puis respire à fond. La Thunderbird continue à rouler à toute vitesse, les emmenant tous les cinq se perdre dans la magie du grand écran. Pendant tout le reste du trajet, Baylor Walker est un jeune cow-boy chantant, une étoile dans une galaxie infinie.

Neige au soleil

Siddy, décembre 1961

La première fois qu'il neigea à Thornton, ce fut Little Shep qui, de nous tous, réagit le plus vivement. C'était au début de décembre. J'étais avec Baylor dans la cuisine, où je préparais du chocolat chaud. Nous avions entendu parler de la neige, nous en avions vu en photo mais jamais en vrai, pour la bonne raison qu'il n'en était pas tombé à Thornton depuis que nous étions nés.

Papa nous avait raconté qu'il avait neigé quand il était petit. Le premier jour, la neige n'avait pas tenu. Elle avait fondu et disparu dans le sol. Mais le lendemain, au réveil, tout était blanc. Papa avait couru dehors, fait des boules de neige et des ailes d'ange, comme le mari d'une cousine vivant dans l'Illinois le lui avait appris. Il fallait s'allonger dans la neige et faire de grands mouvements avec les bras et les jambes. Quand on se relevait, il y avait la trace des ailes d'un ange imprimée sur la neige. Rien qu'à écouter papa, j'avais une folle envie de faire des ailes d'ange. Il nous avait également prévenus que si on voyait de la neige il fallait en profiter, car elle ne reviendrait pas avant des dizaines d'années.

Lulu fut la première à remarquer qu'il neigeait. Elle était assise dans la salle de jeux, près d'une grande fenêtre qui donnait sur le bayou.

— Hé, tout le monde ! cria-t-elle. Regardez dehors ! Il neige !

En l'entendant, Little Shep partit comme un fou, franchit le hall en hurlant de joie, traversa la cuisine comme un éclair, évita le fauteuil près de la fenêtre, longea la grande table de chêne et ses chaises de pique-nique pliables.

Il fonça droit vers les portes-fenêtres coulissantes et, de tout son élan, heurta une vitre. Un violent *boum* se fit entendre. À notre stupéfaction, il rebondit comme une balle contre un mur. Il demeura en l'air une minute, les pieds au-dessus de la tête, puis s'écrasa par terre, sans bouger, évanoui, assommé par cette neige qu'il n'avait jamais vue auparavant.

Voir la neige, tenir sa blancheur magique dans nos mains était notre désir le plus cher, mais c'était impossible. On ne pouvait pas laisser Little Shep allongé sur le carrelage, la tête de côté. Baylor s'agenouilla tout près de lui, Lulu bondit prévenir maman sur ses petites jambes grassouillettes. Quant à moi je ne bougeai pas, me demandant s'il allait mourir.

Deux semaines auparavant, j'avais souhaité qu'il meure car il avait abîmé le magnétophone que j'avais reçu pour mon anniversaire. Il me l'avait piqué et avait cassé le bouton de rembobinage en jouant avec.

J'adorais mon magnétophone. C'était mon bien le plus précieux. Je passais des week-ends entiers dans la campagne avec Lamar, notre berger allemand, à enregistrer des chansons que je composais pour lui. Le soir, couchée dans mon lit, j'écoutais le son de ma propre voix. J'essayais toutes sortes de voix et de noms différents – une centaine au moins. Chaque fois que je les entendais, mon moral remontait.

Puis Little Shep l'avait volé. Et cassé. J'étais vraiment furieuse mais je n'avais pas réellement voulu sa mort. En le voyant couché à mes pieds, je me suis demandé si on pouvait m'envoyer en prison pour ça.

L'instant d'après, maman se pencha sur lui. Elle se tourna vers moi.

— Va mettre le chauffage dans la voiture, les clés sont sous le siège.

J'ai suivi ses instructions. Je ne voyais pas au-dessus du volant, mais maman m'avait appris à démarrer et à mettre le chauffage. Elle détestait entrer dans une voiture glacée. Moi, j'adorais m'occuper de l'auto, ça me donnait l'impression d'être une grande personne. Assise derrière le volant, j'ai regardé les flocons couvrir le pare-brise.

Jamais je n'aurais pensé que ce serait aussi féerique. Le monde était tranquille et immobile. J'ai essayé de suivre des yeux un flocon durant sa chute, mais je l'ai perdu parmi les millions d'autres qui voltigeaient. Les contempler me donnait le sentiment de voler dans les airs. Puis une petite bourrasque déplaça tout et rompit le charme. Quand un flocon atteignait le pare-brise, on pouvait discerner sa forme. Mais il fondait très vite, sans vous laisser le temps de mieux l'étudier. J'aurais pu rester là une journée entière. Mais non. Dès que la température de la voiture est devenue agréable, je suis rentrée précipitamment.

Assis à côté de la porte, Baylor et Lulu enfilaient leurs chaussettes et leurs chaussures. Les tenant par la main, je les emmenai jusqu'à la voiture. Maman prit

Little Shep dans ses bras et nous suivit plus lentement, marchant comme si elle avait peur de le briser en avançant trop vite. Sans attendre qu'elle me le demande, je fermai la porte de la cuisine et courus ouvrir la portière. Baylor, Lulu et moi montâmes à l'arrière. Maman déposa Little Shep avec précaution sur le siège du passager et le recouvrit de son manteau. On prit la route de l'hôpital Sainte-Cécile, où maman faisait du bénévolat. Little Shep y était né. Comme nous tous d'ailleurs.

Il neigeait plus fort, avec de plus gros flocons. La route devint glissante et les champs blancs donnaient l'impression que du ciel on les saupoudrait de sucre glace. Personne ne savait conduire par ce temps.

Nous sommes des gens des pays chauds, disait toujours papa.

Pour une fois, tout le monde se taisait. Me forçant à ne plus regarder la neige, je me penchai au-dessus du siège et m'occupai de mon frère. Recroquevillé sur lui-même, il ressemblait à un jeune chiot incapable de garder les yeux ouverts. Ses paupières ne cessaient de se refermer.

— Maman, dis-je, pourquoi Little Shep ne peut pas garder les yeux ouverts ?

— Siddy, il faut que tu l'empêches de dormir. Fais n'importe quoi, mais tiens-le éveillé. S'il s'endort, il risque de mourir.

Eh bien, ça fait drôlement peur d'avoir à tenir son frère éveillé quand on n'a que huit ans. J'escaladai le siège du passager de la Chevrolet et je m'agenouillai à côté de lui. Je mis ma tête tout contre la sienne et commençai à lui parler. J'étais la fille aînée, c'était mon devoir.

— Little Shep, si tu restes éveillé, on prendra un

gros sac d'engrais, on l'ouvrira en deux et on fera de la luge sur la pente qui descend jusqu'au bayou. On volera au-dessus du bayou comme jamais auparavant parce que bon sang il sera complètement gelé. Tu m'entends ? T'auras l'impression de planer. Sérieux, tu croiras que t'es un oiseau !

Je continuai ainsi, disant ce qui me passait par la tête, des trucs qui pourraient le tenir éveillé. Les larmes me montaient aux yeux mais je ne devais pas pleurer. Mon boulot c'était de l'empêcher de dormir et pas de rester assise à pleurnicher comme les gens des feuilletons qu'on voit à la télé.

— Shep, tu pourras prendre mon magnétophone et tout enregistrer : le son de la neige sur ta tête, la luge glissant sur le bayou. Fais de beaux enregistrements. Et cet été, quand il fera chaud à nouveau et que le goudron fondra sur la route, on les écoutera. On se souviendra de la neige. À une condition, Little Shep, c'est que tu ne t'endormes pas parce qu'on n'est que des gosses et que tu ne dois pas mourir. Pigé ?

Ses yeux se refermèrent malgré tout mon babillage. Je le secouais doucement tandis que maman gardait les yeux sur la route. Elle devait faire encore plus attention que d'habitude. Je sentais qu'elle était nerveuse. Même quand il faisait beau, elle était nerveuse au volant. En regardant par la vitre arrière, je vis que nous laissions des traces noires dans la gadoue. Le trafic était à peu près nul. Lulu avait pris la main de Baylor et ils se tenaient tranquilles, témoins de la magie de la neige. C'était à la fois affreux et embrouillé, la magie de la neige et l'état préoccupant de Little Shep. Même si on se bagarrait sans cesse avec lui, on adorait notre frère. Il n'allait pas mourir, n'est-ce pas ? Devrais-je me souvenir de lui chaque fois qu'il neigerait ? Si c'était le cas, jamais, au grand jamais, je n'habiterais un pays froid.

— Que fais-tu, Siddy ? demanda maman alors que je secouais Little Shep.

— J'essaie juste de le réveiller. Ses yeux se ferment.

— Bon, continue à lui parler. Mais secoue-le tout doucement, pas brutalement. Ne lui fais pas mal.

Jamais je ne ferais mal à mon frère. J'arrêtai de le secouer pour le bercer. Pendant une minute j'imaginai que je me souvenais de l'époque où il n'était qu'un bébé, mais ça n'était pas possible, puisque je n'ai qu'un an de plus que lui. Puis je contemplai ses cheveux blond-roux coupés en brosse, et les taches de rousseur qu'il garde toute l'année. Pour la première fois je remarquai ses longs cils. Je pensai à ces soirs où nous étions couchés l'un à côté de l'autre, où on se grattouillait le dos en se racontant des histoires d'avions. Little Shep rêvait tout le temps de voler. Il rêvait d'avions et d'animaux. Il adorait les animaux. C'est lui qui s'occupait de nos chiens. Il n'avait que sept ans, mais il connaissait chaque centimètre carré des terres de papa et il parlait de ses futures cultures.

Ainsi, pendant tout le trajet je m'occupai de lui, aussi bien dans Pierce Street que dans la Sixième Avenue, que nous avions prise à droite. En le secouant doucement tout en le berçant, j'arrivai à le garder éveillé. J'y avais mis toute ma volonté. Jamais dans ma vie je n'avais fait quelque chose de plus important.

On s'arrêta devant les urgences. Maman y porta mon frère, nous trois sur ses traces. Des infirmières l'allongèrent sur un brancard et l'emmenèrent dans une pièce où nous n'eûmes pas le droit d'entrer. On nous obligea à rester assis dans une salle d'attente pendant longtemps. Maman acheta dans un distributeur des coca et des biscuits fourrés au beurre de cacahouète pour Baylor et Lulu. Je ne voulais rien. Je demeurai assise près du couloir, fixant la porte par laquelle on avait emmené Little Shep.

Je me souvins à quel point j'avais voulu ardemment sa mort. Et je me rappelai dans quel état j'étais alors. Puis je m'efforçai de ressentir la même impression dans mon ventre, dans ma tête. Quand tout revint, c'est avec la même ferveur que je désirai qu'il vive. Fermant les yeux, j'imaginai Little Shep adulte. Ce ne fut pas facile, mais je nous imaginai adolescents, roulant en voiture. Et lui, plus tard, s'occupant de la plantation de papa. Conduisant le tracteur comme papa, portant un chapeau de paille comme papa, vérifiant l'état du coton, du ciel, de la terre, puis devenant père à son tour. Avec des cheveux d'adulte sur sa tête rescapée de l'accident et pleine d'idées intéressantes qu'il n'avait pas encore. Je me le représentai grand, vivant, heureux.

Quoique d'un an seulement son aînée, je me rappelai un tas de choses de notre petite enfance. Par exemple, je voulais le tenir dans mes bras, mais plus d'une fois j'avais eu envie de le tuer parce qu'il était trop beau couché dans son berceau. Ça, je m'en souvenais très bien, contrairement à ce que les gens prétendaient. Il se déplaçait à quatre pattes dans toute la maison, si vite qu'on ne pouvait pas le rattraper. Et quand il était fatigué il s'endormait soudainement, sous une table basse ou dans le grand fauteuil près de la cheminée. Son front immense lui donnait à la fois un air bizarre et particulièrement intelligent pour un enfant si jeune, avec des yeux bruns comme ceux des vaches qui paissaient dans les champs de papa.

Notre attente sembla durer une éternité. Maman essaya en vain de contacter papa. Lulu et Baylor burent leurs coca. Je voulais aller aux toilettes mais je n'osais pas bouger. On était blottis les uns contre les autres comme des réfugiés d'un pays communiste dans un train, comme ces gens sinistres qu'on voit à la télé. Si on avait pu se fondre en un seul corps on l'aurait fait, juste pour ne pas se sentir si seuls.

Les religieuses nous parlaient toujours de prières, mais jusque-là ça n'avait rien voulu dire pour moi. Là, j'ai compris : prier ce n'est pas quémander, mais imaginer des choses agréables en chassant les mauvaises pensées de son esprit. Élever un immense mur de prières qui empêche les mauvaises pensées d'entrer. Se rendre compte de ce qu'on veut, et se laisser aller à ressentir tout l'amour qu'on a pour son petit frère, fait qu'on était trop fière pour admettre auparavant.

C'était la première fois que quelqu'un de proche allait mourir, et ça m'a changée.

Le docteur sortit enfin. Ce n'était pas notre médecin habituel mais un jeune. Il s'avança vers nous et maman bondit à sa rencontre.

— Votre fils a eu un léger traumatisme, dit-il en souriant de toutes ses belles dents blanches. Il a perdu connaissance plusieurs fois, ce qui n'est pas rare à son âge. Mais il s'en sortira. Nous aimerions le garder un jour ou deux en observation. Juste pour le surveiller.

Maman lui sourit à son tour.

— Oh, merci, docteur ! J'étais mortellement inquiète. Vous avez tous été si merveilleux.

Elle dit ça en le regardant dans les yeux comme s'il était un demi-dieu.

— Oh, madame Walker, la neige dans le Sud a de drôles d'effets sur les gens.

Il se pencha et caressa la joue de Lulu. Mais pas la mienne.

— On est en train de l'emmener dans sa chambre, poursuivit le beau docteur.

On emboîta le pas à une infirmière qui nous guida à travers l'hôpital en faisant mille tours et détours. J'aurais été totalement perdue dans tous ces couloirs, maman, elle pas du tout. Elle semblait très bien s'y retrouver. Dans sa chambre, Little Shep était couché dans un lit trop grand et trop haut pour lui. Il avait des yeux ensommeillés. *Il ne devrait pas être là. Il devrait être en train de jouer dans la neige. C'est de ma faute : j'ai eu de mauvaises pensées après qu'il a eu cassé mon magnétophone.*

Papa arriva finalement de son camp de chasse. Caro était allée le chercher là-bas. Tout le monde disait des petits riens, sauf moi, qui me taisais, et qui regardais les tempes de mon frère, la façon dont elles palpitaient quand il respirait. C'était la première fois que je remarquais leur finesse : on aurait pu les percer d'une simple pression. Mon coriace de frère avec qui je me battais tout le temps n'était pas si coriace. Il était tout ce qu'il y a de plus fragile. J'ai dit une prière que je n'ai jamais oubliée.

Penchée sur lui, je lui ai murmuré à l'oreille :

— Ta grande sœur t'aime. Elle ne laissera rien de mal t'arriver.

Plus tard ce soir-là, papa revint à l'hôpital. Il offrit à Little Shep un train en bois comme dans *The Little Engine That Could*. Et le lendemain je lui apportai mon magnétophone et lui montrai comment s'en servir. Il interviewa des infirmières et la jolie petite

Candy Stripers, ainsi que tous les gens qui entraient dans sa chambre.

Il commençait chaque interview en disant : « Ici Shep Walker junior, en direct de l'hôpital Sainte-Cécile à Thornton, Louisiane, où il a neigé hier. Je suis ici parce que j'ai couru à toute allure et qu'une porte en verre s'est mise en travers de mon chemin. »

Little Shep est rentré à la maison deux jours plus tard. Toute la neige avait fondu. J'étais si soulagée que j'ai remercié Dieu et les anges qu'il soit revenu sain et sauf. Je ne lui ai jamais dit que j'avais souhaité sa mort. Pas la peine de battre des bras dans la neige pour faire des ailes d'ange. Pas si vos anges gardiens volent autour de vous et si votre petit frère représente tout l'amour du monde.

Mon magnétophone pouvait enregistrer un nombre de choses incroyable. Plusieurs fois j'essayai de poser le micro sur mon cœur pour enregistrer ses battements. Mais on n'entendait que le froissement de mon chemisier et pas mon cœur. Il était trop lourd. Pas autant qu'avant le retour de mon frère à la maison. Mais quand même, il était trop lourd. J'ai essayé de me représenter la légèreté de la neige, du moins ce que j'en avais vu. Mais c'était difficile. Ça ne vient que lorsqu'on n'essaie plus.

Little Shep me laissa lui gratter le dos, le troisième jour de son retour. En lui chantant *You Are My Sunshine*, un air que Jimmie Davis, un gouverneur de notre État, avait rendu célèbre. Moi, je changeai les paroles pour l'amuser et lui montrer comme je l'aimais. J'étais l'aînée. J'avais pour responsabilité de veiller sur les plus jeunes. Je mis tout mon cœur dans cette chanson, et quand mon frère se mit à glousser, ce fut la plus belle musique du monde.

Little Shep, ma famille et moi, nous aimons les climats chauds. Le froid ne nous plaît pas. Nous aimons la chaleur, quand c'est l'été et qu'on peut plonger dans de l'eau chaude. On apprécie d'être en bonne santé. Nous ne voulons pas songer à la mort. On sait qu'elle existe, comme les ouragans qui s'abattent de temps en temps sur notre région. Papa disait toujours : « La peur des ouragans ne doit pas vous empêcher de semer, même si vous savez que les cultures poussent en risquant d'être détruites. »

Little Shep s'est assommé contre de la glace, si on y réfléchit. En classe de sciences naturelles j'ai appris le cycle de l'eau. L'eau se fond dans la terre. Puis l'humidité s'élève dans le ciel où elle forme des nuages. Quand les nuages deviennent trop lourds, ils retombent en pluie. Et ça recommence sans arrêt. Quoi qu'il nous arrive, le cycle de l'eau continuera.

Nous sommes une famille de fermiers et mon petit frère reprendra l'exploitation à la suite de mon père. Si nous avons de la chance et si Dieu nous protège, Little Shep et moi, nous vieillirons ensemble. Assis sur la véranda, nous nous raconterons des histoires liées à notre enfance, par exemple qu'il était le genre de petit garçon à s'assommer en regardant une chose aussi belle et rare que la neige.

La leçon de choses

Novembre 1962

Thornton Daily Monitor, 19 novembre 1962

L'église de la Divine-Compassion, au coin de Oak et de la 21e Rue, a perdu une de ses plus précieuses statues. La statue de l'Enfant Jésus de Prague, offerte en 1928 par Charles Messenger Chauvin II, a été volontairement heurtée par une voiture qui a catapulté sa vitrine. C'est un acte de pur vandalisme. La police demande à d'éventuels témoins de bien vouloir se faire connaître. Mgr Bergeron de l'église de la Divine-Compassion a déclaré : « Malgré la tristesse de cet acte, malgré ce sacrilège, nous devons nous souvenir qu'il ne s'agit que d'une statue. Ce n'est pas Dieu Lui-même qui a été atteint. Nous ne devons pas confondre les statues avec Dieu le Père ou avec Notre Seigneur Jésus. » Sœur Howard Regina, professeur de classe élémentaire à l'école paroissiale de la Divine-Compassion, a déclaré : « Dieu condamnera le coupable plus sévèrement que la justice humaine. » Charles Messenger Chauvin III, fils de Charles Messenger Chauvin II, a promis une récompense de 400 dollars à toute personne qui permettra d'appréhender le vandale. »

C'est un après-midi humide, pluvieux, réfrigérant de novembre comme la Louisiane en connaît parfois et qui rend les gens zinzins car nous avons un climat semi-tropical. Nous ne sommes pas habitués au froid et nous ne le serons jamais. Aussi, dès qu'il gèle, les habitants de la paroisse de Garnet ont l'impression de vivre au pôle Nord. Oui, au pôle Nord, vraiment. C'est une de ces journées où le mieux qu'on puisse faire est de se préparer une bonne boisson chaude et de s'allonger devant la cheminée pour lire un polar. Un roman où l'assassin est arrêté, où les crimes sont résolus, où les torts sont redressés et où la justice triomphe malgré le temps abominable.

Vivi a demandé à Caro si ses enfants pouvaient jouer chez elle pendant qu'elle irait à l'école paroissiale de la Divine-Compassion pour son rendez-vous avec l'institutrice.

— Pas de quoi fouetter un chat, Caro. Juste un de mes gosses qui a fait des siennes en classe, rien de bien grave. Mais tu sais, je dois jouer à la bonne mère catholique.

— Quelle barbe, a fait Caro en tirant longuement sur sa cigarette. Moi je n'ai jamais eu à subir ce genre de tête-à-tête. Ils m'ont laissée tranquille et mes garçons aussi.

— Sans doute parce que depuis que tu as douze ans tu refuses de donner du « ma sœur » aux religieuses. Tu les appelles « Howard Regina » ou « Mary George » comme si c'était n'importe qui.

— Et pourtant elles ne sont pas n'importe qui, a dit Caro en riant.

— Dieu sait qu'elles ont essayé de te corriger.

— Bah ! elles font semblant de ne rien entendre parce que je continue à les appeler comme ça. De plus, elles doivent flairer que si je n'étais pas paresseuse comme une couleuvre je deviendrais anglicane. De la Haute Église anglicane. Ses chorales sont meilleures, sa musique aussi. Sans parler de son sens esthétique.

— Caro, tu me tues !

— Je suis une vraie Phyllis Diller [1].

— Non, chéérie, tu es toi-même, Caro Brewer Bennett.

Après avoir reçu le mot de Howard Regina, il avait fallu un bon bout de temps à Vivi pour se décider. À la mi-septembre Baylor lui avait remis une note la sommant de prendre rendez-vous le plus tôt possible pour un motif des plus sérieux concernant son plus jeune fils, Baylor Walker. Cet après-midi-là, les gosses étaient descendus du car de ramassage au bout de Pecan Grove Lane, avaient traversé le jardin situé derrière la maison où Vivi était allongée sur une vieille couverture rose à carreaux, entourée de sandwichs au beurre de cacahouète, de raisins secs et de citronnade. La lumière de septembre, encore chaude mais agréable, éclairait Vivi, sa nichée et les trois cents hectares de coton de la propriété, ce coton qui serait ramassé d'un jour à l'autre.

Peu après avoir reçu ce mot, Vivi avait cessé de répondre au téléphone. Chaque fois que sœur Howard Regina appelait, Vivi demandait à Siddy de décrocher et de déclarer : « Ma mère vous fait dire qu'elle est occupée. Elle est vraiment *débordée.* »

Pourtant, deux jours auparavant, Lulu avait décroché et, croyant bien faire, avait passé l'appareil à

1. Célèbre actrice de cinéma et de télévision. *(N.d.T.)*

Vivi. C'était sœur Howard Regina. En reconnaissant sa voix, Vivi s'était sentie mal à l'aise, telle une gamine de dix ans qui a fait une bêtise et qui sait qu'elle va se faire enguirlander.

Donc, en ce soir glacé de novembre, il fait presque sombre dans la petite ville de Thornton. Il tombe de la neige fondue et l'été semble n'être qu'un souvenir. Vivi Abbott Walker est assise au volant de sa Thunderbird 1962, garée dans le parking du Pizzo's Market. La décapotable bleu turquoise avec ses feux arrière en forme de fusée, ses panneaux profilés vers l'avant, ses pare-chocs chromés bombés est moderne et inhabituelle. Pour l'heure, elle est presque invisible, cachée derrière une énorme poubelle et des buissons.

Caro se gare à côté de la Thunderbird et klaxonne – un air joyeux à deux tons. Vivi sursaute comme si elle avait reçu une décharge électrique. Siddalee, Little Shep, Lulu et Baylor, ainsi que les fils de Caro (Turner et les jumeaux Gavin et Bernard) sont empilés dans son break Renault, le seul de son genre à Thornton. Vivi met sa tête dans ses mains et appuie ses pouces contre ses tempes.

La belle décapotable aux lignes si fluides est dans un triste état, comme si un type s'était acharné dessus à coups de batte de base-ball puis amusé à faire sauter la peinture sur le côté. J'espère que Vivi n'est pas blessée, se dit Caro. Mais il est sûr et certain qu'elle a eu un accident.

— Vous tous, restez dans la voiture, ordonne Caro aux sept enfants. Je vais aller voir ce qui se passe.

En attendant, les gosses allument la radio, cherchent la station de musique noire et écoutent Little

Stevie Wonder. Ils battent la mesure en fredonnant *Fingertips, Part 1.* Ils adorent ce chanteur et aimeraient le rencontrer plus que tout. Les enfants de Vivi s'efforcent de penser à Little Stevie plutôt qu'à leur mère. Le monde paraît toujours meilleur quand on pense à Stevie.

Une minute plus tard, Caro ramène une Vivi grelottante et l'aide à s'asseoir à l'avant.

— Vivi, qu'est-il arrivé, bon sang ? Tu as eu un accident ?

— Délit de fuite ! s'exclame Little Shep, tout excité.

Vivi tient d'une main une bière Jax et de l'autre le reste du pack de six cannettes. Sans réfléchir, elle en tend une à Caro. Elle est encore bouleversée : sa main, ses lèvres pincées et ses paupières tremblent.

— Il fait vachement trop froid pour boire de la bière, fait Caro.

— Je n'arrive pas à croire que j'ai fait un truc pareil, dit Vivi. C'est tout de sa faute.

— Je ne comprends rien à ce que tu dis.

— J'ai cogné dans l'Enfant Jésus, murmure Vivi, l'air terrifié.

— Vivi, qu'est-ce que tu racontes, pour l'amour du Ciel ? Essaie d'être claire.

Les Petites Ya-Ya ne savent pas si Vivi perd les pédales ou si elle essaie de parler à Caro selon le code des Ya-Ya, un langage que les mères utilisent quand elles ne veulent pas que leurs enfants les comprennent. Les garçons ont pris position à l'arrière du break, où ils braient comme des ânes de toutes leurs forces.

— Fermez-la ou je vous assomme ! hurle Caro.

Les garçons se calment.

Vivi se penche et glisse quelque chose à l'oreille de Caro :

— Il faut laisser la Thunderbird ici. Je ne veux pas qu'on me voie près de la Divine-Compassion.

— D'accord, pas de problème. De toute façon, deux nains tiendraient à peine dedans.

Avec ses grandes jambes, Caro se cogne toujours la tête quand elle tente de se tasser dans la Thunderbird. Elle fait faire marche arrière à la Renault, sort du parking et emprunte Alma Street, tandis que Vivi lui indique la direction.

— Fais le tour de l'église où se trouve le parking. Prends la 21e Rue. Surtout ne passe pas par le couvent, je t'en supplie !

Vivi se tourne vers les enfants.

— Écoutez-moi tous. Quand on sera à la hauteur du croisement de l'église, je veux que vous vous planquiez tous. Pas question de jeter un œil et je ne veux pas voir le sommet de vos crânes. C'est bien compris ? Je ne rigole pas. On risque de gros ennuis.

Puis Vivi se laisse glisser au bas de son siège pour que personne ne l'aperçoive.

— Le culot ! L'incroyable culot ! Je me fous que ce soit une bonne sœur. Je me fous qu'elle ait fait vœu de pauvreté, de chasteté et de soumission. Je m'en fous si elle a fait le vœu de ne jamais aller aux toilettes. Elle n'avait pas le droit de me parler comme ça !

Caro tourne au coin de la 21e Rue et d'Olive Street, le pâté de maisons situé juste avant la Divine-Compassion. Vivi s'accroupit sur le plancher de la voiture.

— Tout le monde à terre ! marmonne-t-elle à l'intention des enfants.

Caro se gare sur le parking de l'église. À ce moment, Vivi, toujours tremblante, se hisse sur son siège jusqu'à ce que ses yeux apparaissent au niveau de la vitre. C'est le signal qu'attendaient les enfants pour se redresser tous ensemble. Au bout du parking, près de la porte de l'église de la Divine-Compassion, il y a une chose bizarre. Un truc anormal. Il leur faut une minute pour comprendre. Et ils pigent enfin : la statue de l'Enfant Jésus de Prague qui se tient depuis des temps immémoriaux dans une châsse en bois et en verre n'est plus à sa place. Le verre est brisé et l'Enfant Jésus de Prague est couché sur le trottoir ! À voir la position de la statue, on pourrait penser que quelqu'un l'a percutée avec sa Thunderbird et s'est enfui. La main du Petit Jésus est fracassée, sa tête est fendue, sa tiare a volé en éclats. La pluie a trempé sa belle cape, et ses somptueux habits sont couverts de boue. Seul le globe sur lequel l'Enfant se tient est intact.

Ainsi Vivi a pris la fuite après avoir renversé le Sauveur du Monde ! Ce qui n'a rien d'étonnant quand on sait combien elle manœuvre mal en marche arrière. Mais de là à imaginer que ça prendrait de telles proportions...

Siddy en a le souffle coupé. Little Shep, Turner, Gavin et Bernard se mettent à hurler.

— Oh ! là, là ! Visez ça ! ne cesse de répéter Little Shep comme un perroquet. Maman, quelle horreur !

À l'exception de Baylor et de Lulu, tous les gosses sautillent dans le break, au comble de l'excitation. Lulu, elle, se mordille une mèche de cheveux. Quant à Baylor, il est silencieux.

Vivi se replie sur le plancher de la voiture.

— Allez, Caro, accélère ! Tirons-nous d'ici !

Les deux mères et leurs sept enfants s'éclipsent et s'éloignent de la Divine-Compassion. Caro prend la direction de Lafayette Street. Vivi ne se redresse qu'un kilomètre après le lieu du crime. Quand enfin elle est assise normalement, elle n'arrête pas de jeter des coups d'œil par les vitres et de se retourner pour s'assurer qu'elle n'est pas suivie. Quelqu'un a pu la prendre en filature. Quelqu'un appartenant à la police du Vatican. Comme dit Shep le païen : « On ne sait jamais avec ces catholiques ».

— Alors, où veux-tu aller, ma Viv-o ? demande Caro. Doit-on t'emmener au poste de police et te livrer à la Gestapo ?

En voyant la tête de Vivi, Caro s'aperçoit qu'elle n'aurait pas dû plaisanter. Vivi a perdu son sens de l'humour. Elle a la mine de quelqu'un d'impliqué dans un accident mortel. Quand on a dégommé le Prince du Ciel de son piédestal, c'est normal d'être secouée.

Caro fait un autre essai :

— Tu veux aller chercher la Thunderbird ?

— Surtout pas ! Je ne veux pas conduire. Amène-moi chez toi. Je t'en prie.

Caro allume le feu dans la cheminée. Presque tout dans le salon de Caro et Blaine est blanc, noir ou gris. Les sols sont blancs et partiellement recouverts de grands tapis zébrés. Les meubles, en cuir noir et acier chromé, sont appelés par le nom de leur créateur. Caro dit par exemple : « Avance le Charles Eames par ici et assieds-toi. Mais ne le casse pas, sinon mon mari devra fermer son cabinet. »

Quand Blaine, l'architecte, est chez lui, les jouets des garçons disparaissent des pièces principales. À croire que le couple n'a pas d'enfants. Bien sûr, quand Blaine s'absente, les jouets sont partout, et la vie des trois garçons entre en lutte avec l'idée qu'en 1962 un architecte a de la perfection en matière de salon. Un des murs est un panneau entièrement vitré du sol au plafond. Un grand vase primitif noir et une déesse africaine se tiennent sur un piédestal. (Les Petites Ya-Ya adorent toutes cette sculpture à cause de ses seins nus pointus. C'est comme s'il y avait une indigène telle qu'en montre le *National Geographic* à portée de main. En vrai galopin, Little Shep adore toucher ses nichons quand sa mère ne regarde pas.) Et puis à côté du canapé se trouve une massive chandelle noire posée sur une table basse en forme de rein. Quand on est dans cette pièce on n'est plus à Thornton. On a une impression de fraîcheur et, comme on doit enlever ses chaussures avant d'entrer, on se croirait… disons en Chine.

Caro allume la chandelle noire et donne un verre à Vivi.

— Allez, avale !

Vivi prend une grande gorgée. C'est une des boissons fétiches de Caro, un cocktail à base de rhum qu'elle a découvert avec Blaine dans une île des Caraïbes. Caro n'arrête pas d'en boire toute la journée. Elle commande spécialement son rhum à Roger, de la boutique de spiritueux Abracadabra, qui le fait venir de Porto Rico. Elle consomme ce rhum brun de toutes les façons : avec du lait, des glaçons ou du café. Mais Vivi ne se calme pas, bien qu'elle ait terminé son premier « Caro ».

Caro allume deux cigarettes et en tend une à Vivi. Elles s'asseyent dans le canapé tout en armature chromée et coussins de daim noir qui est d'un confort tout à fait imprévisible.

— Raconte-moi tout, Vivi. Commence par le commencement.

— D'accord. Cette bonne femme, désolée, tue-moi si tu veux, mais je ne vais pas l'appeler bonne sœur. C'est une vieille guenon odieuse. Il y a quelque temps, cette créature a donné à Baylor un mot pour moi : « Je voudrais vous voir. » Tu te souviens ? C'était au sujet de cette putain de leçon de choses.

Caro opine du bonnet. Toutes les Ya-Ya sont au courant pour le porte-jarretelles. Elles ont trouvé ça hilarant. Sauf Necie, pour qui c'était « un peu osé ».

Tout à coup, Vivi se met à raconter l'histoire d'une traite et Caro n'en perd pas un mot.

— Voilà, j'ai donc pris ce putain de rendez-vous. D'accord, j'ai attendu un bout de temps, mais je n'ai pas que ça à faire. J'enfile une jupe et des bas et me voici en route pour un face-à-face à la Divine-Compassion – tu vois le tableau ? Bon, j'entre dans la première classe de maternelle où cette créature siège derrière son bureau. Elle ne se lève même pas et ne me dit pas bonjour. Mon cul. Rien. Pas un mot.

» — Bonjour, ma sœur, dis-je, comment allez-vous aujourd'hui ?

» Elle ne se donne pas la peine de relever la tête et continue à noter des devoirs. Je ne sais plus si je dois rester debout, m'asseoir, m'agenouiller, lui coller mes fesses dans la tronche ou quoi. Parce que tu comprends, si je voulais me poser il n'y avait que ces minuscules pupitres.

» Finalement, elle me fait signe de m'asseoir, d'un petit geste de la main, comme si elle était le pape. Je regarde les petits bureaux et je me dis : « Et puis merde ! »

» — Heureusement que je surveille ma ligne, je lance en plaisantant, pour voir.

» Eh bien, la vache, elle se contente de froncer les sourcils.

» — Madame Walker, attaque-t-elle...

» — Je vous en prie, appelez-moi Vivi...

» — Madame Walker, insiste-t-elle, depuis combien de temps n'êtes-vous pas allée communier ?

Je réfléchis un instant.

» — Eh bien, ma sœur, peut-être un mois. J'irai sans doute vendredi prochain. Je n'y vais pas toutes les semaines. Vous comprenez, avec quatre gosses, j'ai peu de temps pour pécher.

» J'essaie toujours de détendre l'atmosphère.

» — Alors, continue la vieille chouette, avez-vous confessé votre péché ? Quelle abomination que d'encourager un enfant de six ans à exhiber un sous-vêtement d'une extrême intimité devant d'innocentes créatures de Dieu !

» — Ma sœur, vous voulez parler de mon porte-jarretelles ?

» — Vous savez très bien de quoi je parle, madame Walker, me réplique-t-elle comme si j'étais une de ses élèves.

» Là, j'ai eu envie de hurler. De lui crier de changer de ton avec moi. De lui rappeler que j'avais trente-cinq ans, nom d'une pipe ! Mais je l'ai bouclée.

» Et le pingouin remet ça.

» — Voilà un mois que vous avez ce péché sur la conscience et vous n'avez pas fait acte de contrition ?

» — Ma sœur, où voulez-vous en venir exactement ?

» — Ne soyez pas impertinente !

» Tout à coup, j'ai une furieuse envie de clope.

» — Ma sœur, ça ne vous dérange pas si je fume ?

» Je serais prête à tout pour me griller une Lucky Strike.

» — Je ne préfère pas.

» — J'ouvrirai une fenêtre, dis-je en me levant.

» — Rasseyez-vous ! Ces fenêtres ne s'ouvrent pas.

» — Ah bon ? fais-je, horrifiée.

» Mon chérubin reste cloîtré ici avec cette femme et les fenêtres demeurent closes !

» — Pourquoi ?

» — Je suis contre l'idée d'ouvrir les fenêtres. Il y a beaucoup de bruit dans la cour et ça dérange. De plus, c'est dangereux. Les enfants pourraient se pencher et tomber.

» — Mais on est au rez-de-chaussée !

» — Si vous continuez à me contredire, je vais être obligée de prier notre directrice, sœur Mary Paul, de venir me seconder.

» Je remets ma cigarette dans mon sac, puis je décide de la ressortir et de la tenir entre mes doigts. Si je ne peux pas l'allumer, au moins je la tiens. Au point où j'en suis je pourrais la bouffer, cette clope !

» Et elle qui insiste :

» — Vous savez, j'espère, que soumettre des innocents de Dieu à la tentation est un péché aussi grave que de la commettre, surtout de la part d'une mère catholique.

» — Ma sœur, dis-je en essayant de garder mon calme, j'ai donné à mon fils un de mes porte-jarretelles au dernier moment, alors qu'il se dépêchait de partir à l'école. Il n'avait rien d'autre à apporter à la leçon de choses. C'est le premier truc qui m'était tombé sous la main.

» — Madame Walker, ça suffit !

— Écoute, Caro, là, j'ai vraiment cru que j'allais lui éclater ses grains de beauté sur sa face de guenon. Mais j'avais trop la tremblote et je m'efforçais de ne pas pleurer. Tu comprends, elle ne lâchait pas prise. Elle s'obstinait, elle enfonçait son clou.

» — C'est le quatrième enfant que vous confiez à Notre-Dame-de-la-Divine-Compassion. Vous n'avez pas cessé d'enfreindre nos règles. D'abord, vous avez épousé un non-catholique. Et il y a eu la fois où vous avez autorisé votre fille à porter des bottes en daim avec son uniforme d'école. Vous-même, vous osez vous montrer ici dans des tenues qu'aucune bonne épouse et mère catholique ne porterait : des pantalons moulants, des pulls qui conviendraient mieux à des femmes de la nuit. Oh, je vous ai à l'œil, madame Walker.

» Je n'ai pas osé lui dire de la fermer. Mais je l'ai renvoyée dans ses buts.

» — Votre vocation ne consiste pas à me donner des conseils de mode. Votre boulot c'est d'apprendre à mes enfants à lire et à écrire. Pas de me dire comment les élever.

» — C'est là que vous vous trompez, madame Walker, me lance sœur Howard Regina comme si elle s'adressait à une créature hideuse sortie des tréfonds de l'enfer. Cela fait au contraire partie de mes fonctions. Vous m'avez confié vos enfants non seulement pour leur instruction, mais aussi pour former leur âme, façonner leur vie spirituelle afin qu'ils deviennent de bons catholiques dans un monde trop souvent menacé par des infamies comme des porte-jarretelles.

Quand Vivi commence à rire, Caro se joint à elle, mais Vivi passe du rire aux larmes à la vitesse de l'éclair. Elle rit et pleure en même temps.

Puis elle se lève, l'air plus détendu.

— Aigle-qui-Vole, dit-elle en utilisant le nom tribal de Caro donné par le clan des Ya-Ya en 1937, sers-moi un bourbon à l'eau, cette fois.

— *Absolument*, dit Caro en s'avançant vers le bar, qui a la forme d'un boomerang et accueille en son centre un petit évier.

Le bar se trouve de l'autre côté d'une petite fosse pleine de gravier, près du meuble stéréo.

Vivi sort son rouge à lèvres de son sac. C'est bon signe, songe Caro. Vivi se remet sans arrêt du rouge à lèvres, à part quand elle va vraiment mal. Elle en porte en toutes circonstances. Quand elle reçoit la communion et que le curé lui pose l'hostie sur la langue, la pastille blanche se teinte de rose pendant un instant, comme si Vivi embrassait le corps de Jésus.

Vivi regarde Baylor et Siddy, découvrant leur présence pour la première fois.

— Qu'est-ce que vous fabriquez, les monstres ?

Ils lui sourient.

— Mais rien, maman, répond Siddy.

— C'est drôle, hein, maman, dit Baylor.

Vivi observe Baylor pendant un instant. Elle range son rouge à lèvres dans son sac.

— Oui, c'est drôle. Vraiment tordant.

— Je peux m'asseoir sur tes genoux ? demande Baylor.

— Oui, mon chéri en sucre, bien sûr.

Baylor s'installe et Vivi lui caresse la tête. Il en a l'habitude. Les gens adorent toucher ses cheveux couleur de lin.

Caro apporte son verre à Vivi et pose une assiette de cerises confites au marasquin sur la table basse pour Baylor et Siddy, qui en enfourne une dans sa bouche. Comme elle n'a rien dans le ventre et que la cerise est écœurante, elle a mal au cœur. Elle la crache dans sa main. Néanmoins Siddy aime la trace rouge que la cerise a laissée sur les lèvres. Sa bouche est rouge comme celle de sa mère.

— Alors, dit Caro, continue, ne t'arrête pas en chemin.

Vivi avale une gorgée de bourbon, et quand elle se remet à parler son ton change. Elle fait comme si elle sortait une bonne blague et pas comme si elle racontait les moments éprouvants qu'elle vient de vivre. Elle fait beaucoup de gestes avec les mains et imite différentes voix.

— J'ai dit à cette Howard Regina de ne pas remettre mes enfants dans l'embarras, sinon elle aurait affaire à moi : « Ce que vous pensez de moi, je m'en moque, je lui ai dit. Mais si jamais vous faites honte à mon fils devant la classe, je vous dénonce à Mgr Bergeron. Et je peux vous assurer que votre belle cornette en prendra un coup. » Je m'apprête à sortir, mais avant que j'atteigne la porte la salope dit à voix basse, comme si elle priait : « Vierge Marie, Mère de la Divine-Compassion, ayez pitié de l'innocence des enfants Walker et défendez-les contre les agissements diaboliques de leur mère. Faites qu'ils lèvent les yeux vers la pureté de votre regard et gardez-les sous votre sainte protection. »

Vivi se met alors à pleurer. D'abord, elle sanglote en silence, le regard fixé sur ses mains. Elle tente de reprendre son souffle mais elle n'y parvient pas.

— Pourquoi cette bonne sœur n'a-t-elle pas pu laisser la Sainte Mère de côté ? Quel besoin de mêler la Vierge Marie à cette histoire ? Je prie la Vierge ! C'est à elle seule que je fais confiance. Pourquoi veulent-elles la salir ?

Vivi s'énerve tellement qu'elle lâche son verre, qui se brise. Baylor et Siddy observent le liquide jaunâtre qui se répand sur la moquette zébrée.

Caro ramasse les débris et éponge le tapis avec des mouchoirs en papier. Elle ne se fâche pas : elle connaît Vivi depuis longtemps. Elle va lui servir un autre verre. Pendant une seconde, elle tient la bouteille de bourbon à la lumière pour admirer sa couleur. Caro fait ce genre de chose à des moments où on ne s'y attend pas.

— C'est à cet instant que tu as grimpé dans ta Thunderbird et que tu as fait marche arrière dans l'Enfant Jésus de Prague ?

Vivi continue à pleurer.

— Oui, c'est ça.

— Ce n'était donc qu'un accident.

Vivi hésite.

— Oui, enfin, en quelque sorte.

— Je te pardonne, dit Caro en faisant le signe de croix au-dessus de Vivi et en lui tendant son verre.

— Bénie sois-tu, chéérie, fait-elle en avalant une première gorgée.

— Quelqu'un t'a vue ?

— Non, impossible. Il n'y avait personne. Tous les cars de ramassage étaient partis. Le parking était vide, à l'exception de ma voiture. La statue a été la seule à me voir.

— Et Il ne parle pas, dit Caro en faisant un clin d'œil à Vivi.

Vivi sort un Kleenex de son sac. Elle se mouche et ouvre son poudrier pour vérifier son maquillage.

— Je n'ai jamais beaucoup aimé cette statue, poursuit Caro. Cet Enfant Jésus de Prague avait un côté cradingue et un air snobinard.

— Je suis d'accord avec toi. Tu parles, des fringues d'apparat sur une petite statue d'enfant ! Et cette tiare ! Un bébé portant une tiare ! Et sa façon de lever la main droite comme s'il était un grand chef, comme s'il n'avait pas besoin de mère ! En se tenant debout sur un globe. C'est le genre de statue qui fait passer les catholiques pour des dingues.

Siddy a peur de parler mais elle voudrait bien faire étalage de ses connaissances. Finalement elle se lance :

— Maman, si tu trouves que ses robes font de l'épate, tu devrais entendre sa vie !

— Mon Dieu, s'exclame Vivi, c'est ce que les pingouins enseignent à mes enfants ? La vie des statues ?

— Raconte-nous ! demande Caro.

— Voilà. Un vieux moine espagnol a eu une vision de l'Enfant Jésus et il a fabriqué la statue. Puis elle est passée dans les mains de sainte Thérèse d'Àvila. Elle l'a donnée à un aristocrate de Bohême appelé comte Vratislav de Pernstejn pour son mariage avec doña Maria Maximiliana Manriguez de Lara. Tout ça s'est passé en Espagne.

Vivi et Caro s'esclaffent. Les autres enfants serrés autour de la cheminée rigolent, se demandant si Siddy a tout inventé.

— Siddy, fait Vivi, tu me surprends. Je ne serais pas étonnée que tu finisses sur une scène de théâtre.

Siddy se rengorge. Elle s'est forcée à apprendre par cœur toutes les histoires que les religieuses racontent à la Divine-Compassion. Le résultat ? Elle a changé les idées de sa mère et l'a calmée. Elle m'écoute comme si elle regardait la télé, songe Siddy.

— Et, continue-t-elle, la statue est passée à leur ravissante fille, Polyxema.

— Mon Dieu, intervient Caro, on dirait le nom d'une crème contre l'eczéma.

Vivi éclate de rire.

— Siddy, tu es formidable ! Polyxema ! Quelle trouvaille ! Caro, tu me comprends quand je dis que si j'ai réussi une chose c'est bien d'avoir fait des enfants qui ont de l'imagination.

Siddy s'éclaircit la gorge.

— Bon, ensuite, Mme Polyxema de Lobkowisz, qui s'est mariée deux fois...

— Ah ah ! Une pécheresse ! s'exclame Vivi.

— Sauf si elle était veuve.

Siddy déteste qu'on interrompe son récit. Quand elle commence quelque chose, elle veut aller jusqu'au bout.

— Puis-je finir l'histoire de l'Enfant Jésus de Prague, s'il vous plaît ?

— Bien sûr. J'ignorais complètement que cette statue avait tellement voyagé, dit Vivi, qui commence à bredouiller.

— Eh bien, Mme Polyxema de Lobkowisz a donné son bien le plus précieux – la statue – à l'église de la Victoire, qui appartenait aux carmélites aux pieds nus de Prague. Depuis cette époque, de nombreux miracles ont été attribués à l'Enfant Jésus de Prague. Il a guéri une paralytique. Et Il a toujours revêtu des habits nobles car Il était royal.

— Fin de l'histoire, fait Caro. Maintenant, la statue est sur le cul, sous la pluie, dans la paroisse de Garnet, Louisiane.

— Ce n'est pas cette statue-là ! s'indigne Siddy. C'est une copie.

— Sidd-o cocotte ! Ne prends pas tout ça trop au sérieux. D'ac ?

— Oui, m'dame.

Elle attend de voir comment sa mère va réagir.

Vivi prend une cigarette, la tapote contre la table basse et l'allume avec son Zippo à monogramme.

— Qui sait ce que vont coûter les réparations de la Thunderbird ? La voiture de mes rêves. Amusante, rapide, puissante, c'est pour ça que je la voulais. Trois cent quatre-vingt-dix chevaux. C'était la perfection qui sortait de l'ordinaire. Et voilà qu'elle est tout abîmée. (Vivi soupire.) On va sans doute me demander quatre-vingt-quatre mille dollars pour la remettre en état. Oh ! Et puis je m'en fous ! Shep déteste tellement l'Église catholique qu'il sera bien content de dépenser autant d'argent. Après tout, j'ai démoli une statue de pacotille offerte par un de ces vieux cons de Chauvin. Et mon mari ne peut pas blairer cette bande de snobs du country club.

— Ça tombe bien ! fait Caro. Tu voulais changer la couleur de ta voiture.

Vivi fixe Caro comme si elle venait de lui faire un magnifique cadeau.

— Fa-bu-leux ! J'en ai marre de ce turquoise. Je vais faire repeindre ma petite chérie en rouge Monte-Carlo. Attention ! Qu'en dis-tu ?

— Je dis Rouge-Gorge ! Oui, ma fille, appelle-la donc Rouge-Gorge.

— Épatant. Je vais l'emmener au garage et la faire réparer, et je la ferai repeindre en rouge, mon rouge préféré. Oh, je commence à revivre !

— Le malheur des uns fait le bonheur des autres !

Vivi se lève et s'avance vers la cheminée moderne. Je ne peux pas me chauffer les fesses comme je le ferais devant la cheminée traditionnelle d'une vieille maison, songe-t-elle. La hotte noire est suspendue au plafond et domine une fosse pleine de gravier. Les gosses l'adorent. Sauf Lulu, qui a peur d'elle. Elle prétend que Hansel et Gretel pourraient brûler dedans.

Vivi essaie pourtant de se réchauffer. Elle porte une jupe plissée en laine, un collant et des mocassins. Par cette froide soirée de novembre elle a également un pull-over, ce qui est rare car ça la gratte. Elle semble réfléchir à quelque chose.

— Jusqu'où veux-tu agir en bonne chrétienne ? demande Caro.

— Pas très loin.

Elle se tourne vers les enfants.

— Mes chééris, allez jouer dans le fond.

— Maman, fait Siddy, je ne veux pas.

— Pas de rouspétance. Obéis-moi tout de suite.

Caro va jusqu'à la porte pour s'assurer que les enfants se sont éloignés.

Quand elle revient, elle regarde Vivi droit dans les yeux.

— Écoute, tu ne vas pas payer pour réparer cette foutue statue. Donc pas un mot à ce sujet.

— De toute façon, elle était bien trop près du parking.

— Absolument.

— C'est un miracle que personne n'ait reculé dedans avant moi.

— Un vrai miracle.

— J'ai toujours haï cette statue.

— Son visage est sale. Et Dieu sait combien de bestioles se baladent dans ses vêtements.

— Les insectes ont dû envahir son nez. Sans parler des souris. Des crottes de souris dans les plis de ses vêtements ridicules. Finalement, j'ai rendu service à la paroisse.

— C'est exactement ce que je pense.
— Nous sommes les deux seules à être au courant.
— Et les gosses, bien sûr, lui rappelle Caro.
— Ah oui, les gosses !
— En parlant des monstres, ils doivent être affamés. Moi je le suis.

Caro va vers le fond de la maison et crie :

— Y a-t-il des enfants qui ont faim ? J'ai préparé du chili à la Caro. Venez vous servir.

Tout le monde se retrouve dans la cuisine, où le chili con carne a mijoté tellement longtemps qu'il a attaché au fond de la grande marmite noire en fonte, mais il est si bien assaisonné que ça passe inaperçu. Caro donne à chaque enfant un bol de chili fumant qu'elle pose sur une assiette avec des tranches du pain de maïs que sa bonne a préparé le jour même après avoir fait le ménage. Vivi leur distribue des serviettes, des cuillères et des verres de jus d'orange.

Quand tous sont servis, ils se réunissent autour du feu, récitent un rapide bénédicité et commencent à manger.

— Les monstres, dit Caro, essayez de ne pas mettre de chili sur le tapis, ou Blaine va croire qu'un sauvage a essayé de tuer le zèbre.

Pendant un moment on n'entend que le cliquetis des cuillères et les bruits joyeux des enfants qui se régalent. Ils en sont à la moitié de leurs bols quand Vivi dit :

— Oh, les gosses, écoutez-moi bien !

Ils la regardent, curieux de savoir ce qu'elle va leur sortir après tous les événements de la journée.

— Vous aimez tous les secrets ? demande Vivi en prenant une voix de sorcière.

— Oui, madame ! répondent-ils en chœur, la bouche pleine.

— Oh ! Et puis non, continue Vivi, vous êtes incapables de garder un secret pareil.

— Même pas vrai ! font les sept enfants.

— On est les meilleurs au monde pour garder un secret, ajoute Little Shep. C'est quoi ?

— On peut leur faire confiance ? demande Vivi à Caro.

— Non, je ne m'y risquerais pas. C'est une bande de faux-jetons.

— Je t'en prie, dis-nous, implore Lulu. Tu peux compter sur nous. On ne parlera jamais. Promis, juré, croix de bois, croix de fer, si je mens je vais en enfer.

— Si vous savez tous tenir votre langue, dit Caro, vous aurez peut-être une récompense.

— Ah ouais ? Et quoi ? demande Turner.

— Des sodas au coca-cola et à la glace à la vanille de chez Fred, propose Vivi. On pourrait s'emmitoufler et y aller en prétendant que c'est l'été à Spring Creek.

— Bonne idée, approuve Caro.

— On y va quand ? demande Little Shep.

— Bientôt, répond Vivi.

— Si j'ai pas mon soda à la glace à la vanille demain, je raconte le secret, menace Little Shep.

Vivi fait la grimace en direction de Caro.

— Ce gamin ne se laisse pas faire, dit-elle.

— Il tient de sa mère, fait remarquer Caro en prenant le dernier morceau de pain à l'ail, devançant ainsi Lulu.

— C'est quoi le secret, maman ? demande Baylor.

Il n'a presque rien mangé. C'est le cas quand, comme aujourd'hui, il est contrarié.

— Voici le secret, confie Vivi en roulant les *r* comme si elle était originaire de Transylvanie. Aujourd'hui, j'ai heurté l'Enfant Jésus de Prague. Mais personne ne doit jamais l'apprendre en dehors de nous. Nous, les neuf de la conspiration de Prague.

— C'est pas vrai, fait Little Shep. Tu l'as renversé en le traitant de nain.

Caro rigole. Vivi essaie de garder son sérieux.

— Bon, vous connaissez le secret, maintenant, dit Vivi. Êtes-vous prêts à le garder jusqu'à votre mort ?

Les enfants en ont le souffle coupé. Ils adorent ça. Cela ajoute du piment à leur existence pleine de petits secrets.

— Tu veux qu'on dise des mensonges ? demande Lulu, tout excitée.

— Bien sûr que non ! proteste Vivi en riant comme si elle se moquait de cette idée saugrenue. Mentir c'est pécher contre les dix commandements. Je veux simplement que vous oubliiez tout. Oubliez qu'on a été en voiture à la Divine-Compassion. Oubliez que vous avez vu l'Enfant Jésus de Prague.

— Je comprends, avoue Lulu, déçue de ne pas avoir reçu la permission de mentir.

— Mais, objecte Little Shep, si quelqu'un nous demande : « Ta mère a-t-elle reculé dans la statue de Jésus qui se tenait près de la porte de l'église ? » Dans ce cas-là, qu'est-ce qu'on doit dire ?

— Personne ne te posera une question pareille, répond Vivi.

Les enfants de Caro y mettent leur grain de sel :

— Mais si on nous demande de jurer sur une pile de bibles que tante Vivi n'a pas reculé dans Jésus ? Alors, on fait quoi ?

Il y a des enfants qui tirent trop sur la ficelle.

— Écoutez, les monstres, dit Caro, on ne vous demande qu'une chose : motus et bouche cousue. Compris ?

Mais Little Shep, tel un chien qui a un os à ronger, ne lâche pas prise.

— Et si quelqu'un nous pose carrément la question ?

— Tu le regardes dans le blanc des yeux comme s'il était fou jusqu'à ce qu'il s'en aille, répond Vivi.

Le gamin réfléchit une minute.

— D'accord, je peux faire ça. Fastoche.

Vivi se tourne alors vers Siddy.

— Tu as des questions ?

— Oui, mère. Pourquoi ne dénonces-tu pas cette femme à Mgr Bergeron ?

— Ne traite pas Howard de femme. C'est une religieuse.

— L'épouse du Christ, intervient Turner.

— C'est exact, approuve Vivi.

— Avait-elle un porte-jarretelles quand elle a épousé le Christ ? demande Lulu.

Vivi regarde Lulu, puis Caro.

— Dis-moi, Caro, tu crois qu'on aurait dû suivre des cours particuliers avant d'élever nos enfants ?

— Sûrement, mais on a oublié.

— Exact, fait Vivi en pouffant.

— À la place, on a appris le cha-cha-cha, tu te rappelles ?

— Dansons le cha-cha-cha ! proposent les jumeaux.

— *Absolument*, approuve Caro, qui prépare une pile de disques pour l'électrophone.

Elle semble heureuse que l'atmosphère se détende. Et tout le monde apprécie.

Ils quittent la table sans débarrasser. Caro laisse

toujours les assiettes sales pour la bonne, qui vient le lendemain. Le premier disque s'appelle « Apprenez le cha-cha-cha ». Et ce n'est pas la première fois qu'ils dansent en l'écoutant.

— Un-deux-trois, cha-cha-cha ! scande Baylor en dansant avec sa mère.

Les gosses se sont empiffrés, mais cela ne les empêche pas de danser en comptant les temps. C'est même ainsi qu'ils ont appris à compter. Quand ils étaient tout petits, Vivi et Caro dansaient avec leurs gosses et leur apprenaient : Un-deux-trois, cha-cha-cha ! Quatre-cinq-six, cha-cha-cha ! Sept-huit-neuf, cha-cha-cha ! Et ainsi de suite, jusqu'à vingt.

Soudain, Little Shep apparaît sur la piste de danse, un porte-jarretelles à la main. Il l'a trouvé dans le sac de Vivi. Il l'agite en l'air comme des maracas. Au bout d'un moment il le donne à Baylor, qui l'attache à sa ceinture et remue ses petites hanches. Il s'agite au rythme du cha-cha-cha et le porte-jarretelles, en frappant sa ceinture, produit un bruit métallique qui accompagne la musique.

Les enfants de Vivi sont vraiment fiers de leur mère, qui a repris son porte-jarretelles des mains de sœur Howard Regina. Comment a-t-elle pu oublier de leur raconter cette partie de l'histoire ? Parfois ils trouvent qu'elle agit sans le savoir en héroïne !

— Vous allez tous dormir ici, ce soir, propose Caro.

— Non, c'est impossible, refuse Vivi.

— Tu peux me dire pourquoi ? Shep est à la chasse au canard, non ? N'est-on pas en novembre ?

— Bien sûr qu'il est à son camp. Comme tous les hommes de cette ville et de cet État. Tu en connais qui n'y sont pas ?

— Oui, Blaine. Il est à La Nouvelle-Orléans, chez

un client à qui il donne des conseils pour rénover sa maison du Garden District. Le client veut une ambiance « moderne » avec des « accents » traditionnels. Blaine se balade dans la ville comme s'il était le prince du Vieux Carré.

Vivi observe Caro.

— Parfois, j'oublie qu'on a épousé des hommes vraiment différents.

— En tout cas, il pleut toujours. Les gosses sont épuisés et j'ai bien assez de place pour les loger. Vous allez tous dormir ici et pas de discussion. Vu ?

— Oui, madame, accepte Vivi.

Caro emmène les enfants faire leur toilette. Elle leur distribue des brosses à dents. Puis Siddy, Little Shep, Lulu et Baylor enfilent des pyjamas des enfants de Caro. Ils sont doux et chauds, parfaits pour cette nuit glaciale. Dans la chambre des jumeaux, Siddy donne à Lulu le lit du bas et elle prend celui du haut. Mais très vite Lulu demande à dormir avec sa sœur et Siddy accepte. Little Shep et Baylor partagent la chambre de Turner, Little Shep couchant par terre dans un duvet. En s'endormant ils entendent les voix de Vivi et de Caro qui bavardent dans le salon, mais ils ne comprennent pas ce qu'elles se disent. Bientôt ils sombrent dans un sommeil profond.

Caro met une bûche dans la cheminée.

— Raconte-moi tout !

Vivi considère son amie et se dit : ces trois mots sont aussi chaleureux que « Je t'aime ».

Vivi ne dit rien pendant un moment, occupée à se remettre du rouge à lèvres.

— Bon, commence-t-elle enfin, j'étais dans le

parking de l'église et j'ai fait marche arrière. J'étais tellement en colère que ma vision périphérique s'est rétractée. Complètement. Tu comprends ?

Vivi regarde le tube de rouge à lèvres dans sa main comme si elle voyait cet étrange objet pour la première fois.

— J'en ai marre d'entendre toutes les conneries qu'on me sert. La Vierge Marie dont on me rebat les oreilles est d'une perfection inégalable, avec ses robes bleues, avec ses roses, ses couronnes et ses étoiles. Elle n'est que douceur et accomplissement. Tout ce prêchi-prêcha de merde me donne envie de vomir. Je veux être maîtresse de mes pensées ! Choisir une Sainte Mère qui soit forte, indépendante, aussi courageuse qu'une lionne. Je veux me débarrasser de ces vieux cons barbus et prier une femme magnifique qui écrase les serpents sous ses pieds nus. Et je te prie de croire qu'Elle va nous libérer. Un de ces jours, je vais arrêter de prier Dieu et me tourner vers une Vierge Marie forte et insolente. Seulement vers elle. Suis-je folle ? Suis-je la seule à raisonner ainsi ?

Vivi se lève et se dirige vers les fenêtres, puis soudain elle se retourne vers Caro.

— Ne comprend-on pas que la vraie Marie, la puissante Marie, aurait pu dire NON à l'ange Gabriel ? Personne n'y a pensé avant moi ? Elle aurait pu dire froidement : « Non, merci, je ne ferai pas un petit bâtard. Et je n'ai jamais entendu parler de Joseph. Je n'ai pas prévu d'épouser un charpentier, et surtout pas un de Nazareth. »

» Mais elle n'a pas dit non. Elle a pris de grands risques en acceptant. Ce n'était qu'une adolescente, bon Dieu ! Et elle a dit oui. Sinon, il n'y aurait sans doute pas eu d'Enfant Jésus, un point c'est tout.

Et encore moins d'Enfant Jésus déguisé en petit lord Fauntleroy de Prague.

» Mais qu'est-ce qu'on me veut ? Je sais que je ne suis pas la meilleure des mères, même si je fais de mon mieux. Ce qui n'est jamais assez. Chaque jour, je prie en me réveillant : « Ô Marie, demande à Dieu de me rendre plus aimante et plus patiente. Qu'il m'aide à garder mon calme. » Et quand je ne suis pas parfaite, je me sens merdique.

Caro change de position sur le canapé. Elle se tait un moment, attendant de voir si Vivi a fini de parler. Puis elle lui dit :

— Laisse tomber !

— Sûrement pas ! Il faut que je continue. Que veux-tu que je fasse, que je me jette du pont de la Garnet ? Bien que j'y aie pensé.

— Moi aussi, j'y ai songé. Mais ce n'est pas notre genre.

— Évidemment. Qui va nourrir mes enfants ? Hein ? Qui s'occuperait de mes petits si je ne me levais pas le matin ?

— Je ne voulais pas te dire de tout abandonner. Juste de laisser tomber. De ne plus t'occuper de ces histoires religieuses. Laisse couler.

— Caro, je ne comprends pas ce que tu veux me dire.

— Suppose, suppose un instant que Dieu n'ait jamais voulu que tout soit parfait ? Qu'Il ait toujours su que ce serait le foutoir mais qu'Il ait décidé de nous aimer quand même ? Et si Adam et Ève n'avaient pas péché ? Si le péché originel qui souille nos âmes n'existait pas ?

— C'est exactement la question que je me suis posée avec mon dernier enfant ! J'ai regardé Baylor, que le Dr Harrison venait de me tendre, et j'ai songé : Comment ce bébé peut-il être entaché du péché originel ? Il est innocent !

— Alors ne l'oublie pas maintenant ! Quand mes garçons sont nés, je les ai regardés et j'ai rejeté ces conneries du péché originel. Vous êtes purs, saints, parfaits, complets, immaculés, me suis-je dit. Et personne ne peut prétendre le contraire, pas même Sa Sainteté le pape. Et ça, Vivi, je te prie de le croire.

— Mais ça va à l'inverse de tout ce qu'on nous a enseigné, à l'inverse des fondements de l'Église.

— Si tu continues à admettre que l'Église est bâtie sur la culpabilité des bébés, tu vas devenir folle. J'ai eu de la chance. Mes parents ne m'ont pas forcée à quoi que ce soit. Papa s'occupait des cinémas avec l'aide de maman, qui cuisinait, regardait les films et jardinait. Ils m'acceptaient comme j'étais. Quand ils n'étaient pas d'accord avec moi, on en discutait. Pas comme dans ta famille.

— Ne m'en parle pas.

— Pourquoi pas ? Les bagarres sanglantes arrivent dans les meilleures familles. Quelqu'un aurait dû appeler la police quand ton père décrochait sa ceinture et vous menaçait, toi ou Pete. Ou ta mère, d'ailleurs.

— Il paraît que c'est un péché d'y songer.

— Tu parles ! Eh bien moi je sais faire la différence entre ce qui est un péché et ce qui ne l'est pas. Si je te fais sciemment du mal sans raison, c'est un péché. Mais toutes ces foutaises comme quoi Turner et les jumeaux seraient marqués dès leur naissance par le sceau du péché originel, je n'y adhère pas ! C'est un tissu de mensonges inventé par la plus grande entreprise capitaliste du monde, le Vatican. Pour qu'on se sente toujours rabaissés.

— Tu rejettes donc tout en bloc ?

Vivi regarde Caro droit dans les yeux.

— Tu crois au moins à la messe obligatoire le dimanche ?

— Tant mieux s'il y a des amateurs. Mais qu'est-ce que ça peut me faire de rater la messe de temps en temps ? Ou pendant un mois ? Je n'y pense même pas !

— Pourtant, quand je ne te vois pas à la Divine-Compassion, c'est que tu as préféré aller à Sainte-Rita, pas vrai ?

— Quand tu ne me vois pas à la messe, c'est qu'on n'est pas à l'église du tout. On se fait une offrande de pancakes dans ma cuisine avec Blaine et les trois gosses. On lit les bandes dessinées des journaux et on reste en pyjama jusqu'à deux heures de l'après-midi. Je donne aux garçons la communion avec du sirop d'érable. Et je les entoure d'amour ainsi que mon trop beau mari, si bizarre soit-il. Bref, on flemmarde.

— Et tu n'as pas un peu honte ?

— De quoi ? De faire sauter les pancakes bien haut pour la plus grande joie des jumeaux ? De m'asseoir sur les genoux de mon mari et de rire à des plaisanteries que nous sommes les seuls à comprendre ? De dire aux garçons d'aller jouer dehors pendant que je fais l'amour avec leur père ? Non, je ne ressens aucune honte. Je me sens même très bien. Si cela déplaît à Dieu c'est qu'Il est fasciste et alors ce qu'Il pense m'est complètement égal. Mais souviens-toi, amie, je n'ai pas eu Buggy pour mère.

Vivi reste un moment silencieuse.

— Oui, il y a de ça, fait elle enfin.

— C'est vrai, admet Caro. Et je n'ai pas été envoyée dans une maison de correction pour vilaines petites catholiques à Saint-Augustin parce que ma mère était jalouse de moi.

— Tu te trompes !

— Désolée, j'ai dû te confondre avec une autre Viviane Joan Abbott que j'ai connue il y a trente-deux ans.

Vivi se met à sangloter doucement.

— Ta mère n'a pas fait les choses à moitié en t'infusant une bonne dose de culpabilité. Elle te critiquait pour tout. En te traitant de pécheresse, en t'empêchant de croire que tu étais ravissante.

Vivi ne dit rien. Elle se love dans les immenses coussins que Caro a disposés sur le canapé noir. Prenant un coussin dans ses bras, elle songe à ses quatre enfants, à Little Shep dormant dans son sac de couchage comme s'il campait, à ses filles dans les lits superposés. Des lits que Blaine a conçus et construits avec de vieux morceaux de cyprès renforcés de tiges en fer. Le tout fait à la main à l'intention de ses fils. Tout dans cette maison est plein d'imagination. Caro et Blaine ne font rien comme les autres habitants de Thornton.

Vivi observe son amie, sa mâchoire carrée, ses yeux noisette, ses cheveux ras – une femme grande, mince, racée et athlétique. Caro regarde le feu : elle est le calme même. C'est une observatrice lucide qui ne se laisse pas impressionner facilement. Il y a quelque chose de réconfortant dans sa brusquerie, dans la défense de la pureté de ses enfants.

Vivi se met à rêvasser. Si elle ne fait pas continuellement attention, la notion de culpabilité revient toujours envahir son esprit. Pas besoin de missel pour répertorier les péchés. Elle a tout le temps la liste en tête.

« As-tu murmuré contre Dieu, t'es-tu plainte de tes malheurs, as-tu jalousé le bonheur des autres ? As-tu consulté des cartomanciennes et crois-tu ce qu'elles te racontent ? As-tu fréquenté d'autres temples ? T'es-tu vêtue d'une façon immodeste ou impure ? As-tu lu des livres obscènes et vu des films impudiques ? As-tu été lubrique en paroles, en chansons, en regards, en actes, seule ou en compagnie d'autres ? As-tu eu volontairement des pensées ou des désirs impurs ? »

Une fois qu'on a commencé, impossible de s'arrêter. La liste des péchés est trop longue.

Vivi est physiquement abattue. Elle se sent vidée et a l'impression d'avoir survécu à un tremblement de terre. Son cœur bat la chamade. Parler à Caro, écouter les blasphèmes de cette amie qu'elle croyait si bien connaître lui donnent le sentiment d'étouffer. Envisager les idées de Caro, ne serait-ce qu'un instant, la fait rougir. Le péché numéro un n'est-il pas : « As-tu douté d'un article de foi ? » Et si ce que fait Caro ne s'appelle pas douter, alors comment le nommer ?

Son amie se lève et vient s'asseoir sur le canapé à côté d'elle. Elle lui passe le bras autour des épaules et la serre contre elle.

— Voilà un bon plan : accroche-toi à la Vierge Marie. C'est ta copine. Pense à la force qu'il faut pour rester calme et paisible. C'est une femme forte. C'est ta torche. Elle brûle pour toi, elle illumine ta voie, et rien ne peut l'éteindre. Ni sœur Howard Regina, ni rien, ni personne.

Caro prend le visage de Vivi dans ses mains et le tourne doucement vers elle.

— Il y a combien d'années que nous nous sommes attribué nos noms tribaux ? Que nous avons fait flotter des coquilles de noix remplies d'un morceau de bougie sur le bayou ? Que nous nous sommes coupé le doigt et avons mélangé notre sang ? Je m'en souviens comme si c'était hier. Tu as raconté l'histoire de la création des Ya-Ya, la façon dont Notre-Dame la Lune nous avait sauvées des alligators : « Vous êtes les filles que je chéris parmi toutes. Mon regard divin sera toujours sur vous. » La Sainte Vierge. Notre-Dame de la Lune. Ne les laisse pas t'enlever. Qu'elle se montre à toi et qu'elle te guide.

Caro songe à la soirée passée et pousse un soupir. J'avais raison, pense-t-elle : Vivi souffre. Elle a eu un accident et elle a été blessée. Caro l'embrasse sur le front.

— La révérende dame Caro Brewer Bennett a terminé son sermon pour ce soir. Je suis fatiguée. Allons nous coucher.

Vivi, vêtue d'un pyjama de Caro, se blottit contre le dos de son amie : elle est couchée dans le lit conjugal. Elle songe à Marie-Madeleine, une femme déchue qui fut la première à voir la résurrection du Christ. Elle pense à des choses saintes et se demande ce qui est vraiment impur. Elle prend trois profondes inspirations.

Va-t-elle tout laisser tomber ? Elle se rappelle le jumeau de Siddy qu'elle a perdu à la naissance. Elle pense à tous les bébés innocents que l'Église a rejetés dans les limbes parce qu'ils n'avaient pas été baptisés et qui ne verront jamais la face de Dieu. Quel esprit pervers a bien pu édicter une telle loi ? En s'endormant, elle imagine vaguement sœur Howard Regina en petite fille. Quand est-elle devenue cette femme dure et doctrinaire ?

Malgré sa fatigue, Vivi ne peut s'endormir sans être allée voir ses enfants. Faisant attention à ne pas réveiller Caro, qui dort déjà profondément, elle sort du lit et va sur la pointe des pieds dans la chambre de Siddy et Lulu. Lulu partage le lit de sa sœur, ce qui fait sourire Vivi. Elle leur caresse le front puis se rend dans la chambre que Baylor occupe avec les autres garçons. Agenouillée à côté de lui, elle écoute sa respiration pendant un long moment. Il ne bouge pas. Sa beauté l'émerveille. Elle le trouve pur, saint, parfait, achevé, immaculé. « Sainte Vierge, prie-t-elle, aidez-moi à découvrir la pureté de mon fils Baylor et de mes autres enfants. Ainsi que des gens qui m'entourent. Permettez-moi de me débarrasser de ma culpabilité. De me libérer. »

De retour auprès de Caro, Vivi laisse son esprit s'évader dans les bras de la Vierge, qui l'attend patiemment. La Vierge Marie peut l'attendre pendant des années, des vies entières, et pendant tout ce temps Vivi saura qu'elle est aimée, que son âme n'est pas souillée, mais au contraire qu'elle est radieuse, pleine de lumière lunaire, éclairée par une étoile qui brille dans son cœur, dans son corps éternel. La Vierge peut attendre, elle n'a ni montre ni échéance. Son temps est comme un fleuve qui coule, coule, coule.

Le globe magique

Mars 1964

Baylor Walker commença à siffler à trois ans. Les gens de Thornton se souviennent qu'ils l'entendaient siffler à deux kilomètres à la ronde. La plupart du temps il sifflait ce qui lui passait par la tête : des petites mélodies qu'il composait sur le soleil, sur les oiseaux, sur Lamar, le berger allemand de la famille. Mais si on lui demandait d'interpréter son air favori, il piquait un fard et attaquait immanquablement une version endiablée de *Chantons sous la pluie*. Où et quand avait-il entendu cet air pour la première fois ? Baylor l'ignorait, mais il adorait son côté entraînant.

Baylor sifflait presque tout le temps, sauf quand il mangeait. Il siffla à tue-tête quand Vivi eut une de ses crises. L'après-midi où elle apprit que Shep était parti pour La Nouvelle-Orléans avec Sue Ann Morelli, Baylor siffla si fort qu'il en devint tout bleu et que Siddy dut lui masser le front pour lui faire retrouver des couleurs normales. Vivi menaçait de mettre le feu aux cultures de son mari. Un verre de gin à la main, arpentant les champs entre les rangées de feuilles vertes et les capsules de coton, elle criait :

— Tout sera réduit en cendres, Shep Walker !

Willetta, la bonne, réussit à lui arracher les allumettes des mains, mais pas avant que Baylor s'évanouisse et se cogne la tête contre un coin d'une commode en marbre. Vivi retrouva ses esprits, prit Baylor dans ses bras et sanglota tout en chantant *Can't Help Lovin'that Man of Mine*. Puis elle emmena son petit monde manger des hamburgers chez Fred.

Baylor a huit ans quand, un jour, Vivi le dépose en ville pour qu'il déjeune avec l'oncle Pete. Baylor adore être seul en voiture avec sa mère car il peut regarder par la vitre et contempler le monde. Le printemps défile sous ses yeux, les saules s'épanouissent, les cornouillers sont en fleur. Des taches rouges pointent à l'extrémité des branches des érables. Oncle Pete, le frère de sa mère, est avocat, comme son père avant lui. Quand il déjeune en sa compagnie, Baylor a l'impression d'être un grand. Au restaurant, il aime bien la façon dont les autres avocats et les hommes d'affaires entourent son oncle. Le métier d'avocat, c'est drôlement bien. Et puis, quand il lui parle, son oncle a vraiment l'air de s'intéresser à lui. Après avoir déjeuné au Demo's Grill, ils retournent à pied au cabinet où les rangées de livres sur les hautes étagères sentent bon le monde. Ils passent par la 3e Rue. En chemin, Baylor sifflote une de ses improvisations tandis que son oncle fume une cigarette. C'est un des premiers beaux jours du printemps où il commence à faire chaud. Devant la vitrine de Delta Antiques, l'oncle Pete s'arrête pour bavarder avec Bébé Hanaway.

C'est une femme élancée aux cheveux raides qui ne manque pas une vente aux enchères dans le centre de la Louisiane et va même jusqu'à traverser le Mississippi si l'occasion s'en présente. Elle irait n'importe où pour acheter des antiquités sudistes. Elle a installé chez elle, à son usage personnel, un téléphone rouge avec une lampe assortie. On l'appelle de tous les coins de l'État pour lui glisser des informations : « Mon petit doigt m'a dit qu'Andy Dubois ne pouvait pas honorer ses traites. Il est certain que sa propriété va être mise en vente d'un jour à l'autre. Ouvrez l'œil ! » Bébé est un fin limier qui prend la chasse aux antiquités très au sérieux.

Planté dans la boutique sous un immense ventilateur en cuivre et face à une grande armoire en chêne d'avant la guerre de Sécession, Baylor remarque une énorme mappemonde marron et beige montée sur un socle en bronze. Il s'en approche. Elle n'a que huit centimètres de moins que lui mais elle est trois fois plus grosse. Il observe la Chine, l'Afrique, les sept mers dont le bleu un peu délavé lui rappelle le carrelage de la salle de bains de sa grand-mère Buggy. Caressant la surface lisse du globe, il s'imagine être le capitaine d'un navire rapide qui l'emmènerait en toute sécurité dans tous les pays de son choix. Il imagine la mappemonde à côté de son lit. Elle serait là tous les matins quand il ouvrirait l'œil. Il a envie de l'enlacer car elle lui rappelle le vaste monde qui existe en dehors de Pecan Grove, la plantation que son père a héritée de son grand-père. Baylor improvise un air sur une histoire effrayante de pirates. Un jour, il se rendra dans tous les endroits qu'il a vus sur le globe.

— Pete, j'ai l'impression que Baylor est sous le charme de ma mappemonde. Elle date de 1813.

Bébé va vers Baylor et lui passe le bras autour des épaules. Elle sent bon, un mélange de *Chanel n° 19* et de poudre Ammon's Heat.

— Madame Hanaway, combien coûte cette mappemonde ? demande-t-il en s'efforçant de ne pas laisser transparaître son excitation.

Bébé toise le gamin. Il déteste qu'elle le fixe ainsi. Il devine qu'elle va lui parler de cette voix enjôleuse que certaines dames utilisent pour s'adresser aux petits garçons de son âge.

— Baylor, mon cher enfant, cette sphère ancienne vaut beaucoup d'argent, mais je suis prête à m'en dessaisir pour la modique somme de cent cinquante dollars. Mais uniquement si j'ai affaire à une personne convenable. Serais-tu un client sincère ?

Elle se joue de moi. Elle ne me prend pas au sérieux car je suis trop jeune. Oh, je la déteste ! songe-t-il. Et de rage il fait tourner le globe. Du coup, il s'en veut d'avoir perdu le contrôle de lui-même et de s'en être pris à l'objet qu'il désire le plus au monde.

Ils quittent la boutique et retournent au cabinet de Pete, où Baylor boit un coca et fait des dessins. Un peu plus tard, Vivi vient le chercher dans sa Thunderbird. Pour une fois dans sa vie, il a sa mère tout à lui. Il se glisse sur le siège du passager et fait pivoter le rétroviseur selon les instructions maternelles pour qu'elle puisse appliquer son rouge à lèvres Rich Girl. Que sa mère puisse à la fois conduire et se remaquiller est une source d'éternel émerveillement pour Baylor. Comment le *Thornton Daily Monitor* rendrait-il compte de sa mort si elle était victime d'un accident fatal ? se demande-t-il. Vivi n'a-t-elle pas l'habitude de répéter qu'elle va faire un procès aux fabricants de cosmétiques car c'est toujours en voiture qu'elle doit mettre une nouvelle couche de rouge ? Baylor se voit à la barre avec l'aide de l'oncle Pete, plaidant la cause de sa mère. Il obtiendrait des milliers de dollars pour elle, ne gardant que de quoi acheter la mappemonde et vivre heureux à son côté. En chemin, Vivi lui parle de ses dernières emplettes. Il se contente de sourire.

Baylor n'est pas du genre à précipiter les choses. Il laisse passer une semaine. Puis un jour il pénètre dans la chambre de son père, s'approche du valet muet où est suspendu le pantalon paternel et en vide les poches. Il ouvre le portefeuille en cuir souple que sa mère a acheté chez Rapps à La Nouvelle-Orléans et en retire deux billets de cent dollars. Ce soir-là, Baylor refuse de dîner et va se coucher de bonne heure.

Le lendemain matin, il attend que son père soit parti pour les champs de coton et que sa mère prenne sa voiture pour se rendre à sa partie de bourrée. Alors il se recoiffe et emprunte à toute vitesse la longue allée qui mène à la route. Là, il tourne à droite et continue à marcher. Au bout de quelques minutes, il arrive en vue du garage Texaco. Évitant de se faire repérer par George Grundy, le Noir qui tient la station-essence, il se dissimule dans la cabine téléphonique située en face des pompes. Il utilise les pièces de dix cents que sa mère l'oblige à avoir sur lui en cas d'urgence et appelle un taxi.

Cinq minutes plus tard il se fait déposer devant la boutique d'antiquités de Bébé Hanaway. La porte est grande ouverte : Bébé est en train de marchander avec Rosemary McDonald et sa mère, Mme Boyce. Baylor patiente au soleil en attendant que ces dames s'en aillent. Il ne veut pas avoir à répondre à leurs questions. Quand elles sont enfin parties, il entre dans le magasin.

— Bonjour, madame Hanaway.

Il se montre toujours poli et ce n'est pas le moment de faire exception à la règle.

— Comment allez-vous ? poursuit-il.

Bébé cherche des yeux l'oncle Pete ou Vivi avant de demander :

— Trésor, où est ta mère ?

— Oh, elle joue à la bourrée avec les autres Ya-Ya.

— C'est vrai, ta mère adore ce jeu. Bon, eh bien que puis-je faire pour toi ?

— Je suis venu pour la mappemonde que j'ai vue la semaine dernière avec mon oncle.

— Tu veux la regarder encore une fois ?

— Non, madame. Je suis venu l'achcter et la ramener à la maison.

— Mais, trésor, elle coûte plus de cent dollars.

— Oui, madame, je le sais. J'ai apporté l'argent.

— Si tu as apporté l'argent, c'est différent.

Quelle drôle de famille, ces Walker, songe-t-elle. Vivi part pour New York faire du théâtre et, à son retour, épouse Shep, ce fermier aristo, avant de mettre quatre enfants au monde en trois ans. Après ça, elle se coupe les cheveux, s'habille avec des chemises d'homme et conduit des voitures de sport où elle ne peut pas caser en même temps son mari et ses enfants. Et voilà que Vivi et Shep donnent plus de cent dollars à leur plus jeune fils pour s'acheter une mappemonde ? Enfin, c'est pas mes oignons, se dit-elle. Surtout que, depuis le jour où je l'ai achetée dans la paroisse de Plaquemines, chez le père Evans, je cherche à m'en débarrasser.

Baylor se tient tout contre l'objet de ses rêves et fixe le pôle Nord. Il croyait avoir retenu toutes les caractéristiques de cette mappemonde, mais il avait oublié qu'elle était merveilleusement posée sur un axe en bronze. On dirait qu'elle est suspendue en l'air, comme un dessin dans un album de coloriage. Elle est encore plus belle qu'il ne le croyait. Quel bonheur qu'elle soit encore là à l'attendre.

— Je vais préparer la facture, dit Bébé en s'approchant d'un lourd bureau que domine la caisse enregistreuse. Au fait, tu paies en espèces ou par chèque ?

Elle trouve bizarre de rédiger une aussi grosse facture pour un petit garçon dont la tête n'atteint pas le niveau du bureau. Mais Bébé est une femme d'affaires.

— Écoute, trésor, comme tu es quelqu'un d'exceptionnel, je vais te faire une fleur. Je ne te demande que cent vingt-cinq dollars tout rond.

Elle établit la facture sur un papier à en-tête de Delta Antiques et la tend à Baylor.

— Voilà, jeune homme, ça fera cent vingt-cinq tickets.

Baylor contemple la facture pendant une bonne minute. L'en-tête est orné d'une femme tirant un chariot plein de colonnes qui semblent avoir été volées dans une maison d'avant la guerre de Sécession. Puis il plonge la main dans la poche de son bermuda en seersucker et en retire deux billets de cent dollars aussi soigneusement pliés que dans le portefeuille de son père. Il les donne à Bébé, qui les accepte avec le sourire. Elle ouvre un vieux coffret et lui rend la monnaie.

— J'espère que tu seras satisfait de cette ancienne mappemonde.

— Oh, c'est sûr, madame Hanaway, ça ne fait pas de doute.

Il faut un moment à Baylor pour se rendre compte qu'il n'est pas capable de la soulever. Elle est bien trop grosse. Il n'y avait pas pensé. Il l'évalue encore une fois avant de retourner au bureau de Bébé.

— Puis-je utiliser votre téléphone, madame Bébé ?

Depuis que la transaction est achevée et qu'il est devenu un client à part entière, Baylor se sent plus à l'aise. Il appelle un taxi pour la seconde fois de la journée et demande au chauffeur de l'aider. Quelques minutes plus tard, le globe est installé à Pecan Grove, dans la salle de jeux du jardin, une petite cabine construite à flanc de coteau au-dessus du bayou. Pour finir, Baylor demande au chauffeur de patienter pendant qu'il va chercher un dollar dans le tiroir où Vivi conserve ses recettes de cuisine et de la menue monnaie.

Baylor passe le reste de l'après-midi dans la salle de jeux en compagnie de sa mappemonde. Il s'évade au Népal et en Norvège. Il s'imagine habitant une vaste demeure en Argentine. Cette maison aurait un bureau avec une cheminée, des bibliothèques et une collection de verres à cognac. Il y aurait aussi un tapis persan et un chien qui dormirait à ses pieds pendant qu'il lirait. Lui, Baylor, parlerait toutes les langues étrangères. Il serait aimable et généreux avec tout le monde. Personne ne manquerait de rien tant qu'il serait là. Il ne fumerait pas et boirait seulement des liqueurs douces après le dîner. Il se voit comme un homme plein de sagesse qui rirait en penchant la tête en arrière, comme les acteurs dans les films.

Bébé attend le début de la soirée pour téléphoner à Vivi et lui demander si la mappemonde lui plaît. Mais Vivi n'a pas vu Baylor de tout l'après-midi ; il est toujours dans la salle de jeux. Vivi respire à fond avant de promettre à Bébé qu'elle la rappellera plus tard car elle a quelque chose sur le feu.

Vivi s'assied et se prépare un gin-tonic. Elle l'avale d'un trait. Puis elle s'en sert un second et traverse la pelouse.

Elle reste un moment sur le seuil de la porte à observer Baylor. Le petit garçon promène ses doigts sur le globe tout en parlant tout seul avec animation. Vivi est en colère contre son fils, mais avant d'ouvrir la bouche elle se dit qu'au moins il aime les choses de qualité, qu'il en apprécie la beauté. Comme moi, pense-t-elle. Puis elle s'éclaircit la voix.

— Baylor !

Le petit garçon sursaute en hoquetant de surprise. Il était si absorbé par sa nouvelle vie qu'il n'a rien entendu.

— Baylor, où as-tu passé ton après-midi ? Et où as-tu déniché cette mappemonde ?

— Chez l'antiquaire.

— Ah, oui ! C'est ce qu'on m'a dit !

— Je ne l'ai pas volée ! rétorque Baylor, vexé par le ton accusateur de sa mère.

— Tu l'as donc payée ?

— Oui, mère, murmure Baylor en se levant et en enlaçant le globe.

— Maman, je t'en prie, ne m'oblige pas à le rapporter.

— Où as-tu trouvé l'argent ? demande Vivi en haussant la voix.

Baylor s'efforce de ne pas pleurer. Pourtant, sa tête blonde enfouie dans ses petits bras potelés, il est incapable de retenir ses sanglots quand Vivi se déchaîne.

— Qu'est-ce qui t'a pris ? À quoi pensais-tu ? Tu es tombé sur la tête ? Oh, attends de voir ! Quand ton père va rentrer, ça va barder !

Vivi se tait le temps de sortir une cigarette de son étui en argent gravé. Elle l'allume, tire une grande bouffée et poursuit :

— Vraiment ! Tu es devenu fou ! Quelle idée de voler de l'argent pour acheter ce fichu globe ?

Baylor lâche sa mappemonde. Il regarde sa mère :

— Parce que j'en ai besoin.

— Je ne vais même pas te donner de fessée.

Vivi est épuisée d'avoir tant vociféré. Laissons faire Shep, se dit-elle.

— Tu t'expliqueras avec ton père. Tu lui diras comme c'est bien de lui prendre son argent. Je veux t'entendre lui démontrer que ce n'était pas du vol.

— Maman, ne me force pas à rendre ma mappemonde. Ne laisse pas papa m'y obliger.

Vacherie, songe Vivi. Il n'écoute pas un mot de ce que je lui dis. Il n'en a que pour son foutu globe. Au fond, il a peut-être un grain. Ça ne serait pas le premier dans la famille.

— Dis-moi, Baylor ? Qu'est-ce qui ne va pas ? grogne Vivi en se casant à grand-peine sur une des petites chaises d'enfant en bois.

Poussé par la force du désespoir, Baylor se lance. Il évoque pêle-mêle sa maison en Grèce, ses futurs périples autour du monde, ses traversées du désert africain à dos de chameau, ses expéditions sur l'Himalaya. Il ne lui dit pas tout – il omet le chien et le smoking – mais presque. Et il lui ouvre son cœur :

— Je dois savoir où j'irai quand je serai grand. Ce que je deviendrai quand je partirai d'ici.

Vivi, toujours perchée sur son minuscule siège, finit son verre. Quand Baylor se tait enfin, elle reste silencieuse pendant un moment. Puis elle soupire :

— Rentrons à la maison pour appeler Bébé. On va voir si on peut s'arranger.

Le verre à la main, Vivi se lève et s'étire. Elle tend son autre main à Baylor qui s'en saisit.

— Mon chou ! C'est dur d'abandonner ses rêves, tu sais !

Les choses ne se passent pas comme Baylor l'avait espéré. Ni comme il l'avait craint. Après avoir discuté brièvement avec Bébé, Vivi pousse son fils dans la voiture et fonce en ville. Quand ils arrivent dans la 3e Rue, Baylor remarque que les boutiques et les bureaux ne sont plus éclairés. Il n'y a de la lumière que dans le magasin de l'antiquaire. Miss Bébé ouvre dès que Vivi frappe.

Pendant les vingt minutes suivantes, Bébé et Vivi font assaut de civilité sudiste. Vivi ne cesse de sourire en répétant :

— Chéérie, je suis tellement désolée de ce malentendu.

Ce à quoi Miss Bébé répond d'une voix charmante que cela ne pose aucun problème, absolument aucun. Elle ouvre la caisse et tend cent vingt dollars à Vivi. Puis elle prend la main de Baylor et lui explique ce qu'elle appelle une « mise de côté ». Au début, Baylor trouve son explication sans aucun intérêt. Ce n'est que lorsque l'antiquaire reprend la mappemonde qu'il se met à pleurer. Pourtant, Bébé lui affirme que le globe lui appartient toujours. Elle écrit même « VENDU » sur une grande étiquette qu'elle attache au globe avant de le ranger au fond du magasin.

Ensuite, Vivi remet à Miss Bébé deux billets de vingt dollars. Celle-ci extrait d'un tiroir un formulaire comportant l'en-tête avec la femme et le chariot plein de colonnes. Bébé indique à Baylor l'endroit au bas de la page où il doit signer. Vivi signe à son tour.

Ils quittent la boutique et rentrent chez eux. Baylor écoute les précisions de sa mère au sujet de la « mise de côté » : ils devront régler la mappemonde petit à petit. Quand ils auront fini de payer, il pourra l'emmener à la maison.

— Parfois, mon ange, il faut patienter et mettre ses rêves en attente. On ne les réalise pas toujours immédiatement. On se les approprie petit à petit. Et, quand enfin ils deviennent réels, ils n'en paraissent que plus merveilleux !

Baylor ne répond pas. Il sait que les choses auraient pu être pires. Bien pires. Il se rend compte que sa mère et Miss Bébé l'ont tiré d'un mauvais pas, mais Dieu qu'il se sent à plat.

— Tu me comprends, mon ange ? demande Vivi en se tournant vers Baylor et en ne regardant plus la route.

— Non, mère. Pas vraiment.

Quand ils parviennent à l'entrée de Pecan Grove, la nuit est tombée.

Vivi pousse un soupir.

— Oh, mon ange chééri, je ne suis pas sûre moi-même de bien comprendre les choses. Mais fais-moi confiance, quand le temps viendra, la Grèce sera toujours là. Le Brésil aussi. Des terres inconnues t'attendront. Même si tu restes ici, à Thornton.

Baylor observe sa mère qui se mord la lèvre supérieure et pleure en silence. Il tend la main et la pose sur la sienne. Tous deux restent assis au bout de la longue allée de la plantation de Pecan Grove à Thornton en Louisiane, à la limite du bayou, à la limite du monde.

Il tente de siffler pour sa mère. Mais aucun son ne sort de sa bouche. Que des petites bouffées d'air.

Vivi ouvre sa portière.

— Allez, mon chou, on va regarder les étoiles !

Baylor s'extrait de la voiture et attrape la main de sa mère. Ils longent la façade de la maison et s'enfoncent dans les champs de coton. On les a labourés et nettoyés, mais il est encore trop tôt pour les ensemencer. La nuit de mars est claire, la lune est absente, les étoiles brillent au-dessus de la terre plate de Louisiane.

— Regarde la Grande Ourse ! s'exclame Vivi le doigt pointé vers le ciel. Et je crois que là-bas c'est Vénus. Les gens disent que les planètes sont plus ternes que les étoiles. C'est des balivernes.

Baylor lève la tête vers le ciel étoilé. La main de sa mère est chaude.

— Regarde encore, mon chou ! Tu vois toutes ces étoiles ? Un certain Edgar Cayce prétend que nous sommes faits d'étoiles. Tu imagines ?

La question mérite réflexion. Baylor prend son temps pour répondre.

— Tu crois qu'on a des étoiles dans le corps ?

— Oui, en partie, oui, mon petit chou !

J'ai des étoiles en moi, songe Baylor. Il les imagine danser dans sa tête, se promener dans ses jambes, jaillir de sa bouche.

— Alors je suis fait d'étoiles, maman ? Tu viens de l'inventer ?

— Pas du tout. Il y a des gens qui n'y croient pas, mais ne les écoute pas.

— On est tous faits d'étoiles ?

Vivi hésite.

— Oui, en tout cas tous les gens de Pecan Grove. Ainsi que les Ya-Ya et les Petites Ya-Ya. Oui ! Et sans doute le monde entier.

Baylor ne bouge pas : il contemple le ciel en digérant la nouvelle.

Lorsque Vivi lui reprend la main pour l'entraîner jusqu'à la maison, Baylor imagine de petites étincelles sortant de la main de sa mère. Lui-même se sent briller d'un feu intérieur. Il pense à son père, à Siddy, à Little Shep, à Lulu et aux chiens, aux vaches et à tous les animaux de la plantation. Il pense aux étoiles qui les habitent. Finalement, la perte de la mappemonde lui semble moins douloureuse. Il pense à tous ces gens qui scintillent en Grèce, au Pérou et dans des pays dont il ne connaît pas encore le nom, dans des continents encore inconnus.

Pèlerinage

Siddy, décembre 1965

Mon Dieu, ce que papa et maman pouvaient être cool, parfois ! Quels autres parents de la bonne ville de Thornton – ou même de tout l'État de Louisiane – auraient emmené leurs quatre enfants jusqu'à Houston, au Texas, pour voir les Beatles ? Oui, ces dieux vivants faisaient une deuxième tournée en Amérique et on allait assister à leur spectacle ! Et participer à ce moment historique, légendaire ! Il faut croire que pour les parents l'événement était d'importance. Ils n'avaient pas hésité.

Tout a commencé un dimanche soir, le 9 février 1964 pour être exact. J'avais onze ans. Necie et M. Ogden, son mari, et leurs sept enfants sont venus nous rendre visite à Pecan Grove. Ils sont arrivés après la messe dominicale. Nous avons déjeuné ensemble avant de jouer tout l'après-midi.

Peu avant sept heures du soir, Joanie et moi nous sommes plantées devant l'écran du petit téléviseur en noir et blanc. Et nous avons attendu. On a fait chauffer le poste pour qu'il soit fin prêt. Tous les dimanches, la famille (les parents et nous, les quatre enfants) se réunissait pour regarder le *Ed Sullivan Show* puis *Bonanza*, mais ce soir était exceptionnel. Ed Sullivan avait annoncé qu'il recevrait les Beatles dans son émission et le grand moment était enfin arrivé !

Joanie et moi étions les plus excitées du lot. Elle avait un an de plus que moi, mais nous étions très copines. Toute la journée nous avions été sur des charbons ardents, comptant chaque minute qui nous séparait du show.

On était onze gosses entassés dans le petit salon. Papa avait allumé un feu dans la cheminée, maman et Necie avaient disposé les restes du déjeuner sur une table à côté des brownies chocolat-noisettes, une des spécialités à tomber par terre de Necie. Peu avant l'émission, Baylor a enfilé le costume de Superman qu'il portait pour Halloween. Je me suis assise sur le tapis, au premier rang entre Joanie et Lulu, juste devant la télé. Les autres se sont installés comme ils ont pu. Les garçons ont chahuté jusqu'à ce que je prenne la voix de ma mère pour crier :

— Du calme ! Arrêtez sinon je vous arrache la peau du dos !

En préambule, Ed Sullivan a couvert d'éloges les Beatles. Mais je me fichais bien de tout son boniment. Ce que j'attendais c'était eux, ces dieux vivants. On en avait fait un tel plat toute la semaine. On n'avait pensé qu'à eux. Pendant la messe, j'avais prié très fort pour que rien ne m'arrive qui m'empêcherait de les voir. J'avais économisé mon argent de poche pour acheter leur 45-tours *I Want to Hold Your Hand*. Le mois précédent, j'avais dévoré tous les magazines que je pouvais me payer ou que j'avais supplié maman de m'offrir. Juste pour le plaisir d'admirer leurs quatre photos.

Enfin, Ed Sullivan a annoncé :

— Mesdames et messieurs, les Beatles !

Comment oublier cette nuit ? Sur le petit écran en noir et blanc sont apparus quatre mecs incroyables ! John, George, Paul et Ringo ! Je n'avais jamais vu des hommes avec des cheveux aussi longs, sauf sur des gravures représentant les chevaliers de la Table ronde. Leurs cheveux couvraient leurs oreilles et se balançaient quand ils chantaient. C'était super ! Ils portaient tous le même costume à col rond et des pantalons tuyau de poêle. Et des boots pointus, absolument extra ! Ces Beatles débarquaient vraiment d'une autre planète. Personne dans la paroisse de Garnet ne leur ressemblait de près ou de loin.

Dans la salle, les filles criaient, pleuraient, essayaient de les toucher. Certaines, en pleine hystérie, s'écroulaient.

Quand ils ont entonné *All My Lovin*, Joanie et moi on a perdu la tête. On a crié, agité les bras, oscillé, on a même renversé nos coca. Ce moment était unique. Il m'appartenait. C'était un truc nouveau, un truc différent dont mes parents, les bonnes sœurs, les curés et tout le saint-frusquin n'avaient aucune idée. J'étais possédée par le rythme. Sans que je le veuille, mon corps vibrait. Malgré tous les hurlements de la salle en délire, j'entendais la batterie, je la sentais résonner en moi. Ces Beatles représentaient tout : ils étaient à la fois délirants, méchants, tendres et convenables. Joanie, Malissa, Lulu et Rose m'ont imitée. Ensemble nous avons crié et sauté tant et plus. On aurait dit une meute de chiennes hurlant à la lune !

De leur côté les garçons faisaient les idiots. Ils ricanaient, balançaient leur tête de gauche à droite en faisant « Houhouhou » à pleins tubes ! Puis Little Shep est allé chercher la tête de loup dans le placard à balais. Il l'a plaquée sur sa tête pour faire croire que c'était ses cheveux et il a fait un festival de grimaces. Les fils Ogden n'arrêtaient pas de se moquer de nous, les filles. Baylor a pris son ukulélé et s'en est servi comme d'une guitare. À vrai dire il avait l'air d'être le seul des garçons à s'intéresser aux Beatles.

Très vite les adultes nous ont rejoints, avec leurs boissons et leurs cigarettes. Ils restaient debout, les poings sur les hanches.

— Bon, alors qu'est-ce qui se passe ? a demandé maman.

Lorsque Paul a interprété *Till There Was You*, je me suis aperçue que c'était de lui que j'étais amoureuse. J'aimais tout chez lui : ses grands yeux, la perfection de sa peau, sa douceur et sa sincérité. En plus il donnait l'impression de croire à chaque mot qu'il chantait. Il était, oui, tellement délicat comparé aux garçons que je connaissais. Il parlait des cloches sur la colline qu'il n'entendait pas sonner, des oiseaux dans l'air mais il ne les entendait pas chanter jusqu'à ce que... je sois là. Moi ! Il chantait pour *moi*. Ses chansons, je les attendais depuis toujours, sans le savoir !

Au bout d'un moment, on a annoncé de mauvaises nouvelles au sujet de John. Tandis qu'il chantait, un avertissement est apparu au bas de l'écran : « Désolé les filles, mais John est déjà marié ! » Au moins Paul – mon Paul – était célibataire. Oh ! quel bonheur quand leurs visages apparaissaient en gros plan – même Ringo avec sa drôle de bobine, mais sympa quand même.

Tout à coup M. Ogden a marmonné :

— Ces vauriens de beatniks, on devrait leur couper les cheveux et les forcer à travailler.

Quand les Beatles ont attaqué *She Loves You*, les garçons ont commencé à sauter, à chanter, à crier avec nous. À la télévision, les filles s'arrachaient les cheveux et envoyaient des baisers aux chanteurs. Deux filles se sont même évanouies.

C'est le moment qu'a choisi M. Ogden pour éteindre la télé ! Comme s'il était chez lui !

— Un spectacle digne de Satan, s'est-il écrié. Je refuse de rester planté là à regarder d'innocentes enfants entraînées sur le chemin du vice. C'est intolérable !

Mon père a rallumé le poste.

— George, tu es chez moi. J'éteindrai mon Motorola quand je le jugerai utile. En attendant calme-toi. Et sers-toi un autre whisky.

Necie a murmuré quelque chose qui s'est perdu dans le brouhaha général. De toute façon, quand on a les Beatles sous les yeux, rien n'a d'importance.

— Suis-je le seul ici à faire preuve d'un peu de sens moral ? a repris M. Ogden en haussant le ton. C'est le genre de chose qui corrompt notre culture. Pas seulement la culture américaine, mais, plus important encore, la culture catholique.

— J'ignorais que le catholicisme était une culture, a rétorqué papa avec un petit rire. Je croyais que c'était une religion.

Longtemps auparavant, papa avait suivi des cours de catéchisme pour se convertir au catholicisme et épouser maman. Il avait juré d'élever ses enfants dans cette religion et de financer leurs études dans des institutions catholiques. Mais tout ce qui touchait à la confession lui sortait par les trous de nez.

— Je n'ai pas l'intention, dit-il, de m'enfermer dans un minuscule cagibi avec un curé qui a mauvaise haleine et de lui raconter ce dont j'ai honte. Cela ne regarde que le Vieux Pépère – nom que mon père donnait à Dieu.

— Si tu ne respectes pas ce qui est sacré, a continué M. Ogden, j'aimerais bien connaître ton opinion sur les guerres auxquelles nos ancêtres ont participé dans les tranchées, dans les airs, sur les mers. Sur les combats qu'ils ont menés pour la démocratie, les convenances, le respect des valeurs américaines.

— Bon sang, George, ce que tu peux être emmerdant quand tu t'y mets ! s'est exclamé papa. Détends-toi ! Je n'apprécie pas follement cette musique ni ces cheveux longs. Mais les gosses adorent ça. Et plus tu cries au loup, et plus ils vont aimer ça.

— Dans notre jeunesse, a ajouté maman, nous étions folles de Frankie Baby et de ses yeux bleus. Je me souviens de l'époque où Caro et moi vivions à New York avant notre mariage. On était mannequins chez Saks. Un après-midi, comme une employée sur deux, nous nous sommes fait porter pâles pour assister à un concert donné par Frank Sinatra. Mais on a été pincées par la chef de rayon qui était venue inspecter la file d'attente devant le théâtre ! On a toutes été virées, mais on nous a réengagées plus tard. Quelle histoire !

— Nous, les Ya-Ya, nous adorons nous pâmer d'admiration, a soupiré Necie. Même si cette musique n'a pas... comment dire ?... le charme de Frank Sinatra.

— De plus, a renchéri papa, ces quatre garçons ne sont pas pires qu'Elvis Presley.

— C'est avec lui que tout a commencé, a fait M. Odgen. Jouer cette musique de nègre devant de jeunes Blancs, quelle honte !

— George ! s'est écriée Necie, très gênée. Je te prie de ne pas prononcer ce mot devant les enfants.

— Oh, mille excuses, chère madame ! Je dirai ce qui me chante ! Noirs ! Bamboulas ! Négros !

Il a fait comme s'il allait partir, mais il s'est retourné pour lancer :

— C'est contraire aux lois de la bienséance la plus élémentaire. L'Église catholique condamne la musique rock, les relations sexuelles hors mariage et tout ce qui est satanique, c'est-à-dire cette musique.

— George, a contre-attaqué mon père, réfléchis une seconde : ce groupe de vauriens aux cheveux longs ne parle-t-il pas mieux à nos enfants que tout ce que l'Église a à leur enseigner ?

— Shep Walker, je suis désolé d'avoir à te le dire, mais tu n'es qu'un païen, un affreux anti-Christ !

Sur ce, M. Ogden est sorti en trombe et s'est réfugié dans son break jusqu'à la fin de la soirée.

Les Beatles ont interprété encore cinq chansons. Heureusement, M. Ogden n'était plus là, sinon il aurait eu une crise cardiaque quand Joanie et moi avons embrassé les gros plans de nos idoles. On les a tous embrassés sauf Ringo : on n'aimait pas son nez.

En classe, après l'émission, Joanie, moi et toute notre bande de copines, on était comme des folles : la beatlemania nous avait gagnées. Même Lulu et ses petites amies étaient sous l'emprise des quatre garçons dans le vent. On voulait acheter tous leurs disques ! L'idée de ne plus jamais les voir ou les entendre nous paniquait. Et s'ils n'avaient fait qu'une seule apparition miraculeuse ? Et si, après leur prestation télévisée, ils disparaissaient à tout jamais ?

Après avoir acheté tous leurs 45-tours dès leur sortie, Lulu et moi avons investi le reste de nos économies dans leur premier album 33-tours disponible aux USA, *Meet the Beatles*. On se l'est procuré en mars et on se l'est passé quatre-vingt-quatre mille fois au moins. J'adorais tous les morceaux, sans exception ! Le disque valait bien les sacrifices que nous avions faits pour mettre de côté un dollar quatre-vingt-dix-huit.

Les enfants Ogden avaient interdiction d'écouter les disques des Beatles quand leur père était à la maison. Plus précisément, personne ne savait que Necie leur avait donné la permission de les acheter. Joanie et moi avons commencé à rédiger de longs récits imaginaires où les Beatles et nos amies tenaient les rôles principaux. On a écrit des tombereaux de textes qui, rêvions-nous, seraient réunis un jour en un recueil intitulé Les *Beatles et nous*. On a essayé d'utiliser ces thèmes pour nos rédactions en classe. Mais après avoir récolté quelques zéros pointés on a dû arrêter.

Tout au long de l'année, on a appris par cœur les paroles de chaque chanson. Le magasin de disques Cenla Bop était devenu notre repaire favori, où parfois Shep et Baylor nous accompagnaient. Nous dévorions tout ce qui nous tombait sous la main au sujet de nos idoles. Nous savions qu'ils venaient de Liverpool et avaient débuté dans une boîte minuscule, The Cavern. Où se trouvait Liverpool ? Nous n'en avions aucune idée. On pensait que c'était un quartier vraiment cool de Londres, situé près d'une piscine[1].

1. En anglais, *pool* peut vouloir dire piscine. *(N.d.T.)*

On dévorait *Teen Magazine* pour y découper les photos de Paul, John, George ou Ringo, et les coller sur la glace de nos chambres. Lulu possédait même une photo de John posant debout avec sa mère. Elle l'avait placée sur sa table de chevet afin de la voir en se réveillant. La mère de John était grassouillette et avait un peu l'air d'une femme de ménage. Mais sapristi ! Elle l'avait mis au monde ! Et John lui était toujours reconnaissant d'avoir apporté chez eux le premier disque d'Elvis. C'est de là qu'était née sa vocation.

Little Shep, Lulu, Baylor et moi avions décidé d'élire notre chouchou parmi les Beatles. Cela devait refléter notre personnalité.

— Le mien, c'est Paul, car il a des yeux follement romantiques, ai-je déclaré.

Le jugement de Little Shep a été sans appel : George était le seul à avoir l'air viril.

— Ringo, a dit Baylor. Je sais que je suis le seul à l'aimer. Mais pourquoi il porte toutes ces bagues ?

Lulu, Joanie, mes autres copines et moi collectionnions leurs photos, que nous grappillions dans les revues et les journaux, et les collions dans des albums ou sur nos murs.

Maman a été formelle.

— Si vous êtes folles de ces types chevelus, c'est votre affaire. Mais je ne veux rien voir qui les concerne en dehors de vos chambres. Il est hors de question que vous décoriez ma maison avec toutes vos horreurs. C'est bien compris ? Ni assiettes ni babioles des Beatles ! Et si vous imaginez que je vais commander des gants de cuisine à leur effigie, vous vous trompez ! Il y a une différence entre admirer quelqu'un et devenir maboul !

On s'attendait que papa ou maman nous disent :

« Bon, ça suffit comme ça. » Mais rien n'est venu. On avait trouvé quelque chose à adorer et ils n'ont pas essayé de nous en empêcher. Une seule règle pourtant : on ne pouvait pas mettre la musique à fond. Maman a dessiné avec un crayon gras une flèche sur le tourne-disque pour marquer le volume maximal qu'elle nous autorisait. Tant qu'on obéissait, on n'avait pas d'ennuis. Ce qui montre à quel point les Beatles étaient merveilleux. Quand on avait le moral en berne, il suffisait d'écouter une de nos chansons favorites pour que tout aille bien de nouveau. Et quand tout allait mal, je m'enfermais dans ma chambre avec mon Paul chéri.

À force de lire et d'écrire *Les Beatles et nous*, quand février est arrivé, j'ai eu l'impression de les connaître intimement au point de prévoir leurs réactions en toutes circonstances. Je méditais devant leurs photos. Ils n'avaient plus de secrets pour moi. Enfin, c'est ce que je croyais ! Et puis Ringo a sorti *This boy*. J'en suis restée comme deux ronds de flan. J'ignorais qu'il était si sensible ! Quel choc ! C'était le genre de chanson que Paul aurait pu écrire. Mais pas Ringo !!! En fait, non seulement il la chantait mais il l'avait écrite. J'ai retenu la leçon : l'habit ne fait pas le moine ! J'ai commencé à regarder les garçons de ma classe différemment. Phil Rabelais, par exemple. Malgré son grand front et ses stylos dans ses poches, il était peut-être poète, comme Ringo. Après avoir entendu cette chanson, je suis devenue moins superficielle.

Dans notre prison de la Divine-Compassion, les bonnes sœurs nous obligeaient à porter des uniformes. Mais quand maman était de bonne humeur, elle m'autorisait à mettre mon chapeau à la John Lennon ou mes bottines à la Beatles. Ce qui rendait les bonnes sœurs furieuses.

Et vous pouvez leur faire confiance pour tout gâcher si vos parents ne s'en sont pas encore occupés. Sœur Mary Agatha, déjà responsable de la séparation des garçons et des filles en sixième, s'est mis dans la tête que les Beatles représentaient un péché mortel. Un jour où je m'étais montrée insolente et qu'elle m'avait giflée, elle a annoncé à toute ma classe : « Siddalee Walker et les Beatles sont des péchés mortels. »

Du bureau de la directrice, j'ai appelé maman au téléphone pour la mettre au courant. Elle est arrivée dare-dare en pantalon stretch, son habituelle cigarette au bec. Elle est entrée dans le bureau et a dit :

— Personne d'autre que moi n'a le droit de porter la main sur mes enfants !

Et au lieu de me fouetter, elle m'a embarquée dans la voiture et nous sommes allées au drugstore Bordelon boire un coca et acheter des revues. Puis elle m'a fait sécher l'école pendant trois jours. On a bien ri. Tout ça grâce à la force miraculeuse des Beatles. Pour la première fois de sa vie, elle a admis que sœur Mary Agatha était une vieille truie et on s'est moquées ensemble des verrues poilues qu'elle avait sur la figure.

Pendant dix-huit mois, nous avons été hypnotisées par les Beatles et leur musique. Puis notre rêve s'est réalisé !

Au mois de mars 1965, un an après avoir vu les Beatles à la télévision, notre tante Jezie nous a téléphoné : elle pouvait nous obtenir des places pour le concert qu'ils allaient donner au Sam Houston Coliseum de Houston courant août, lors de leur deuxième tournée en Amérique.

— J'ai des relations, a-t-elle dit à maman.

On voyait rarement tante Jezie. Petite sœur de maman, elle faisait une apparition pour les fêtes de Noël, mais c'était à peu près tout. La plupart du temps, ma mère et elle se querellaient. Je ne crois pas qu'elles s'aimaient beaucoup. À un Noël, elle avait dansé d'une façon si suggestive que l'oncle Pete lui avait demandé d'arrêter de se conduire ainsi devant les enfants. Une autre fois elle s'était bagarrée avec l'oncle Pete et maman en jouant au billard. Au milieu de la partie, elle avait commencé à crier et avait flanqué un coup de queue de billard sur l'épaule de l'oncle Pete. Ce dernier, pourtant du genre patient, avait explosé.

— Là, Jezie, tu dépasses les bornes ! Soit tu te tiens correctement, soit tu quittes ma maison.

Elle était partie hors d'elle en klaxonnant très fort et on ne l'avait plus revue pendant deux ans.

Tante Jezie vivait à Houston depuis qu'elle avait terminé ses études universitaires, mais personne ne savait ce qu'elle y faisait. On avait appris qu'elle avait un boulot qui rapportait gros, peut-être dans l'immobilier, mais rien n'était moins sûr. Un Noël, elle nous avait amené une dame plus âgée qu'elle mais charmante, élégante et distinguée. C'était grâce à cette Louise qui avait des relations avec les Beatles qu'elle pouvait nous obtenir des places.

On a fait le siège de papa quand il est rentré. On croyait qu'il serait difficile à convaincre mais, au contraire, il nous a dit :

— Et pourquoi pas ? Qui diable nous en empêche ? Vous passez tellement de temps enfermés avec ces pingouins ! Il est temps que vous voyiez autre chose, que vous arrêtiez d'être des agneaux qu'on mène à l'abattoir. Les Beatles sont anticatholiques ? Alors allons les voir ! N'oubliez pas d'en informer saint George Ogden. Ça va le rendre dingue.

Little Shep, Lulu et Baylor se sont mis à chanter et à

danser en rond. On allait à Houston voir les Beatles ! Tante Jezie s'occuperait des places et des chambres dans un motel, ce qui ne serait pas facile car le monde entier se rendrait au Texas, à l'image de la famille Walker.

J'ai immédiatement appelé Joanie, qui a éclaté en sanglots tant elle était heureuse. Comme prévu, M. Ogden a piqué sa crise. Necie a dû l'excuser auprès de maman pour la lettre qu'il avait envoyée à papa sur du papier à en-tête des Chevaliers de Christophe Colomb.

En la lisant, papa avait fait remarquer :

— George est jaloux de ces types à tignasse. Il adorerait avoir une centaine de filles à ses pieds. Tous les catholiques ne sont pas dingues, mais lui est complètement maboul.

Tante Jezie tout à coup me semblait beaucoup plus sympathique. Je lui écrivais toutes les semaines pour lui dire qu'elle était la plus merveilleuse des tantes et que je lui envoyais des millions de baisers.

Elle m'a répondu qu'elle se souvenait du jour où elle avait vu Elvis dans une émission d'Ed Sullivan puis, plus tard, en chair et en os : un événement qui l'avait fait pleurer. Pour de vrai.

Mon Dieu ! j'ai l'impression qu'il s'est écoulé dix ans entre le moment où on a vu les Beatles à la télé et le concert du mois d'août. On ne parlait que de ça. Dès que les autres élèves ont été au courant, Lulu, Little Shep, Baylor et moi sommes devenus les stars de l'école.

Quand le grand moment est arrivé, Teensy et oncle Chick ont insisté pour que nous prenions leur Lincoln Continental 1965 flambant neuve. Elle était immense, d'un luxe inouï, et quand on était dedans on avait l'impression d'être des vedettes de cinéma. Et il y avait tellement de place comparé à la Thunderbird de maman.

En se mettant au volant, papa a dit :

— Regardez-moi ce paysan qui conduit une limousine !

On s'est vraiment marrés en allant à Houston. Maman soufflait la fumée de ses cigarettes par la petite vitre pour éviter une crise d'asthme à papa. Ce qui était amusant, c'est qu'elle imitait Lucille Ball [1] en faisant des tas de grimaces. Cela nous a fait tellement rire que papa s'est détendu à son tour. Le voyage a été suffisamment court pour que personne ne se tape sur les nerfs. Ce qui était rare. Ah, la force des Beatles !

Pas une seule fois maman n'a dû sévir pour nous rappeler à l'ordre. En route, papa n'a pas arrêté d'attirer notre attention sur les Massey Ferguson. De sorte que maman lui a finalement demandé :

— Ces Massey Ferguson, d'où les connais-tu ? Ils vont aussi à Houston ?

Papa s'est littéralement tordu de rire. Il a été obligé d'expliquer à maman que Massey Ferguson était une marque de tracteurs et d'équipements agricoles. Du matériel haut de gamme qu'on ne trouvait pas chez nous.

Lulu et moi, assises à l'arrière, aurions souhaité passer pour des Anglaises. Nous avions apporté avec nous tous nos produits Yardley – surtout des savonnettes et des parfums – car papa nous interdisait de porter notre eye-liner Mary Quant en public. On a passé notre temps à imaginer ce qu'on dirait à notre

---

1. Actrice de cinéma et surtout de télévision extrêmement populaire grâce à la série *I Love Lucy*. (*N.d.T.*)

Beatle favori quand on ferait sa connaissance – ce dont on était intimement persuadées. Lulu demanderait à John s'il aimerait venir à Pecan Grove manger du gombo. J'ai essayé de lui expliquer qu'il n'était pas possible d'inviter quelqu'un d'aussi célèbre chez soi et de ne lui offrir que du gombo.

— Bon, et toi, que vas-tu dire à Paul ?

J'ai réfléchi un moment avant de répondre :

— Je me contenterai de lui remettre un des poèmes que j'ai composés à son sujet et je le laisserai décider de la suite des événements.

Nous nous sommes arrêtés dans les faubourgs de Houston pour nous dégourdir les jambes et commander des hamburgers. Pour nous rafraîchir, nous plaquions les verres de soda glacés sur nos visages jusqu'à ce que le givre fonde.

— Maman ! s'est exclamé papa, je me sens bien. L'air du Texas est bon pour mes sinus.

Quand les hamburgers sont arrivés, maman nous a fait réciter le bénédicité. Quand nous avons dit « amen », papa s'est moqué de nous en chantonnant : amen, ramène, démène, l'hymen… et nous avons tous ri. Sauf maman, qui a essayé de garder son sérieux.

— Merci mon Dieu, a fait Lulu, pour ce repas et pour les Beatles.

Bref, on s'amusait bien. Que c'était bon de quitter Pecan Grove !

Incroyable le motel que la tante Jezie avait réservé pour nous ! Il y avait des statues grecques le long la piscine et des lampes multicolores qui clignotaient dans les buissons. De la musique était diffusée jour et nuit dans les allées. Des peignoirs de bain voluptueux avec un monogramme à l'effigie de l'établissement étaient mis à notre disposition. C'était la première fois qu'on descendait dans un hôtel qui offrait des peignoirs. Tante Jezie nous a dit qu'il n'y avait pas mieux.

Quand nous sommes arrivés, elle était déjà là. Avec une coiffure à la Barbra Streisand. Ses cheveux qui encadraient complètement sa figure étaient bien plus foncés que d'habitude, presque noir-noir. Elle avait terriblement maigri et portait un petit fourreau noir en lin avec des doubles bretelles très fines et des sandales noires à petits talons bobines. Maman m'a semblé jalouse de ses lunettes de soleil. Mais ce n'est qu'une impression personnelle. Tante Jezie, qui avait déjà pris les clés des chambres à la réception, se comportait comme si le motel lui appartenait. Dans nos chambres, des paniers de fruits nous attendaient et les parents ont trouvé une bouteille de champagne dans la leur. Tout ça devait coûter son pesant de nougat !

— Oh, Jezie, tu n'aurais pas dû te donner tant de mal ! s'est écriée maman.

— Ce n'est pas souvent que vous venez à Houston. Mais ne t'inquiète pas : ce sera mis sur votre note.

Et la tante Jezie a regardé papa droit dans les yeux en lui décochant un grand sourire.

Maman a observé papa pendant une minute et j'ai eu peur qu'ils ne se mettent à se bagarrer comme des fous.

Finalement, papa s'est exclamé :

— Quelle importance, bon sang ! On est en vacances !

Les grands ont débouché le champagne, et nous, les gosses, avons couru jusqu'au distributeur du hall pour prendre des glaçons et des coca en dépensant toute la petite monnaie que nous avait donnée papa.

Quel bonheur, la vie dans ce motel ! On avait une chambre pour nous, les garçons dans un lit, les filles dans un autre. Notre propre téléviseur et des portes-fenêtres coulissantes qui donnaient sur la piscine. Little Shep et Baylor ont tout de suite foncé dans la salle de bains pour être les premiers à déchirer la bande protectrice des cabinets – un de nos rites. Avec Lulu on a pris les petites bouteilles de shampooing, les crèmes pour les mains et les nécessaires de couture et on les a fourrés dans nos valises. On faisait toujours ça. Puis on allait chercher les femmes de chambre pour leur en demander d'autres.

À l'hôtel, papa nous permettait d'emporter tout ce qu'on voulait, même les draps et les tapis de bain :

— C'est compris dans le prix exorbitant des chambres, nous assurait-il.

Malgré l'heure tardive, nous étions tellement excités que les parents nous ont laissés enfiler nos maillots de bain et sauter dans la piscine. Dans la nuit les lumières de la piscine donnaient une ambiance exotique : on se serait crus à l'étranger. Tante Jezie, papa et maman buvaient dans le patio de leur chambre tout en nous surveillant. L'eau était chaude et une légère brise soufflait. On s'est exercés à faire toutes sortes de plongeons et de bombes dans l'eau. Puis on a appelé tante Jezie à tue-tête pour qu'elle vienne voir nos progrès en natation. Non seulement elle est venue mais elle s'est jetée tout habillée dans l'eau. C'était bien son genre !

— Je mettrai un peignoir pour rentrer à la maison ! a-t-elle expliqué.

Maman n'a pas supporté de rester dans son coin. Elle a enfilé un costume de bain et nous a rejoints. Quant à papa, quoiqu'il ait toujours détesté – quand il a froid, il a de l'asthme –, il s'est baigné lui aussi.

— L'eau est parfaite : ni trop chaude ni trop froide, a-t-il dit en imitant l'histoire de Boucle d'Or et des trois oursons. Parfaite.

On avait la piscine juste pour nous. On s'aspergeait, on riait, on sautait du haut des épaules paternelles, on se moquait de tante Jezie et de ses vêtements trempés.

— On devrait voyager plus souvent, a déclaré papa.

Nous étions bien d'accord.

Une fois au lit, j'avais tellement sommeil que je me suis tout de suite endormie au lieu de rester éveillée comme je le faisais à la maison. La chambre était silencieuse, à l'exception du ronronnement de l'air conditionné qui dominait les autres bruits. Lulu dormait à côté de moi et j'étais contente de pouvoir respirer l'odeur de chlore qui émanait de sa peau. Réunis tous ensemble dans la même chambre, nous nous sentions protégés. Avant d'éteindre, j'ai souri à Little Shep qui avait mis un tee-shirt blanc et il m'a souri en retour.

— Siddy, on est vachement bien, tu trouves pas ?

Le lendemain, nous avons absorbé un énorme petit déjeuner dans la salle à manger. Les serveuses sont tombées amoureuses de nous. Papa a fait ami-ami avec elles et elles nous ont présentés au cuisinier. Quand on a visité son royaume, ses aides étaient en train de sortir du four des gâteaux à la noix de coco. Ils nous ont dit de revenir plus tard pour les goûter. L'idée que ces gâteaux devaient être préparés et cuits ne m'avait jamais traversé l'esprit. Pour moi, ils tombaient du ciel, tout simplement.

On a parcouru tout le domaine du motel.

Papa nous a dit :

— Il faut toujours repérer les lieux d'un nouvel endroit. Les Indiens n'y manquaient jamais.

Dans le hall, nous avons acheté des cartes postales de Houston. Papa a bavardé avec le réceptionniste, qui avait à Lafayette de la famille que papa pensait connaître par l'intermédiaire de la coopérative. Une chose était sûre : au cours de nos voyages nous nous faisions toujours de nouveaux amis.

Puis nous sommes rentrés nous reposer dans nos chambres car la journée serait longue. Tante Jezie nous a appelés : craignant qu'on ne se perde dans Houston, elle passerait nous prendre. Ce qui a convenu parfaitement à papa. Couchés devant la télé, on a regardé des émissions locales en attendant l'heure du départ.

Pour être excités, nous étions excités ! La question vestimentaire nous agitait beaucoup. Avions-nous apporté les affaires qu'il fallait ? J'ai mis une minijupe orange et un pull flottant mauve à manches courtes. Lulu avait une robe vert tilleul couverte de grandes fleurs roses qui lui allait très bien. Little Shep a enfilé une chemise en cachemire à plastron et à col roulé alors qu'il faisait encore plus chaud qu'à Thornton ! Maman l'a pourtant prévenu qu'il allait cuire, mais il n'a rien voulu savoir. Il ne l'avouait pas, mais je devinais qu'il aurait adoré porter les cheveux longs et voir des filles hurlantes s'évanouir pour lui.

Baylor était le plus élégant de nous tous. Il avait persuadé maman de lui acheter une veste marron à la Nehru avec des boutons dorés. Elle était un peu trop grande pour lui : du coup sa tête flottait dans le col et lui donnait l'air d'une tortue indienne. La couleur allait très bien avec son superbe hâle. Baylor bronzait bien, alors que maman, Lulu et moi devenions écarlates et devions nous enduire de crème apaisante après nous être exposées des semaines entières. Baylor savait-il à quel point il était élégant ? Il portait cette veste avec un pantalon blanc et était pieds nus dans ses sandales. Il était complètement craquant.

Ne parlons pas de tante Jezie ! Quand elle s'est montrée, on aurait dit qu'elle sortait d'un catalogue de Neiman Marcus. Elle était en minirobe de lin à gros pois blancs et noirs, en chaussures noires à talons, et elle s'était mis dans les cheveux un foulard assorti à sa robe. Ajoutez à ça un gros bracelet noir et un maquillage à la Jean Shrimpton[1]. Oh ! J'étais fière d'être avec elle ! Elle était si belle que j'en avais la chair de poule !

On s'est entassés dans sa Riviera, qu'elle pilotait comme si Houston lui appartenait. Papa avait l'habitude de critiquer sa façon de conduire, mais là, il s'est contenté de se relaxer dans le siège du passager et de regarder la circulation. Sa façon de conduire nous donnait le tournis. Nous n'avions pas l'habitude de tout ce trafic, ni des rampes d'accès aux périphériques qui s'entortillaient comme des macaronis. Tante Jezie n'arrêtait pas de klaxonner ou d'injurier en rigolant les autres conducteurs ou de leur faire des queues de poisson.

— Appelez-moi tante Mario Andretti[2] ! criait-elle en klaxonnant de toutes ses forces.

On est arrivés au Coliseum de bonne heure. Par prudence. Se garer était difficile, mais avec tante Jezie au volant nous n'avions pas de souci à nous faire. Elle avait même songé à apporter un bandana qu'elle a fixé

1. Mannequin vedette anglais très célèbre dans les années 60. Surnommée The Shrimp (la Crevette), elle était la rivale de Twiggy. *(N.d.T.)*

2. Mario Andretti : pilote de course italien, né en 1940 à Trieste. *(N.d.T.)*

à l'antenne de la voiture pour la retrouver facilement après le concert. Je n'avais jamais vu autant de monde, ni lors de la fête de la Louisiane ni lors du Mardi gras. Tante Jezie a étudié la situation puis à décidé qu'il nous fallait de l'ombre et quelque chose à boire.

— Pas trop d'alcool, a-t-elle précisé, il faut qu'on garde l'esprit clair. Mais on a besoin de s'humidifier le gosier et de se détendre.

On l'a suivie un bon bout de chemin jusqu'à un restaurant hawaiien sombre et frais. On n'était jamais allés à Hawaii, notre cinquantième État. En entrant, on a eu l'impression d'avoir traversé le Pacifique. Les hôtesses et les serveurs étaient manifestement hawaiiens et il y avait des cocotiers sur les murs. On nous a mis des couronnes de fleurs autour du cou ! La photo dédicacée de Don Ho[1] était accrochée au-dessus de la caisse et la carte comportait des milliers de cocktails différents, tous ornés d'un parapluie de couleur.

Et, mon Dieu, la clientèle était incroyable ! Ce n'étaient pas des Texans. Les femmes avaient les cheveux qui leur descendaient aux fesses ; elles portaient des jupes de cuir, du rouge à lèvres blanc et fumaient de longues cigarettes brunes. Les hommes qui les accompagnaient avaient également des cheveux longs. Ils portaient des chemises à jabot et des bijoux. Et des bottes, ils et elles avaient des bottes. Des pantalons tuyau de poêle et des bottes comme celles des Beatles, mais aussi des bottes à fermeture Éclair, des bottes habillées, des bottes en daim, des bottes de cow-boy, enfin les bottes les plus inimaginables. Certaines femmes étaient en minijupe ultracourte et en

1. Célèbre chanteur de Hawaii. *(N.d.T.)*

bottes lacées jusqu'aux genoux, avec des yeux si noirs qu'elles ressemblaient à Cléopâtre. Papa nous a fait remarquer qu'elles devaient mourir de chaud en plein été avec un tel attirail. Mais on sentait qu'il était intrigué. Deux femmes se tenaient enlacées près de la cabine téléphonique tout en lisant des livres. Un homme avec un bouc parlait une langue étrangère avec une des hôtesses.

Little Shep s'est approché de lui en disant :

— Oh, on dirait Maynard G. Krebs[1].

Maman a dû l'éloigner.

En allant à notre table, nous sommes passés à côté d'un couple qui s'embrassait à pleine bouche ! Devant tout le monde ! Il a fallu entraîner Baylor, qui s'était planté devant leur table et les fixait.

Quel spectacle ! Pourtant ces gens ne jouaient pas la comédie. Ils étaient naturels et n'avaient visiblement que faire de ceux qui les reluquaient et de leurs commentaires. J'ignorais d'où ils venaient mais ils étaient magnifiques. Ils détenaient les clés de mon avenir. Voilà ce que je désirais devenir : différente du lot ! C'était la puissance des Beatles que de nous avoir attirés tous ici.

Pour la première fois de ma vie, je me suis rendu compte que je pourrais être ce que je voulais ! Comme ces gens-là. Pas comme quand j'étais petite et que je me faisais appeler Mme Voilanska. Quand je serais grande ce serait du sérieux. Je serais différente de papa et maman ou des Ya-Ya ou des gens de Thornton ou de ceux de Louisiane. Je serais originale, totalement différente. Je pourrais entreprendre des choses ou les inventer, comme j'avais écrit mes histoires des *Beatles*

1. Personnage beatnik d'un feuilleton télévisé. *(N.d.T.)*

et nous. Je porterais des pantalons échancrés à fleurs. Je ferais tout et n'importe quoi. Dans la rue, les passants se retourneraient sur moi en se demandant : « Qui est-ce ? Comment fait-elle pour être si libre ? » Rien que d'y penser j'en frissonnais. Bien sûr, c'était un péché de songer à tout ça. Mais j'étais à Houston et ça comptait pour du beurre.

Cet endroit avec tous ces gens nous a vraiment épatés ! Papa allait-il dire qu'ils étaient moches ? Non. Il s'est contenté de hocher la tête et a laissé tomber :

— Il faut de tout pour faire un monde.

Vraiment, papa m'a surprise pendant ce voyage.

On a commandé des rob roy et des shirley temple[1] ornés de petits parapluies de papier. Et je me suis juré de garder à jamais mon parapluie pour me rappeler les Beatles. On nous a servi aussi des petits amuse-gueule à base de porc que nous avons grignotés plus pour tuer le temps que par envie de manger. Il faisait si frais à l'intérieur qu'on ne pensait plus à la chaleur des rues de Houston.

Lulu et moi sommes allées aux toilettes pour dames, qui étaient tapissées de bambous. Quelques femmes se mettaient de la laque ou alors roulaient des cigarettes qui sentaient le foin ou l'herbe. Impossible de les quitter des yeux. Ce qu'on aurait aimé être comme elles ! On a glissé des sous dans un des distributeurs pour acheter du rouge à lèvres Tangerine, du genre qui picote les lèvres quand on le met. Sa couleur ressemblait plus à de la crème bronzante marron qu'à l'orange que son nom promettait. On a dû l'essuyer

1. *Rob roy, shirley temple* : deux appellations pour le même diabolo grenadine. *(N.d.T.)*

avant de retourner à table, sinon on aurait eu de sérieux ennuis.

Il devait m'en rester un peu au coin des lèvres car papa m'a demandé :

— Qu'est-ce que tu t'es mis ?

Ça va être ma fête, ai-je pensé ! J'ai eu peur qu'il pique une crise et me traite de prostituée. Papa me trouvait trop jeune pour me maquiller. Cette histoire risquait de gâcher tout mon séjour à Houston.

Mais maman est intervenue immédiatement :

— Allons, Shep, laisse-la tranquille. C'est son shirley temple qui a déteint.

Il n'y a pas eu de suite. Les adultes ont siroté des trucs appelés « mai tai ». Maman et tante Jezie ont fait du charme à papa, qui a annoncé :

— Un de ces jours, je vous emmènerai tous à Hawaii, notre plus jeune État. Même toi, miss Jezie.

En quittant le restaurant, on a retrouvé le soleil brûlant. Tante Jezie a resquillé pour ne pas faire la queue.

— Bouclez-la et suivez-moi, nous a-t-elle dit.

Elle a joué des coudes pour fendre la foule, et si quelqu'un essayait de l'empêcher de passer elle criait :

— Laissez le passage à des personnalités ! VIP ! Rangez-vous !

Maman en était sur les fesses. Et comme papa n'aime pas la foule, il n'a pas fait de commentaires. Moi, j'ai eu peur de les perdre. Alors je me suis accrochée à Baylor, qui m'a serré la main si fort que j'ai compris que lui aussi mourait de trouille. En fait, on se tenait tous les sept par la main, en suivant tante Jezie comme si nous n'étions qu'une seule personne. Je commençais à me faire à l'idée que j'allais voir mes quatre idoles. M'lain Chauvin, ma meilleure amie, en serait verte de jalousie ! J'allais être la reine de Thornton.

J'étais follement excitée. Mais il a fallu patienter des heures avant qu'Ils apparaissent sur scène. Et voir tout un tas d'artistes et de numéros avant le grand moment !

Enfin la scène s'est illuminée. Il y avait d'énormes enceintes, des micros et une batterie. Quand les Beatles sont arrivés en courant sur le plateau, une sorte de coup de tonnerre a retenti ! Je n'avais jamais rien entendu de pareil. Les spectateurs s'étaient levés et criaient à tue-tête. Des millions de flashes ont explosé en même temps, illuminant d'un seul coup le sombre amphithéâtre du Coliseum. Nous étions installés au balcon. Les haut-parleurs étaient juste à côté de nous : nous avons pu ainsi entendre chaque parole des chansons. Jamais, de toute ma vie, je n'oublierai ces instants. Ils sont gravés en moi au fer rouge.

Au lieu d'être assis dans les fauteuils pour lesquels ils avaient payé, les gens étaient tous debout. Nous les avons imités. Dès la première chanson, des filles groupées sur le côté sont tombées dans les pommes. La police a dû les évacuer.

Papa avait apporté les jumelles que nous conservions dans le tiroir des recettes et que nous utilisions pour regarder dans les champs. Mais c'était un autre genre de spectacle ! On se les passait et repassait ! Quand ç'a été mon tour, je les ai réglées sur Paul et je n'ai plus bougé, pour voir ses lèvres. Ils chantaient *She Loves You*. Tante Jezie a monopolisé les jumelles. Il est vrai que je sautais tellement sur place qu'elle a dû avoir peur que je ne m'étrangle avec.

Je ne savais plus où donner de la tête et du regard. Je voulais voir les gens qui hurlaient et s'évanouissaient tout en continuant à regarder les Beatles. J'en avais mal aux yeux. De temps en temps je poussais des cris, pas tant pour le plaisir que pour imiter les autres filles. Puis ils ont attaqué *All My Lovin*. Ils ont continué avec des chansons que je ne connaissais pas car elles n'étaient pas encore arrivées jusqu'à Thornton. Quand ils ont interprété *My Life*, j'ai versé de vraies larmes. Je n'ai pas pu m'en empêcher. Et tout est devenu trouble. Le bruit était infernal, on ne pouvait presque plus bouger. Du coin de l'œil, j'ai vu papa sortir son inhalateur. Quelques instants plus tard, lui et maman se sont esquivés.

— On va rentrer en taxi et on se retrouvera au motel, ont-ils dit.

Le public était maintenant debout sur les sièges. Heureusement que nous étions au balcon, sinon nous n'aurions rien vu. À l'orchestre, des milliers de filles hurlaient, tellement survoltées qu'elles en perdaient la boule. L'une d'elles a même tenté de monter sur scène !

Les gens brandissaient sous notre nez des banderoles à l'effigie des Beatles. Tante Jezie faisait de son mieux pour nous protéger les yeux. Pourtant, je crois que si j'avais reçu un coup je ne m'en serais même pas aperçue.

Les Beatles ont dû chanter pendant une heure à peine mais, croyez-moi ou pas, j'ai dû aller aux toilettes avant qu'ils aient terminé. Tout cet énervement, probablement ! En tout cas, je me suis esquivée avec tante Jezie. Je n'ai pas eu de problème pour y aller car tout le monde était dans la salle. En revenant à nos places, on a emprunté un long tunnel en béton, et, je le jure encore, les Beatles ont foncé sur nous. Ils étaient encadrés par une meute de flics et tante Jezie a juste eu le temps de me plaquer contre le mur du tunnel. Mais pendant un millième de seconde, j'ai pu poser mes yeux sur un ou deux des membres du groupe ! Je crois même que le temps d'un éclair j'ai croisé le regard de Paul ! C'était lui ! J'aurais voulu l'appeler, lui dire quelque chose, mais j'étais paralysée, incapable de faire un geste ou de proférer un mot.

— Je veux bien être pendue ! s'est exclamée tante Jezie.

Nous sommes retournées à toute vitesse à nos places et les Beatles chantaient toujours. Je ne sais pas comment ils faisaient.

J'ai essayé de demander à tante Jezie, mais elle m'a seulement répondu :

— Ces vedettes ont leurs trucs. Ne te fais pas de bile et savoure le concert.

Après le spectacle, tante Jezie nous a ramenés tambour battant au motel. Quand un agent a fait mine de l'arrêter, elle lui a fourré une sorte de badge sous le nez et elle a emprunté une rue interdite à la circulation.

— Allez, fonce, tante Mario Andretti ! avons-nous crié.

En arrivant, nous avons trouvé les parents allongés sur leur lit, la tête enfoncée dans leurs oreillers, l'air parfaitement détendu. Maman avait enfilé son cafetan doré et papa portait un bermuda kaki et une chemise de sport.

— C'était superchouette ! ai-je crié.

— Et comment, a fait Little Shep. Je n'ai jamais vu autant de monde de ma vie.

Lulu a grimpé sur le lit à côté de maman avec le programme-souvenir du concert que tante Jezie nous avait acheté avec l'argent de papa.

— Regarde, maman, c'est George. C'est mon fiancé.

— Et toi, Baylor ? a demandé maman. Qu'est-ce que tu en penses ?

— C'était bruyant ! Les filles tombaient dans les pommes.

— « *They love me, yeah, yeah, yeah...* », chantait Little Shep. Ces filles ne regardent pas les gamins, Bay. Elles préfèrent les grands comme moi.

Tante Jezie s'est mise à rire.

— Quelle aventure ! Mais ça valait le déplacement. Il me faut un verre pour arroser ça. Vous avez de la vodka ?

— Là-bas, sur la table, a répondu papa en la montrant du doigt. Nous avons apporté nos provisions.

Mes frères remuaient la tête pour faire bouger leurs cheveux d'un côté à l'autre comme les Beatles. Mais les leurs étaient trop courts et ils avaient l'air de crétins.

— Bon, silence ! Écoutez-moi !

Je leur ai alors raconté que tante Jezie et moi avions vu les Beatles de si près qu'ils nous avaient presque frôlées. Tante Jezie a confirmé, affirmant qu'elle les avait vus, de ses deux yeux vus.

— Siddy, c'est extraordinaire, a dit maman, vraiment remarquable.

Et elle m'a donné un grand baiser.

Mais les autres n'ont pas été convaincus.

— Menteuse ! T'as inventé ça parce que t'as raté une partie du concert.

Mais je connais la vérité, et c'est ce qui compte.

Les parents étaient de bonne humeur et nous étions heureux d'être ensemble.

— Mettez donc vos maillots de bain, a dit papa.

On est tous allés à la piscine et maman a commandé des club sandwichs que nous avons mangés sous les parasols. Nous avons dû attendre une demi-heure avant de nous baigner à nouveau, afin d'éviter les crampes et de nous noyer. Et puis on a plongé et chanté des airs des Beatles en essayant mutuellement de les identifier.

Les adultes sont rentrés un moment à l'intérieur. Ils nous surveillaient par les portes vitrées, même si nous ne pouvions pas les voir.

De temps en temps, maman sortait et nous demandait :

— Vous êtes toujours vivants ?

Et on répondait en chœur :

— Oui, mère, on est encore en vie !

Ensuite, Little Shep a eu l'idée géniale de grimper sur une des statues grecques et de s'en servir comme plongeoir. On n'a fait ni une ni deux ! On est montés sur les épaules et la tête des dieux et des déesses pour sauter dans l'eau. Ou bien on les chevauchait en prétendant être sur des mustangs. Ou alors on les embrassait sur la bouche en les appelant John ou Paul. C'est alors que Little Shep s'est mis en tête de monter sur le bras d'un dieu particulièrement musclé et de prendre la pose comme s'il était ce dieu. Nous, on l'encourageait de la voix, jusqu'à ce que soudainement le bras lâche ! Little Shep est tombé à l'eau et la peur nous a saisis. On avait souvent été fouettés pour bien moins.

— C'est malin ! On s'amusait tellement ! Tu as tout gâché !

On a essayé de trouver un moyen pour recoller le bras. Mais rien n'a marché. On l'a finalement posé à côté du socle, puis on a récupéré nos serviettes et on a filé dans notre chambre. On s'est couchés sans un mot et sans même allumer la télé.

Quand maman est venue nous dire bonsoir, elle nous a demandé :

— Qu'est-ce qui ne va pas ?

Little Shep a répondu :

— Toutes ces émotions nous ont crevés.

Patatras ! Le lendemain matin, un type a frappé à la porte de la chambre des parents, mitoyenne de la nôtre. Nous étions blottis au fond de nos lits, l'oreille en alerte.

— Tu as tout fichu en l'air, ai-je dit à Little Shep. C'est de ta faute.

Ils ont discuté ferme à côté, et nous nous attendions à voir papa débouler dans notre chambre et nous flanquer une fessée. Mais rien n'est arrivé. Nous sommes restés tapis sous les draps, attendant la suite des événements. Dans notre famille, l'atmosphère peut très vite virer du beau fixe à la tempête. Mais tout s'est calmé chez les parents et on a eu l'impression que papa s'était recouché.

Pourtant, on a très vite frappé à notre porte. C'était un homme en blazer avec un écusson aux armes du motel.

— Je m'appelle Ken et je suis le directeur de jour. Dites-moi, c'est vous les gosses qui ont chahuté dans la piscine hier soir ?

— Non, monsieur, ce n'est pas nous, a répondu

Baylor de son lit. C'étaient des petits enfants de l'Arkansas.

Oh, j'aime les menteurs qui ont de l'imagination !

Mais le père Ken n'a pas avalé cette fable. Comme Little Shep gardait la tête baissée, il a compris que quelque chose ne tournait pas rond.

Ken a fixé mon frère dans les yeux :

— C'était toi, avoue ! C'est toi qui as cassé le bras de la statue. Tu sais ce qu'il en coûte au Texas pour ce genre de crime ?

Little Shep s'est mis à pleurer, ce qui lui arrive rarement.

— Espèce de gros merdeux, sortez d'ici ! ai-je crié.

Je me suis levée et je l'ai poussé. Je ne sais pas ce qui m'a pris. Je voulais juste qu'il s'en aille.

Il a reculé, m'a regardée avec effroi.

— Vous sortez d'où ? a-t-il dit.

— Nous sommes catholiques, a fait Lulu en mordillant une mèche de cheveux, ce qui, chez elle, est un signe d'intense nervosité.

À ce moment les parents sont entrés en empruntant la porte communicante.

Papa a attaqué sec :

— Je vous avais dit que j'allais parler à mes enfants avant de vous retrouver à votre bureau.

— En fait, a répliqué Ken, je ne savais pas si je devais vous croire sur parole. C'est une affaire sérieuse. Ces statues ont coûté cher au propriétaire du motel. Elles viennent de loin.

Maman est alors intervenue :

— Je vais vous parler franchement : vous n'auriez jamais dû mettre des statues autour de la piscine. Elles présentent un risque pour les enfants. Et vous vous attendiez à quoi ? Surtout qu'il n'y a pas de plongeoir.

Il était évident que les gosses s'en serviraient pour plonger. Vous ne connaissez donc rien aux enfants, au Texas ?

Le père Ken a pris un air snob.

— Nous avons une clientèle de luxe, ici. Nous ne recherchons pas particulièrement les familles nombreuses. Nous ne sommes pas du genre bas de gamme...

— Je me fiche bien de savoir quel est votre genre de clientèle, a rétorqué papa. Je pourrais vous intenter un procès pour avoir mis en danger la vie de mes enfants avec vos statues nues.

Le ton du père Ken a changé du tout au tout.

— Écoutez, monsieur Walker, je suis certain que nous pouvons nous entendre entre adultes.

— Pour commencer, a dit papa, sortez de la chambre de mes enfants, si vous voulez vous conduire en adulte. Nous n'avons pas encore pris notre petit déjeuner.

La queue entre les jambes, le père Ken est sorti.

— Bravo, papa ! Bravo, papa ! avons-nous crié.

Fantastique ! On n'avait rien dit aux parents au sujet du bras cassé et ils avaient pris notre défense.

Mais papa ne s'est pas fait avoir.

— Pas plus vite que la musique ! Dites-moi donc ce que vous avez fait.

Little Shep lui a expliqué et nous sommes tous sortis en pyjama pour lui montrer la statue grecque et son bras couché sous le chaud soleil de Houston.

Papa y a jeté un coup d'œil et s'est tourné vers Little Shep.

— Ferme la porte, fiston, tu laisses entrer la chaleur.

On a alors commandé nos petits déjeuners par téléphone.

Papa a pris la parole :

— Quelle idée de mettre des statues autour de la piscine ! Ils se croient dans un musée ? Nous ne sommes pas des momies, nom d'un chien. M. George Ogden, tout momifié qu'il est, trouverait sûrement l'endroit luxueux, mais nous, les Walker, ne sommes que de simples touristes américains.

Après le petit déjeuner nous avons fait nos bagages. On a tout embarqué sauf les peignoirs de bain. Ils n'entraient pas dans nos valises. Baylor aimait tout particulièrement les lingettes à chaussures. Il en avait toute une collection à la maison.

Tante Jezie est venue nous faire ses adieux. En apprenant l'histoire du bras cassé, elle a soutenu papa :

— Shep, tu as eu raison de les menacer d'un procès. Quand tu régleras la note, refuse de payer un sou pour la statue. Et dis-leur que tu as des relations parmi les gros bonnets de la ville.

Papa est monté dans la voiture après avoir payé la note. Il nous a donné une poignée de bonbons à la menthe.

— Tire la langue, a-t-il dit à Baylor.

Mon petit frère lui a obéi.

Papa a enlevé le papier et mis une menthe sur la langue de Baylor. Le geste d'un curé offrant l'hostie !

— Voilà, vous pouvez rentrer chez nous et dire à tout le monde que vous avez passé un séjour cent pour cent catholique à Houston, grâce à votre païen et mécréant de père.

Puis il a éclaté de rire, chaussé ses Ray Ban et pris le volant.

À notre retour à Thornton, nous avons été célèbres pendant un bout de temps. À l'école, on a raconté des bobards et dit qu'on avait nagé avec les Beatles, qui habitaient le même motel que le nôtre.

Si on ne nous croyait pas, on se récriait.

— Tu peux demander à mon frère.

Et on se soutenait les uns les autres. On exhibait fièrement notre programme-souvenir mais on ne laissait personne le toucher.

Un soir de décembre, les Dave Clark Five sont passés à la télévision. Nous sommes arrivés à la maison avec maman en venant de chez Teensy, juste à temps. Papa était déjà installé et regardait l'émission d'Ed Sullivan. Il nous a dit :

— Approchez-vous, les gosses !

On les a écoutés chanter. Quand ils ont eu terminé, on s'est tous exclamés en chœur :

— Ils sont bidon. C'est rien que des imitateurs.

Maman a préparé des pancakes et on s'est assis à la table du petit déjeuner. C'était notre plat favori du dimanche soir. Les Dave Clark Five nous avaient rappelé notre voyage à Houston et on a ressassé nos aventures en inventant quelques anecdotes qui n'avaient malheureusement pas eu lieu.

Le repas terminé, papa a plié sa serviette et l'a posée près de son assiette.

— J'ai une chose à vous dire, a-t-il fait sur un ton solennel. Ne soyez jamais des imitateurs. Volez, mentez, trichez, mais ne prétendez jamais être autre chose que vous-mêmes. Compris ?

— Mon chéri, a fait maman, je n'aurais pas pu dire mieux. Soyez fidèles à vous-mêmes et le reste suivra.

— Oui, père, a dit Little Shep.

— Passez-moi le sirop d'érable, a réclamé Lulu.

— On devrait vivre dans un motel, a fait Baylor. Vous voyez ce que je veux dire ?

— Je te comprends, fiston, a répondu papa d'un ton acide. Et maintenant, termine ce qu'il y a dans ton assiette.

Je ne crois pas que papa était mécontent. Mais Baylor était gêné et, du coup, l'atmosphère de la soirée a changé.

Quand nous avons eu fini de débarrasser la table, maman nous a envoyés nous coucher.

— Mais maman, ai-je pleurniché, il est encore trop tôt.

Papa est intervenu :

— Tu as entendu ta mère. Allez, au lit ! Ce n'est plus les vacances, demain tu vas à l'école. Le conte de fées est terminé.

— Oui, père, ai-je dit en l'embrassant. Merci de nous avoir emmenés au concert des Beatles.

Il m'a prise un instant dans ses bras.

— Y a pas de quoi, mon bébé.

— Merci de ne pas être comme M. Ogden.

Papa a ri, maman a essayé de garder son sérieux.

— Allez, petite fille des Beatles, va mettre ton popotin dans les toiles.

Dans la chambre que je partageais avec Lulu, j'ai sorti mon billet du concert. Il avait coûté cinq dollars, une vraie fortune. On a éteint la lumière. À la lueur de la veilleuse, je pouvais tout juste distinguer les visages des Beatles sur les affiches grandeur nature.

— Bonne nuit, Lulu.

— Bonne nuit, Siddy.

— Bonne nuit, Paul, ai-je murmuré. Fais de beaux rêves.

MEURTRISSURES

Violences sauvages

Août 1961

Quelques minutes avant d'être éjectée de la route au volant de sa Bel Air 1961, Myrtis Spevey priait. Elle venait de faire une de ses rencontres diaboliques – comme elle les appelait – avec cette horrible Vivi Abbott Walker. Une fois encore, Myrtis se demandait comment le bon Dieu avait laissé ce pauvre Shep Walker épouser une créature telle que Vivi Abbott. Cette catin n'amenait que des ennuis. Toute la Louisiane centrale le savait.

Myrtis est une femme pincée qui porte du 48 – un petit 48, comme elle aime à le préciser. Si elle adore faire de la couture, c'est justement pour ne pas avoir à se préoccuper des tailles dans les magasins. La vie la terrifie, mais Jésus est son sauveur personnel, très personnel. Elle est protégée par Jésus. Par Son bouclier, Ses promesses, Son soutien.

Myrtis connaît bien les Walker. Elle a pratiquement été élevée avec Shep. Les Walker habitaient la plantation à côté des terres que son père louait aux Ambrose et où elle a grandi. Elle a observé Shep Walker tous les dimanches au temple baptiste du Calvaire, dont les

Walker étaient des piliers. Du moins Mme Walker. Baylor Walker, en homme important qu'il était, n'en faisait qu'à sa tête. Il n'était pas des plus assidus, mais se montrait particulièrement généreux les jours de fête. Le reste de l'année, c'était Mme Walker qui représentait le couple et montrait ainsi qu'ils étaient de fidèles baptistes. Avoir la charge morale de toute la famille pour qu'elle soit sauvée : c'était là une des prérogatives des épouses, Myrtis le savait. À ses yeux, il n'y avait personne de plus distingué et de plus comme il faut que Mme Walker. On pouvait compter sur elle pour les ventes de charité : la qualité de ses conserves et de ses confitures était célèbre dans tout le comté. Son mari, lui, était un travailleur acharné. Ayant hérité de vieilles fermes délabrées, il en avait fait les plantations les plus productives de la Louisiane. La mère de Myrtis lui avait raconté comment, pendant la Grande Dépression, il s'était comporté en héros. Pour conserver ses terres, il était même allé jusqu'au Texas ou en Oklahoma pour vendre lui-même ses pommes de terre. Il avait également réussi à racheter les terres des gentlemen-farmers au sang bleu qui préféraient se balancer sur leurs vérandas plutôt que se salir les mains ou frayer avec le petit peuple. Dans les veines des Walker coulait le sang des plus vieilles familles de l'État, mais c'étaient des gens de la campagne qui aimaient leurs terres comme un mari aime sa femme. Les domaines de Baylor Walker étaient entourés de palissades blanches, ses champs regorgeaient de coton à perte de vue, ses étables étaient pleines de bétail et une armada de nègres travaillait dans toute la propriété. Bref, Pecan Grove était la plus belle exploitation de la paroisse de Garnet. Le père de Myrtis répétait sans cesse le bien qu'il pensait de Baylor Walker, la crème de la crème de l'État. Sans oublier qu'il était l'ami de Huey Long[1].

Enfant, Shep était un petit garçon timide et joufflu, aux grands yeux bruns et aux cheveux blonds comme la paille. Il tirait le canard avec les frères de Myrtis depuis qu'ils étaient en âge de tenir un fusil. Myrtis croyait connaître Shep sur le bout des doigts, comme quelqu'un qui est tellement proche qu'on ne le remarque même plus. Mais quand il avait annoncé ses fiançailles avec cette Vivi Abbott, elle avait failli tomber dans les pommes. Elle assistait à la messe du mercredi soir quand elle avait appris la nouvelle et elle avait dû se réfugier dans les toilettes pour cacher ses larmes. Vivi était la fille de Taylor Abbott, avocat de grand talent et éleveur de pur-sang. Il faisait partie de cette bande de noceurs qui buvaient, allaient aux courses, jouaient et couraient les soirées avec des femmes superbes, des femmes qui n'étaient pas leurs épouses. Il frayait avec les gens de la Standard Oil. Et ses deux filles faisaient des études supérieures, à une époque où, pour la plupart, les familles n'avaient pas les moyens d'envoyer leurs fils à l'université ni de gaspiller de l'argent à éduquer leurs filles.

Myrtis avait suivi la trajectoire de Shep au lycée de Thornton, où le petit paysan joufflu en salopette s'était transformé en jeune homme séduisant, propriétaire d'une Buick noire décapotable, cadeau de son père. Toutes les filles du temple du Calvaire rêvaient de sortir avec lui. Et lui, le beau gosse, avec sa gentillesse et sa façon tranquille de parler, ne s'en privait pas. Il aurait pu choisir n'importe laquelle de ces jeunes filles

1. Politicien démagogue élu gouverneur de Louisiane en 1928. *(N.d.T.)*

de la campagne qui savent par quel bout traire une vache, cuisiner, coudre et tenir une maison. À dire vrai, Myrtis n'aurait pas dit non si Shep l'avait invitée à sortir. Oh ! elle n'aurait pas refusé du tout. Pendant des années, en classe, elle en avait même rêvé. Mais il ne lui avait jamais rien demandé.

Au lycée, Shep ne sortait pas avec Vivi Abbott. Elle préférait un groupe de gosses riches et délurés. Des garçons de la ville. Des cathos. Cette année-là, Vivi était *cheerleader*[1] dans les matchs de football. Après les rencontres, par les douces nuits automnales de Louisiane, elle allait boire avec ses trois inséparables copines. À cette époque, Vivi sortait avec Jack Whitman, un autre gentil type. Comment ces braves garçons pouvaient s'intéresser à une telle fille, Myrtis ne le comprenait pas. Jack Whitman était mort au début de la guerre en Europe. Après s'être engagé dès sa sortie de l'université, il était parti combattre les nazis et n'était jamais revenu. Vivi avait disparu un moment. Puis elle était réapparue, bien trop tôt au gré de Myrtis. Les voies du Seigneur peuvent être impénétrables. Parfois les meilleurs partent les premiers, se disait-elle.

Pour rien au monde Myrtis n'aurait voulu être vue en compagnie de Vivi et de ses copines, qui s'étaient baptisées les Ya-Ya, pour une raison probablement inavouable. Même si elles l'avaient priée d'assister à une de leurs soirées à Spring Creek. Même si, avec tout leur harnachement somptueux, elles s'étaient prosternées et l'avaient suppliée de faire partie de leur clan. Pas question. Si malgré tout elles avaient insisté, elle les aurait snobées. La nuit, dans sa chambre, elle avait

1. Meneuse de *pom-pom girls* (majorettes). *(N.d.T.)*

préparé toute une liste de refus plus méprisants les uns que les autres. Mais elle n'avait jamais eu l'occasion de les utiliser.

Tout ce passé revient à l'esprit de Myrtis alors qu'elle fonce vers la ville après avoir assisté à la grande inauguration du centre commercial de Southgate. Elle conduit à toute allure car sa première visite au centre de couture Singer a été gâchée par Vivi Abbott Walker.

Après deux ans de travaux de démolition des vieilles fermes, d'arrachage de vieux pacaniers et de beaux chênes, de terrassement et enfin de nivellement – après des mois de publicité sur la chaîne locale de télévision K-Dixie-BS-TV –, le grand jour est arrivé.

Il était temps que le centre commercial ouvre : le centre-ville et ses magasins ont été gâchés par les nègres, qui ont désormais le droit d'y faire leurs achats. Myrtis est au courant. C'est le principal sujet de conversation de ces dames sur les marches du temple du Calvaire :

— À cause des Noirs, l'ambiance chez les commerçants s'est dégradée. Vous ne pouvez même plus vous acheter une gaine sans en voir cinquante agglutinés autour de vous. Si le Seigneur avait voulu qu'ils fassent leurs courses dans nos magasins, Il nous aurait tous faits blancs.

Myrtis s'était imaginée entourée d'hommes noirs pendant qu'elle essayait un nouveau soutien-gorge Maidenform au rayon lingerie du grand magasin Whalen. Elle en avait frissonné d'horreur.

Pour ne plus avoir à aller dans les magasins du centre-ville, la population blanche de la Louisiane centrale avait réclamé à cor et à cri un complexe commercial comme celui de Baton Rouge. Southgate comprendrait un supermarché Piggly Wiggly, une teinturerie Modest (tenue par des dames pentecôtistes, ce que Myrtis ne comprendrait jamais), un grand-magasin J. C. Penney, un drugstore-pharmacie Walgreen et un nouveau centre de couture Singer. Ce serait le premier centre commercial de ce genre dans la paroisse de Garnet, et son ouverture faisait l'objet de tous les bavardages depuis des mois. Le prédicateur Becker en avait même parlé au temple dans son sermon. La sainteté pouvait donner naissance à la prospérité si l'on était en accord avec Jésus, avait-il proclamé.

L'ouverture du centre de couture Singer enthousiasme Myrtis. N'est-elle pas considérée comme la meilleure couturière de la paroisse ? Bien sûr, elle ne travaille pas pour les autres. Son mari, Harlan Spevey, gagne très bien sa vie en vendant des polices d'assurance, merci beaucoup. Harlan pourvoit parfaitement à ses besoins, même s'il a été élevé dans la religion catholique et que sa mère semble avoir reçu du pape en personne l'ordre de régenter la vie de Myrtis et de sa famille. Comment ai-je pu finir par épouser un catholique ? se demande-t-elle de temps à autre. Mais ce qui l'irrite le plus, un peu comme si elle avait du poil à gratter entre les cuisses, c'est d'avoir eu à suivre le catéchisme et à jurer qu'elle élèverait ses enfants dans la religion papiste. Elle a été obligée d'envoyer ses parfaits petits chéris dans des écoles catholiques, où ils ont été forcés de fréquenter des petits snobs pourris gâtés comme les gosses Walker. Oh ! Myrtis adore son mari catholique. Lui n'y était pour rien. C'était sa mère qui faisait du forcing. Et Harlan n'était pas du genre à résister à sa mère. Mais Myrtis restait une baptiste dans l'âme. Même si on la gavait avec le Corps et le Sang du Christ, elle resterait fidèle à la foi de ses ancêtres. C'était d'ailleurs l'unique occasion de querelle avec Harlan : lorsque sa belle-mère apprenait qu'elle avait été au temple du Calvaire pour un office de prières communes, une vente de charité, etc. Myrtis essayait bien de se cacher, mais la mère de Harlan avait les yeux et les oreilles qui traînaient partout. On peut vous empêcher d'aller au temple, se disait Myrtis, mais on ne peut empêcher la foi baptiste d'être en vous.

Quant à sa couture, c'était un véritable don de Dieu, quelque chose qui la plaçait au-dessus des autres femmes, catholiques ou non. Une de ses citations bibliques favorites était : « Ceux qui sont superbement vêtus et vivent avec raffinement appartiennent à la cour des rois. » Myrtis était persuadée que les vêtements qu'elle confectionnait étaient superbes. Elle croyait également qu'elle vivait d'une façon raffinée. Pas comme certaines personnes de sa connaissance, soupirait-elle.

Elle confectionnait tout ce qu'elle portait, ainsi que les vêtements de Harlan. Les femmes de la paroisse de Garnet capables de faire un costume d'homme se comptaient sur les doigts d'une main. Elle avait bien essayé, avec de multiples arguments, de convaincre les bonnes sœurs de la Divine-Compassion de lui laisser faire les uniformes des élèves, mais sans succès. Elles avaient leur fournisseur – et Harlan et elle étaient obligés de payer des fortunes pour vêtir leurs propres enfants. Au fur et à mesure qu'ils grandissaient, cette histoire l'exaspérait de plus en plus. Elle se vengeait en leur confectionnant des vêtements extrêmement originaux qu'ils portaient quand ils n'étaient pas forcés de revêtir ceux du Vatican. Au cours des années, elle avait offert à sa famille et à ses amis toutes sortes d'habits – des manteaux jusqu'aux chapeaux, ce dont elle n'était pas peu fière. Et tant pis si la mère de Harlan avait refusé de porter la robe d'après-midi que Myrtis lui avait faite. Et tant pis si ç'avait été la pire des insultes. Elle n'allait pas en faire une montagne. C'était une réaction tellement catholique qu'elle avait préféré passer l'éponge. Mais huit ans, et demi plus tard elle n'avait toujours pas oublié l'affront.

Myrtis n'avait-elle pas remporté toutes les médailles d'or, section couture, aux comices agricoles pour les jeunes depuis l'âge de huit ans et ce jusqu'à ses dix-huit ans ? Avant que Shep tombe sous le charme de Vivi Abbott, il fréquentait lui aussi ces comices et il parlait avec Myrtis des plus belles génisses de son élevage. Oh, elle aurait volontiers fait de la couture pour Shep Walker.

En fait, à l'instant même, elle porte une de ses dernières créations. Une robe-chemisier vert et blanc, avec des manches courtes à passepoil blanc. Elle a même fabriqué la ceinture ainsi qu'un petit foulard assorti. Avec mon foulard posé d'une façon désinvolte sur mes cheveux châtain clair, je me sens comme un mannequin d'une publicité pour Jantzen, exulte-t-elle.

C'est une raison pour laquelle les paroissiennes de la Divine-Compassion l'énervent : toutes ces catholiques s'habillent en boutique. Elle a toujours préféré les femmes qui portent des vêtements faits à la maison.

À l'instant où Myrtis pousse la porte du centre de couture Singer et respire l'odeur des tissus, elle a l'impression d'être au paradis. Vivi Abbott et sa bande peuvent bien s'habiller chez Whalen si ça leur chante, avec une machine à coudre Myrtis va leur montrer de quoi elle est capable et leur rabattre le caquet. Oh ! le bonheur de voir tous ces différents coupons de tissu exposés sur les comptoirs : des écossais et des tissus à fleurs, de nouveaux mélanges synthétiques et des piqués ! Elle est en adoration devant tous ces articles de mercerie, ces casiers bourrés de fermetures à glissière, ces recueils de nouveaux patrons, des patrons délicats en papier de soie glissés dans de grosses enveloppes comportant un mode d'emploi que seules les couturières les plus habiles peuvent exécuter. Et les vendeuses sont si compétentes qu'elles doivent être diplômées. Leur savoir dans l'art de la doublure en impose même à Myrtis.

Désormais elle pourra partager avec quelqu'un son amour pour le point en zigzag. Elle se sent comme chez elle. Si seulement ça pouvait l'aider à se sentir moins vide. Depuis qu'elle est mariée et qu'elle n'appartient plus vraiment au temple du Calvaire, depuis qu'elle a renoncé à enseigner à l'école du dimanche, elle n'est pas dans son assiette. Et quand elle va prier en cachette, elle se sent coupable. Comme une alcoolique qui irait boire dans un bar. Une année, pendant l'avent, au cours d'une dispute avec sa belle-mère, qui avait appris qu'elle avait aidé à confectionner la crèche pour le temple, celle-ci l'avait traitée de baptiste obsessionnelle. Myrtis ne le lui pardonnerait jamais. Elle entretenait ce grief avec le même plaisir secret que certaines personnes qui pensent en cachette à leurs fantasmes sexuels.

Une chose la réconforte : Shep Walker, qui a épousé une catho, a dû lui aussi apprendre la doctrine de l'Église romaine. Mais Shep ne s'est pas laissé emprisonner par le Vatican. Il refuse de confier ses péchés à un curé, ce qui veut dire qu'il ne s'est jamais confessé et donc n'a jamais reçu le Corps et le Sang du Christ. Myrtis, elle, se confesse. Étant donné que tout le monde la regarde à l'église, elle y est bien obligée... Mais tout ce qu'elle a raconté au drôle de bonhomme derrière son écran qui sent l'encens c'est : « J'ai été grossière avec une amie » ou « Je ne me suis pas appliquée en faisant la cuisine ». Rien de plus.

Si seulement elle pouvait parler à Shep Walker, ils auraient sûrement des choses à se dire, comme ils le faisaient quand ils fréquentaient les comices pour jeunes. Comme le jour où, avec un petit groupe d'autres élèves, ils avaient pris le car pour aller à la foire de Louisiane, à Shreveport. Myrtis avait exposé ses travaux de couture et Shep avait présenté un taureau Brahma de son élevage. Mais désormais, Vivi Abbott Walker s'interpose entre eux. Il émane d'elle une force aussi puissante que l'Église catholique dans toute sa gloire et son orgueil.

Elle jubile, Myrtis, le jour de l'inauguration ! Ça fait trois heures qu'elle est au centre de couture Singer. À quoi bon des pacaniers quand on peut disposer d'un centre commercial où les Noirs ne sont pas admis ? Avec, qui plus est, un temple dédié à la couture ? D'ailleurs cet endroit devrait être baptisé le Temple de la Machine à Coudre Singer. Non, impossible ! Ça ressemble trop à une idée de Vivi et de son clan. Myrtis décide de la fermer et pince sa bouche en cul-de-poule. Personne ne doit deviner à quel point elle est heureuse dans ce magasin. Cet endroit lui appartient. C'est son secret.

Elle est de si bonne humeur qu'elle ne va laisser personne gâcher sa journée. Elle s'est inscrite à une loterie pour gagner la toute nouvelle machine Singer. Elle s'est présentée au directeur de la boutique et elle a acheté deux patrons de sorties de plage pour l'été. Le genre de modèle qui, en confection, coûte douze ou quinze dollars chez J. C. Penney.

Le sourire aux lèvres, Myrtis traverse le grand parking du centre commercial. Contente d'elle et de son après-midi. Comme je suis avisée et économe, se dit-elle. Elle sourit également à l'idée que, dans quelques instants, elle sera chez sa mère et lui montrera les nouveaux patrons et les tissus qu'elle s'est procurés. Elles s'assiéront face à face dans la cuisine peinte en vert pomme aux stores à moitié baissés. Sa mère la complimentera pour ses talents de maîtresse de maison. Après quoi elles prendront, comme tous les après-midi, une tasse de café, puis elle rentrera chez elle et commencera à préparer le dîner familial.

La main en visière, Myrtis se protège des rayons du soleil. Bien qu'il soit tard, celui-ci est encore chaud et brillant. Elle remarque un attroupement au bout du parking.

— Ah oui, c'est vrai, se dit-elle, on a amené un éléphant pour l'inauguration.

Depuis trois semaines, les pages de publicité des journaux sont pleines de cet éléphant. Des photos de l'animal et de son dresseur ont fait la une du *Thornton Town Monitor*. Les enfants ne cessent d'en parler. Myrtis, pour sa part, s'est violemment opposée aux promenades à dos d'éléphant dès qu'elle en a eu connaissance.

— Je te demande un peu ! a-t-elle dit à sa mère. Tu parles d'une folie !

Elle regarde de loin l'éléphant qui s'agite. Du macadam brûlant s'élève une sorte de brume. La tête et la trompe de l'animal remuent comme dans un mirage. On dirait une de ces figurines qu'on accroche à la vitre arrière des voitures. Sa tête est décorée de perles colorées, de petits miroirs et de rubans. Malgré elle, Myrtis est attirée par ce spectacle.

En s'approchant, elle se rend compte que la foule est aussi dense et la chaleur aussi poisseuse qu'elle le pensait. En observant l'animal, elle se donne raison d'avoir interdit à ses enfants de venir. Tout ça a l'air vraiment dangereux.

Harlan a pourtant tenté d'intercéder en leur faveur :

— Myrtis, tu ne penses pas que ce serait... quelque chose d'un peu nouveau pour eux ? Une expérience intéressante. Quand donc auront-ils une autre occasion de se promener à dos d'éléphant ?

Mais elle l'avait remis à sa place. Les enfants, c'était sa responsabilité. Il n'était pas question qu'ils envisagent un seul instant de grimper sur le dos d'un éléphant. Ronnie et Tim, ses deux fils, l'avaient vainement suppliée. Mais sa fille unique, Edythe, s'était rangée aux côtés de sa mère :

— Nous ne nous promènerons certainement pas à dos d'éléphant. Nous ne sommes pas en Afrique !

Myrtis avait remercié le Seigneur. Entendre Edythe répéter ce qu'elle venait de dire lui confirmait qu'elle avait réussi à faire de sa fille une bonne chrétienne. C'était important car elle se sentait toute chose chaque fois qu'elle voyait Edythe monter dans le car scolaire de la Divine-Compassion (la scolarité étant payée par la mère de Harlan). Dans une école catholique on apprenait à servir le pape et non pas Dieu. Mais elle ne pouvait pas combattre sa belle-mère. C'était la croix qu'elle devait porter, voilà tout.

Maintenant qu'elle est tout près, Myrtis plonge la main dans son sac en faux croco (acheté grâce à un bon de réduction découpé en dernière page du *Delta Sunday Magazine*) et fixe des verres teintés à ses lunettes à la monture bleue. Elle espère ainsi passer incognito. Elle ne veut pas qu'un paroissien du temple du Calvaire puisse la reconnaître. Surtout qu'elle a pris la parole à l'école du dimanche pour protester contre les promenades à dos d'éléphant (elle avait eu l'impression d'être un agent double au service de Dieu le Père). À l'abri derrière ses verres teintés, elle peut observer – sans manquer de dignité – la scène scandaleuse.

Vivi a garé sa célèbre Thunderbird près de l'estrade mise en place pour la grande inauguration. Elle est assise sur le capot de sa voiture, telle la reine de Saba, la radio à plein volume. Elle porte un short rose ultracourt, une chemise en coton sans manches nouée à la taille, et de coûteuses sandales roses découvrent ses ongles peints. La voilà maintenant qui s'allonge contre le pare-brise. Les yeux cachés derrière d'énormes lunettes de soleil, elle a une cigarette à la main et sirote quelque chose – Myrtis soupçonne (avec raison) qu'il s'agit d'une boisson alcoolisée. Vivi rit en bavardant avec plusieurs adolescents qui traînent comme d'habitude autour d'elle. Comme si elle était toujours au lycée et qu'elle ait encore sa silhouette de nymphette, enrage Myrtis. Voir Vivi se comporter ainsi l'exaspère au plus haut point. Si seulement elle avait le courage de la prendre à part pour lui conseiller d'adopter un autre comportement maintenant qu'elle est mère de quatre enfants. Maintenant qu'elle est l'épouse de Shep Walker, qui est resté le plus bel homme de la paroisse de Garnet – en dehors de Harlan, bien sûr. Ce serait pure charité chrétienne que de parler à cette femme qui ne sait pas se conduire. Certes, les catholiques ne savent rien des Écritures. Mais si Vivi ignore la façon de se parer « modestement, avec pudeur et sobriété », c'est uniquement sa faute. Myrtis agirait en bonne Samaritaine si elle lui apprenait à craindre quelque peu Dieu. Oui, un de ces jours elle le fera. Promis.

Tous les jeunes gens de Louisiane envient à Vivi sa Thunderbird. Les filles aussi, mais elles ne lui en ont jamais touché mot. Les adolescents se pendent aux basques de Vivi, prêts à lui offrir plus d'argent que la valeur de la voiture neuve. Puis ils se reculent et adorent entendre Vivi décliner leur offre, savourant chaque instant de son refus. Par ce chaud après-midi, Vivi s'appuie contre sa voiture dans toute sa splendeur, comme si la grande inauguration avait lieu en son honneur, pour lui rendre hommage.

— Doux Jésus, murmure Myrtis, elle jouit de ses péchés. C'est ce que fait cette femme, jouir de ses péchés. Et dire qu'elle est la mère de quatre adorables petits enfants !

Le bonheur que Myrtis a connu au centre Singer, la beauté de la journée sont détruits en un instant par Vivi Abbott Walker. Tout son plaisir fond sur le macadam brûlant. Voilà l'effet que produit Vivi sur elle. Voilà ce que Myrtis lui laisse faire.

Shep Walker n'a commencé à sortir avec Vivi que des années après avoir quitté le lycée. La plupart des filles de Thornton étaient déjà mariées et nanties d'un ou deux moutards braillards. Myrtis avait appris par sa mère que les parents de Shep étaient mortifiés que leur fils fréquente Vivi. Avant la veillée du mercredi soir, les dames de la paroisse se tenaient devant les doubles portes du temple pour se raconter les derniers potins. Du genre : ça ne gêne pas Shep de savoir que Vivi et ses copines ont été arrêtées alors qu'elles étaient encore lycéennes ? Elles avaient toutes les quatre escaladé le réservoir d'eau potable de la ville et sauté dedans – après s'être déshabillées. Si le pot aux roses avait été découvert, c'est que Roscoe Jenkins, qui patrouillait au volant de sa voiture de police, avait remarqué des vêtements par terre. Ce pauvre Roscoe avait été obligé de grimper à son tour au sommet du réservoir pour constater que les quatre filles étaient totalement à poil. Il les avait fait se rhabiller en les menaçant de poursuites pour infraction au règlement. Puis il les avait amenées au poste de police, où leurs pères avaient été appelés. Mais en raison de leur statut social, on s'était contenté de les réprimander avant de les renvoyer chez elles. N'importe qui d'autre aurait été envoyé en prison. C'est en tout cas ce que Myrtis avait entendu dire et c'était sûrement vrai.

En effet, autour d'une tasse de café, Roscoe avait raconté l'histoire à Parnell, l'oncle de Myrtis, qui cautionnait les délinquants. Quand Roscoe avait interrogé Vivi sur les raisons de sa conduite, elle avait répondu que c'était la pleine lune et qu'elle en avait reçu l'ordre. Cela suffisait à Myrtis pour classer Vivi parmi les créatures du diable. À ses yeux, les catholiques pouvaient être des sorcières, cela ne faisait aucun doute.

Oh, le pasteur Dexter Roy Bob Becker en avait fait tout un sermon ! Elle se souvenait même de son titre, pris dans le livre de Job : « Qu'il est abominable et pervers, l'homme qui boit l'iniquité comme de l'eau ! »

Le père Becker savait ce que les Ya-Ya avaient en tête. Même s'il était un des seuls à Thornton.

En même temps qu'elle est horrifiée par ce qu'elle voit sur le parking, Myrtis se met à craindre pour la sécurité des enfants Walker. De pauvres petites choses que leur mère, une créature de Satan, bien trop occupée à flirter avec de jeunes gens, ne surveille pas. Myrtis se fait tout un cinéma, un scénario digne d'un film d'horreur : voici les quatre petits chéris, bien qu'insolents et grossiers, étendus sur le macadam, leurs vêtements achetés en boutique couverts de sang et de caca d'éléphant. Après tout, songe Myrtis, ce n'est pas parce qu'il fait une journée magnifique que les choses les plus noires ne peuvent se produire. Elle se repasse la scène plusieurs fois dans sa tête. Puis elle rassemble ses forces et marche vers Vivi, toujours installée sur le capot de sa Thunderbird, en train de terminer son second thermos de vodka-citronnade tout en discutant avec un des adolescents :

— Tu me prends pour une peigne-cul, chééri. Aucune chance que je vende ma voiture à moins de cinq mille dollars. Oui, tu entends bien, cinq mille dollars. Même s'il est impossible d'estimer la valeur sentimentale de ce véhicule, cinq mille dollars me permettraient de prendre l'avion, *mes petits monstres* et *moi*, pour la Riviera, où je louerais une villa. Il resterait même un peu d'argent pour que Shep vienne nous rejoindre s'il en avait le temps. Je suis une femme mariée, ne l'oubliez pas, les gars !

Ensuite, rejetant ses cheveux en arrière, elle se tourne vers un adolescent plutôt costaud :

— James, je te l'ai répété mille fois : enlève tes mains moites de mon rétroviseur !

Et elle se penche pour attraper une Lucky Strike dans son sac.

Myrtis ne peut en supporter plus. Elle se plante devant le pare-chocs chromé et s'adresse à Vivi comme si c'était une écolière et non pas la mère de quatre enfants :

— Vivi Abbott Walker, vous devriez avoir honte ! Descendez de ce capot et allez vous occuper de vos précieuses têtes blondes !

Vivi ne sourcille pas. Elle observe Myrtis à travers ses Foster Grant : elle voit une femme horriblement mal attifée. Le résultat qu'une machine à coudre prise de folie pourrait produire. Il devrait y avoir une loi qui sanctionne une telle laideur, songe Vivi. Et, sans même avoir à vérifier, elle sait d'avance que Myrtis porte des chaussures de tennis Keds Grasshoppers avec des socquettes blanches roulées comme des petits boudins.

— Dis donc, Myrt, tu es la mode incarnée, fait Vivi suffisamment fort pour que les jeunes gens l'entendent et éclatent de rire.

Vivi est la seule personne au monde à l'appeler Myrt. Une façon de la rabaisser.

Vivi allume sa cigarette, avale la fumée et ajoute :

— Chéérie, tes verres teintés sont vraiment *signature* !

Et elle lui souffle la fumée de sa cigarette en pleine figure, avant de s'adosser à nouveau contre le pare-brise.

— Vivi Abbott Walker, vos enfants risquent d'être tués par l'éléphant d'une minute à l'autre ! éructe Myrtis en ouvrant la bouche en grand.

— Non, Myrt chéérie, je crois que mes enfants sont encore dans la queue. Il est presque cinq heures au soleil, comme me l'indique l'instinct que j'ai hérité de mes ancêtres indiens. Ça me fait penser que mes chééris doivent absolument monter sur l'éléphant avant cinq heures, sinon l'animal et son charmant dresseur vont partir. Je serais ravie de continuer à bavarder, mais je dois m'assurer que mes petits chééris font leur promenade !

Là-dessus, Vivi se laisse glisser du capot et fonce à travers la foule.

— Seigneur, marmonne Myrtis dans sa barbe, aidez-moi à garder mon calme. Laissez les petits enfants venir à moi.

Cela dit, elle s'éloigne de la Thunderbird et s'approche lentement de la file d'attente.

La réponse de Vivi ne l'a pas surprise. C'est du Vivi tout craché. Pourquoi s'est-elle donné la peine de lui parler ? Comme toujours, Vivi n'a honte de rien. Vivi qui ne sait même pas coudre un bouton ! Myrtis et le Tout-Thornton avaient vu Vivi agrafer les ourlets des pantalons de ses enfants et se tordre de rire quand les agrafes tombaient.

— Bof ! Ils ne savent plus fabriquer de pistolets à agrafes, se contentait-elle de dire en voyant les bas des pantalons traîner dans la boue.

Myrtis n'a jamais vraiment accepté que Vivi refuse d'apprendre à coudre, à faire des conserves ou des confitures. Il y a longtemps, quand Shep et Vivi étaient jeune mariés et fauchés, Myrtis était passée les voir un dimanche après-midi. Elle avait proposé à Vivi de l'aider à faire des rideaux pour la maison qu'ils louaient.

— Merci, chéérie, avait dit Vivi en penchant la tête en arrière dans un grand rire. Ma grand-mère m'a toujours dit qu'il y avait des magasins pour ça. Inutile de se fatiguer pour rien. Mais merci quand même, Myrt !

Vivi n'avait pas changé d'avis, même quand le prix du coton avait dégringolé et que tous les fermiers avaient tiré la langue, même Shep Walker. Vivi, elle, avait continué à tout commander chez Neiman Marcus, comme si elle était une princesse ou une riche héritière. Elle se rendait quatre fois par an à Dallas ou à Houston pour faire ses gros achats, au lieu de confectionner elle-même ses vêtements. Au temple du Calvaire, on murmurait même que Vivi avait dit à sa belle-mère, Mme Baylor Walker, qu'elle préférerait mourir de faim plutôt que de faire des conserves de tomates ou de maïs. Dire qu'ils possédaient la plus belle exploitation de la région !

Vivi donnait toujours l'impression de se considérer comme légèrement supérieure à son mari et à sa belle-famille. Bien sûr, ils étaient d'une vieille famille et possédaient le plus vaste domaine de la paroisse, mais ils n'étaient pourtant que des paysans. Et même s'ils possédaient les quatre vertus cardinales – l'intelligence, le cœur, le courage, la santé –, ce n'était pas encore suffisant pour Vivi Abbott Walker.

Vivi s'était toujours moquée de Myrtis. Elle ne l'avait jamais prise au sérieux. Et ne l'avait jamais considérée comme quelqu'un qu'on pouvait inviter à des soirées élégantes dans le quartier chic du Garden District de La Nouvelle-Orléans.

Myrtis atteint la section entourée de cordes où les enfants montent sur une estrade en bois avant de grimper sur une échelle de corde le long de l'énorme ventre de l'éléphant pour atteindre son immense dos tout gris. Vivi et trois de ses enfants s'apprêtent à s'asseoir dans la selle. Mais Siddalee, la fille aînée, est restée plantée en bas. Serait-il possible, se demande Myrtis, qu'un des enfants ait plus de plomb dans la cervelle que sa mère ?

Et, bien sûr, Vivi a amené ses horribles copines. Elles sont là, dans la queue, avec leurs enfants. Cette vampire de Caro Brewer, avec ses lunettes de soleil, est tout de noir vêtue, comme à son habitude. Cette effrayante Teensy qui ressemble à un petit singe. Et Necie Ogden, la moins dingue de la bande. Myrtis ne la déteste pas autant que les autres, mais elle ne comprend pas comment une femme aussi convenable peut être liée à ces Jézabels.

Myrtis s'attend que l'aînée des Walker se mette dans tous ses états. Elle a déjà vu ça. Les enfants Walker sont célèbres pour leurs crises. Des crises qui les fatiguent tellement que pour récupérer ils doivent s'allonger dans le noir et dormir le temps de recouvrer leurs esprits. Vivi prétend que ça leur fait du bien, que ça leur nettoie la tête.

Un dimanche après-midi d'hiver, Myrtis et sa mère avaient rendu visite à Mme Baylor Walker et elles étaient tombées sur Vivi, Shep et leurs quatre enfants.

— Voici la marche à suivre pour venir à bout de quatre gosses, avait murmuré Vivi à Myrtis. Il faut leur donner un petit coup de bourbon, les coucher dans une pièce climatisée, fermer la porte, aller sur la véranda, s'asseoir sur la balancelle et mettre un disque de Johnny Mathis. Quand ils se réveillent, ils sont doux comme des agneaux.

C'est contraire à la Bible, avait songé Myrtis. Qu'allaient devenir ces malheureux petits ? Sans doute des assassins. Ou alors ils finiraient à l'asile de fous de la paroisse de Garnet, où Myrtis devrait leur apporter des tartes aux noix de pécan pour Noël.

Myrtis se penche vers Siddy pour lui demander ce qui ne va pas. Siddy refuse de parler. Elle s'enfuit en se faufilant à travers la foule compacte. Myrtis tente de la suivre mais elle la perd très vite des yeux. Elle fait demi-tour et s'approche des autres enfants Walker :

— Arrêtez ! Descendez de là et occupez-vous de votre sœur.

Mais à ce moment l'éléphant s'ébranle d'un pas lourd, emportant Vivi et ses trois enfants qui se balancent dangereusement.

Myrtis s'aperçoit alors que, dans son zèle pour sauver la femme de Shep et ses enfants, elle a égaré son nouveau tissu et ses patrons. Et elle commence à avoir un mal de tête qui pourrait se transformer en migraine. Bien, se dit-elle, que la puissante et glorieuse Vivi et ses reines Ya-Ya se débrouillent toutes seules ! On essaie de les aider et, en guise de remerciement, elles vous snobent, se montrent ingrates et grossières. Myrtis est en retard. Elle va devoir se priver de sa tasse de café chez sa mère et se dépêcher de rentrer pour préparer le dîner. Elle se met au volant et peine à mettre la clé dans le contact tant elle est prise de tremblements. Quand Myrtis est furieuse, elle tremble. Son corps ne peut supporter sa colère.

Cet après-midi-là, tandis que Myrtis affronte Vivi Walker, deux jeunes Noirs rangent leurs outils, reçoivent leur salaire des mains de Shep Walker et grimpent dans une vieille camionnette verte. Eddie et Washington Lloyd sont fiers de leur camionnette achetée avec leurs deniers – en travaillant dur et pendant de longues heures pour M. Shep. Leur oncle Chaney les a aidés à se faire engager à la plantation des Walker, l'été où leur père est mort. Chaney est le bras droit de M. Walker et il a persuadé son patron de les prendre malgré leur jeune âge. Cela fait maintenant des années qu'ils travaillent là. Ils habitent à plusieurs kilomètres, et faire la route à pied le matin puis tard le soir était épuisant.

Washington et Eddie se demandent s'ils doivent rentrer chez eux pour se changer ou aller directement à l'inauguration du nouveau centre commercial. Ils viennent de passer dix heures dans les champs, sous un soleil brûlant. Leurs chemises sont sales et leurs salopettes couvertes de terre. En temps normal, ils n'aiment pas se montrer dans cet état. Leur tante Willetta les a souvent sermonnés à ce sujet :

— Sortez pas si vous avez l'air crado ! Pas une fille ne vous embrassera si vous suez et que vous puez. Ne ressemblez pas à des clochards. Vous êtes de beaux gosses. Alors profitez-en.

Mais aujourd'hui, Washington et Eddie décident de sécher leur séance de nettoyage et de se rendre directement au centre commercial de Southgate avant la fermeture. Ils veulent voir cet éléphant.

L'éléphant est le sujet principal des conversations de tout Thornton. Depuis des mois, la radio diffuse des spots publicitaires. En entendant les annonces de la grande inauguration, les jeunes Noirs ont été aussi surpris que les jeunes Blancs. Faire venir un éléphant d'Afrique ! De l'autre côté de l'Océan ! Comme nous, ont-ils plaisanté. L'oncle Chaney a secoué la tête quand Eddie l'a mis au courant :

— Oui, comme nous. Cela va faire venir les Blancs.

Chez les Noirs, les commentaires étaient allés bon train. Ils avaient remarqué que, depuis qu'ils avaient le droit de fréquenter les boutiques de Thornton, il n'avait pas fallu longtemps pour qu'un centre commercial sorte de terre en dehors de la ville. Les Blancs désiraient pouvoir faire leurs courses entre eux. Eddie et Washington en avaient parlé et avaient finalement décidé que même si on ne les laissait pas monter sur l'éléphant, on ne les empêcherait pas de regarder. Les Blancs ne verraient sûrement pas d'inconvénient à ce qu'ils contemplent l'animal sauvage.

Washington sort de Pecan Grove et emprunte la route qui longe le bayou. Il pilote la vieille camionnette aussi vite que possible – mais pas à plus de cinquante à l'heure, car au-delà la transmission pousse des gémissements métalliques. Eddie tripote le loquet de sa portière et se tourne vers Washington :

— On va rater l'éléphant !

Myrtis fonce maintenant sur la route à deux voies qui longe le bayou Latanier pour rentrer chez elle. En rejouant dans sa tête la scène qui a eu lieu sur le parking, elle est tellement furieuse contre Vivi que la colère l'aveugle. Elle passe en revue tous les arguments chrétiens qu'elle aurait pu développer, toutes les citations bibliques qu'elle n'a pas utilisées. Elle tremble de rage et d'humiliation. Le crépuscule est magnifique, mais elle ne le remarque pas. Elle prend un virage et elle est toute surprise de voir un autre véhicule se diriger droit sur elle. De son côté de la route ! Ou du moins le pense-t-elle.

En voyant débouler la Bel Air, Washington est stupéfait :

— Doux Jésus ! Ayez pitié ! crie-t-il en donnant un coup de volant à droite.

Mais il effleure l'avant de la voiture. Il n'a pas le temps d'identifier la couleur ou le modèle, tout s'est passé si vite que la voiture a disparu, comme si elle n'avait jamais existé.

À ce moment, Eddie et Washington hurlent ensemble :

— L'arbre ! L'arbre !

Washington essaie de virer vers la gauche tout en freinant. La camionnette dérape et percute un gros chêne par l'arrière. Le choc résonne comme un coup de tonnerre. Vu l'état de la carrosserie, c'est un miracle que les deux garçons ne s'en sortent qu'avec des blessures légères. Le châssis s'est enroulé autour du tronc d'arbre, l'essieu arrière est brisé, une des roues a terminé sa course dans le champ voisin.

Washington regarde autour de lui et constate que sa camionnette est perpendiculaire à la route, le capot débordant sur la chaussée, l'arrière écrabouillé contre le chêne. Il se dégage du volant, descend de la banquette et murmure :

— Oh merde !

Eddie s'efforce d'ouvrir sa portière. Il sort prudemment, en se demandant si tous ses membres sont en état de fonctionnement. Il scrute la route à droite et à gauche mais l'autre voiture n'y est pas. Se serait-elle évaporée ? Il s'aperçoit alors que son front saigne et que son cou et ses épaules sont bizarres. Puis il fait le tour de la camionnette.

L'aile et la portière côté conducteur sont couvertes de bosses et d'éraflures. À l'arrière, le panneau droit est tordu, la tôle froissée et le pare-chocs à moitié arraché. Ce n'est pas seulement quelques gnons supplémentaires que leur fidèle camionnette a récoltés. Elle est purement et simplement morte.

Eddie a l'impression d'avoir reçu un uppercut sur la joue. Pourtant, il parle normalement car il ne ressent pas encore la douleur :

— Eh mec, t'as idée d'où se trouve l'autre voiture ?

Washington, qui saigne du nez, regarde Eddie, puis la route.

— On s'en fout, mec. On est en vie ! Seigneur, merci. Un sacré putain de miracle a eu lieu en Louisiane aujourd'hui.

Ils ont envie de pleurer. Leur camionnette, essentielle pour aller travailler, est démolie. Maintenant, ils seront obligés d'aller à pinces. Pas facile de se procurer un véhicule quand on est noir à Thornton. Washington n'aime pas se rappeler qu'il a dû se mettre à quatre pattes devant un gros requin d'usurier blanc pour emprunter l'argent nécessaire. Non, pas facile ! Ils ne veulent pas vous avancer l'argent. Ils ne veulent pas vous voir conduire sur les routes ou vous promener à dos d'éléphant. Pour eux, un nègre sur un éléphant c'est une bête sauvage sur une bête sauvage. Trop de sauvages.

La Bel Air de Myrtis quitte la route et s'envole. Elle passe entre deux rangées de chênes qui bordent la chaussée avant d'atterrir dans un champ de canne à sucre. Pendant un instant, tandis qu'elle est suspendue dans les airs, Myrtis est à la fois étonnée et terrorisée, sans pourtant être consciente de ce qui lui arrive. Est-ce l'extase finale ? Elle ne voit que du vert et du bleu qui défilent à la vitesse de l'éclair dans un sifflement bruyant. Puis elle entend un bruit sourd quand la voiture retombe sur le sol et sa tête heurte quelque chose. Cela ne lui fait pas mal, pas encore. En réalité, elle est totalement sonnée. La voiture continue à rouler de bosse en bosse et tout est vert autour de Myrtis. Les cannes à sucre s'écrasent contre les flancs de la voiture.

Soudain, tout s'arrête.

Myrtis respire à fond, ce qu'elle n'a pas fait depuis que la voiture a quitté la route, et elle lève la tête. Le rétroviseur, qui s'est brisé, lui renvoie une image follement fragmentée d'elle-même. Elle détourne le regard de cette vision insupportable. Elle regarde les housses en plastique des sièges que le soleil a chauffées tout l'après-midi. Le matin même, elle les a soigneusement nettoyées. Maintenant il y a des traces de sang sur les coussins. Sa robe-chemisier qu'elle affectionne tellement est également couverte de sang. Quelques gouttes continuent à tomber. Elle fond en larmes. Et elle ne peut pas s'arrêter. Comme si une partie de son corps s'était détachée et flottait dans la voiture et dans les champs environnants. L'autre partie, en spectatrice, déclare :

— Voyons, Myrtis, tu fais une crise de nerfs. Tu ressembles à ces vilains enfants Walker ! Contrôle-toi !

Mais cette une fois, elle est incapable de se reprendre. Elle ne peut que pleurer. Elle a du mal à respirer. L'ancienne Myrtis est brisée en mille morceaux.

Quand enfin elle cesse de sangloter, la nuit est tombée et elle a mal partout. Elle bouge ses bras et ses jambes. C'est douloureux mais ça fonctionne. Elle ouvre sa portière précautionneusement, pour ne pas être blessée par les éclats de verre de la vitre, et reste sans bouger pendant un moment. Puis elle sort de la voiture. Elle ignore où elle se trouve. Sa vue est bouchée par une mer de cannes à sucre plus hautes qu'elle. Sauf derrière sa voiture et sur les côtés, où tout a été écrasé. Les roues ont laissé un passage en zigzag. La voiture gîte. La roue de droite est-elle tombée dans un trou ? Ou est-ce le pneu qui a éclaté ? Myrtis ignore ce qui est arrivé au juste. Ne sachant que faire, elle ne bouge pas : elle a l'impression que sa cervelle a fui quelque part, que des pièces vitales de son corps se sont dissoutes.

Soudain, elle s'aperçoit que quelque chose bouge derrière sa voiture. Elle entend des bruits étouffés, des sortes de sifflements qu'elle identifie enfin : ce sont des pas. Elle en a le souffle coupé. Elle s'en veut d'être seule, la nuit, au milieu des champs. Une créature s'approche ! Myrtis se met à chanter à tue-tête ! Par sa faute, elle est perdue dans le désert et la peur l'étreint. Elle prie, non pas le Dieu catholique que la bande de Vivi vénère mais son Seigneur baptiste, le seul vrai Dieu.

Au début, elle ne reconnaît pas sa propre voix. Elle se retourne comme si c'était une autre femme qui chantait !

— *À toi la gloire, ô Ressuscité / À toi la victoire, pour l'éternité. / Brillant de lumière, l'ange est descendu, / Il roule la pierre du tombeau vaincu.*

À la fin du couplet, deux jeunes Noirs surgissent d'un tas de cannes à sucre écrasées par la voiture.

Myrtis hurle de toutes ses forces, de toutes les cellules de son corps, et son cri retentit aux alentours. Puis c'est le noir complet.

— Myrtis ? Myrtis, ma chérie ?

Elle entend une voix lointaine l'appeler par son nom. Elle cligne des paupières mais elle est aveuglée par une violente lumière blanche et elle referme les yeux immédiatement. C'est donc ça, la mort, songe-t-elle. Je suis au paradis et la lumière m'aveugle.

— Mon Dieu, Myrtis !

C'est la voix de Harlan. Myrtis rouvre les yeux. En relevant la tête, elle aperçoit le crâne de son mari. Son cou et son dos lui font mal. Elle est étendue sur une surface dure, sous de fortes lampes fluorescentes dans ce qui pourrait être un hôpital.

— Oh, ma chérie, que t'est-il arrivé ? On m'a téléphoné de l'hôpital. J'étais à la maison avec les enfants, je m'occupais du dîner.

Elle demeure silencieuse un moment. Puis elle se met à parler d'une voix hésitante :

— Écoute, je rentrais à la maison… et il y a eu cette camionnette et… et puis ces Noirs…

— Oh, Myrtis, non ! Ma chérie, non ! Est-ce qu'ils… tu sais… t'ont blessée ? murmure-t-il.

— Oh, Dieu tout-puissant, mais non !

Myrtis est tellement effrayée qu'elle se redresse sans se préoccuper de ses douleurs. L'ont-ils violée ? Elle se souvient qu'elle a eu très peur de ça. Mais elle a l'impression que tout est normal là en bas. S'il s'était passé quelque chose, elle le saurait.

— Non, Harlan, tout ce qu'ils m'ont fait, c'est m'envoyer dans le fossé.

Autant étouffer les ragots potentiels dans l'œuf, songe-t-elle. Je ne peux pas laisser les gens imaginer que ces Noirs m'ont touchée. Sinon, je ne survivrais pas.

— J'étais sur la route du bayou, reprend-elle, quand ce camion plein de nègres a foncé sur moi dans un virage. Il occupait toute la chaussée. Des sauvages, oui, de vrais singes derrière un volant. Je n'ai pas eu le temps de réagir.

— Myrtis, déclare Harlan, on s'est fait un sang d'encre en t'attendant, il était si tard. Ta mère m'a dit qu'elle ne t'avait pas vue et puis Mlle Gremillion de l'hôpital a appelé pour m'avertir qu'on t'avait amenée.

Depuis qu'ils sont mariés, c'est la première fois qu'il fait une phrase aussi longue sans que Myrtis l'interrompe. Parce qu'elle ne s'est jamais sentie aussi fatiguée.

Elle somnole un moment, puis un jeune et beau médecin l'examine. Il lui retire des éclats de verre des bras, nettoie et panse le côté droit de sa tête qui a percuté le rétroviseur. Il lui sourit et lui affirme qu'elle a eu beaucoup de chance. Elle a eu une commotion cérébrale et ils la garderont en observation pour la nuit, juste pour être sûrs que tout va bien.

Un peu plus tard, Harlan revient dans la chambre de Myrtis : il est accompagné par l'agent Jimbo Thurman de la police routière, fier comme un coq. Myrtis, elle, se crispe. Est-elle dans son tort ? Est-elle responsable ? Si c'était le cas, pourra-t-on le prouver ? Après tout, ce serait sa parole contre celle des nègres. L'agent Thurman se plante contre le lit de Myrtis :

— Madame Harlan Spevey ? demande-t-il, quoiqu'il soit évident qu'il sait à qui il a affaire.

— Oui.

Elle est si fatiguée, si nauséeuse qu'elle aimerait lui dire de s'en aller et de la laisser tranquille. Ne voit-il pas qu'elle en a assez bavé ?

— Le Seigneur protège ceux qui lui font confiance, prie-t-elle.

— Il faut que je vous parle de l'accident. Votre véhicule a été sacrément endommagé. Enfin, ce n'est pas tout à fait une épave, ajoute-t-il en mastiquant discrètement sa chique. Et le champ des Vanderhoven n'est pas beau à voir non plus.

Il marque un temps, espérant qu'on va trouver sa remarque amusante, mais ni Harlan ni Myrtis ne sourient.

— Monsieur l'agent, dit Myrtis d'une voix rauque, au lieu d'embêter des gens respectables, pourquoi ne pas vous occuper de ces nègres qui ont failli me tuer ?

Elle est hospitalisée. Elle est une victime. Elle va droit au but.

— Justement, vous serez heureuse d'apprendre qu'ils sont déjà sous les verrous. Nous les avons arrêtés sur place pour conduite dangereuse. Nous avons saisi leur camionnette et confisqué leurs permis de conduire. Ils ne courront plus les routes pendant un bon bout de temps.

L'agent Thurman sort un formulaire et pose des questions à Myrtis. Mais elle ne se souvient pas de grand-chose. Seulement que la camionnette était grande et verte. Elle ne se rappelle pas l'avoir heurtée. Elle a foncé sur elle sans qu'elle puisse réagir. Elle n'a pas d'autres renseignements à donner à la police, sauf qu'à cause d'eux elle a quitté la route.

Elle a parcouru la vallée de la mort et la voici maintenant installée à l'hôpital Sainte-Cécile, un établissement catholique, alors qu'on aurait dû la conduire à l'hôpital municipal qui n'emploie pas de bonnes sœurs avec leurs ridicules et effrayantes cornettes mais des infirmières. Elle a des tas de bleus et d'entailles sans oublier une commotion cérébrale. Mais cela aurait pu être bien pis, tous en conviennent.

Finalement, l'agent s'en va et Harlan descend à la cafétéria boire une tasse de café. Myrtis se retrouve seule. Le lit en face du sien est inoccupé. La lumière de la chambre est étrange. Elle entend des sons étouffés venant du hall. Elle examine la pièce : le lavabo, la chaise en plastique à côté de son lit, la fenêtre qui s'ouvre sur la nuit.

Elle tente de prier, mais elle ne peut que ressasser la conversation qu'elle a eue avec cette mécréante de Vivi Abbott Walker. Elle a essayé de la sauver et de protéger les petits Walker. Elle tremble de colère en se souvenant de l'attitude de Vivi. Si cette femme ne l'avait pas mise dans un état pareil, rien de tout ça ne serait arrivé. Tout est la faute de Vivi. Cette créature lui empoisonne la vie depuis le lycée. Si elle s'était conduite en bonne chrétienne, en épouse et en mère dévouée, rien ne serait arrivé.

— Pourquoi, se demande Myrtis à voix haute, pourquoi le Seigneur fait-il souffrir ceux qui L'aiment le plus ?

La fillette du bon Dieu

Edythe Spevey, novembre 1994

Pendant des années j'ai détesté les enfants. Mais quand je me suis rendu compte que j'en voulais un, il était trop tard. Peu importe. J'ai plus d'un tour dans mon sac. S'il est vrai que je ne peux plus être mère, je peux prier Jésus de tout mon cœur et Il m'aidera. Il étendra Son bras et me guidera. Il m'emmènera dans le centre commercial adéquat où une mauvaise mère négligera sa précieuse enfant. Et je m'emparerai de cette fillette. Pour la garder avec moi. Le Seigneur m'a enlevé la capacité d'enfanter, mais Il ne m'a pas obscurci l'esprit.

Cela me rend malade de voir la façon dont les mamans traitent leurs enfants. C'est pitoyable. C'est un péché. Où qu'on aille, on le voit bien : elles sont trop intéressées par leur propre vie pour s'occuper de leurs petits. Elles ne méritent pas ce qu'elles ont. Elles méritent en revanche qu'on leur enlève leur fille pendant qu'elles bavardent avec leurs amies au sujet de réunions ou d'emplois. Quand elles l'abandonnent à une crèche pour aller vivre leur vie, oubliant qu'elles ont la chance bénie d'avoir une petite fille. Quand elles agissent comme si elles contrôlaient leur existence alors que ce n'est pas le cas. Car quand naît un bébé, tout change : vous perdez votre autonomie, votre ventre plat, votre plan de carrière à cinq ans.

Ne croyez pas que je n'aie pas observé les femmes et les émissions de télé. Je lis. Je pense. Je prie. J'en ai discuté avec ma mère. C'est elle qui a été la première à me le suggérer. Toutes sortes de vérités peuvent sortir de la tête de personnes atteintes de la maladie d'Alzheimer, si on sait les écouter.

Ma mère, Myrtis Spevey, vit à l'institut Harmony, en dehors de Thornton. Je vais lui rendre visite tous les jours. C'est elle qui m'a mise au monde après m'avoir portée pendant neuf longs mois. Elle qui m'a appris tout ce que je sais. Je lui rends hommage. J'ai mal au cœur de voir que bien des gens ne se rendent pas compte que c'est une femme formidable qui a beaucoup accompli dans sa vie. Quel dommage que sa grande sagesse n'ait pas été reconnue avant que la maladie d'Alzheimer ne s'empare de son esprit et ne le dégrade.

Je partage avec mon frère Ronnie les dépenses de son traitement. Il va la voir une fois par mois. Notre autre frère, ayant abandonné ses responsabilités, ne mérite plus de porter notre nom. Selon moi, il devrait être obligé d'errer de par le monde sous la seule appellation de « Tim ». Il verrait alors la manière dont l'administration le traiterait. Sans parler du service d'admission d'un hôpital s'il devait se présenter aux urgences.

Chaque jour j'apporte à ma mère des vêtements propres que je lave chez moi, car elle refuse que son linge passe dans les machines de l'institut. Ma mère m'a sacrifié sa vie. Je peux en faire autant pour elle.

C'est pour elle, entre autres, que je veux une petite fille. Pour la lui apporter dans son lit et lui permettre de la dorloter et de la choyer comme le font les grand-mères.

Je la trouverai, cette enfant qui m'est destinée. Je ne forcerai rien. Non. Quand l'heure aura sonné, elle viendra à moi. Tout droit. Elle devra me faire un signe. C'est ce que fait Jésus. À droite ou à gauche, le Sauveur donne toujours des signes. Et les tout-petits sont encore capables de voir Ses signes. Oh, je le saurai quand je rencontrerai l'élue. Au moment choisi, le Malin lui-même sera incapable de me brouiller la vue.

En attendant, j'ai dressé une liste des lieux à surveiller. Elle est fixée sur la porte de mon frigo et je coche les endroits pour être sûre de n'en oublier aucun. Voici ma liste de base :

Magnolia Park
Thornton City Park
Les épiceries 7-11
Le supermarché Piggly Wiggly
Toys-R-Us
Le centre de loisirs John Robert Bolton
La bibliothèque principale de la paroisse de Garnet
La bibliothèque du quartier de Jefferson
Le vidéoclub Hollywood Video
Le vidéoclub Schmideo
Le parking en face de l'école Montessori
Les alentours du jardin d'enfants de la Divine-Compassion
Le centre commercial de Thornton
Le centre commercial de Cenla
Le cinéma de Cenla

Les vidéoclubs sont particulièrement prometteurs. Les mères qui les fréquentent s'y montrent sous leur vrai jour. Seule une mère sur dix s'occupe du cadeau du Seigneur. Les autres sont plus préoccupées par les dernières nouveautés ou même par des films étrangers tandis que leur progéniture se traîne à quatre pattes ou regarde les immondices de Satan. Ces mères ont les coiffures qu'il faut, des sièges pour bébé hors de prix dans leurs monospaces dernier cri. Mais, en réalité, aucune ne sait comment donner de l'amour à un enfant.

Moi, je sourirai et je jouerai avec les enfants pendant que les mères seront occupées ailleurs, mais je ne les toucherai pas. Pas avant d'avoir reçu le signe de l'enfant. À ce moment-là, j'agirai vite et sans trembler.

La responsable du vidéoclub Depot m'a priée de ne plus venir aussi souvent, ce qui m'exaspère. Elle a eu le culot de me dire :

— Votre présence ici nous rend mal à l'aise, surtout que vous ne louez jamais rien. Il y a même des clientes qui se sont plaintes.

Ça m'a rendue malade :

— On est dans un pays libre, ai-je répondu. Je vais où bon me semble.

— Avez-vous au moins un magnétoscope ?

— Mêlez-vous de vos oignons ! On est en Amérique.

Je sais que je peux y retourner quand je veux, mais je ne vais pas fréquenter un endroit où on me traite ainsi. On me doit un peu plus de respect.

Quand Dieu ferme une porte, Il ouvre une fenêtre. J'ai trouvé un vidéoclub plus important, un Blockbuster près de la pharmacie Walgreen où j'achète mes médicaments. C'est particulièrement pratique. Le Blockbuster contient des rangées et des rangées de cassettes et il propose une bonne aire de jeux pour les enfants. Et comme leurs mères peuvent leur acheter du pop-corn et des yaourts à boire, l'endroit regorge de ces petits qui m'intéressent tant.

Ne croyez pas que je passe mon temps à chercher un enfant. Je ne suis pas une sorte de monstre. Depuis que je ne travaille plus à l'accueil du Veteran's Hospital, je suis très occupée.

Si j'ai quitté mon travail, c'est à cause de Larry Reidheimer. Un enfoiré de menteur. J'ai démissionné à cause de ses mensonges. Il avait promis qu'il me ferait un bébé. Il m'avait juré qu'il était équipé pour.

Voici comment les choses se sont passées. Je suis allée consulter le docteur Roland pour une évaluation de mes fonctions reproductrices. Bien que ne faisant pas partie du personnel militaire, j'avais un rabais en raison de mon poste à l'accueil. Le docteur Roland m'a dit :

— En termes de conception, vous n'êtes pas une bonne candidate. Vous êtes en préménopause. C'est rare chez une femme de votre âge, mais c'est votre cas. De plus, vous êtes obèse. Il vous faudrait perdre au moins trente-cinq à quarante kilos. Enfin, vous êtes prédiabétique. Je vous suggère de vous occuper surtout de votre santé et de ne pas trop vous bercer d'illusions. Pour être très clair, je dirai que vos chances d'avoir un enfant sont négligeables, pour ne pas dire nulles.

Je suis tombée sur Larry juste après cette consultation. On se connaissait de vue, car il travaille au laboratoire d'analyses. J'ignore ce qui m'a pris, mais je lui ai tout raconté. Que je mourais d'envie d'avoir un bébé, que ce que m'avait dit le médecin m'avait anéantie.

Le lendemain, Larry m'a annoncé qu'il avait regardé mes résultats et que ce que le toubib m'avait dit était faux. Lui pouvait m'aider.

— Edythe, si tu ouvres les jambes comme il faut, je peux t'aider.

Mais il n'a rien accompli, sauf qu'il m'a fait pécher contre le Seigneur. Vingt-sept fois, j'ai péché avec Larry !

— Rien ne bloque mon sperme, m'a-t-il affirmé, et Dieu va nous bénir bientôt.

Vingt-sept fois. Rien que d'y repenser me donne envie de vomir. Tout ce liquide qui déborde. Parfois, dans mon lit, je pensais qu'un bébé tournoyait en moi, essayant de se former dans tout ce lieu poisseux.

Mais ce n'étaient que mensonges. Mon intérieur était sec et vieux. Larry, ce menteur diabolique, n'a fait que se moquer :

— On s'est payé du bon temps, non, ma vieille ?

Il souffrira. Dieu se chargera de le châtier. Et si Dieu me fait un signe pour l'aider à punir Larry au volant de sa Corvette platine, je ne me désisterai pas.

En ce qui concerne mon excès de poids, je suis corpulente depuis le lycée. C'est ce que maman m'a dit :

— Edythe, tu n'es pas grosse, tu as une ossature forte.

Je mincirais si cela aidait Dieu à me donner un enfant. Je perdrais cinquante kilos si je pensais que Dieu le veut. Ne croyez pas que je n'en sois pas capable.

Avant que Dieu me fasse savoir que j'aurais un petit, je haïssais les enfants de tout mon cœur. Je les détestais pour le bruit qu'ils faisaient inutilement, pour leurs cacas dégoûtants, leurs chahuts, leurs questions oiseuses, la pagaille qu'ils semaient. Je ne demandais qu'à continuer à travailler et à vivre paisiblement. Rentrer chez moi et regarder les nouvelles, comme je le fais. Avoir un repas agréable sans qu'on vomisse partout ou qu'on rampe entre mes jambes comme un cafard.

Oh ! que je regrette ces années perdues. Mais c'est ma croix à porter, et je ne m'y soustrairai pas. Notre sainte mère l'Église m'ouvre ses portes et je vais à confesse tous les vendredis. Le curé sait que je suis une femme vertueuse. Et que j'essaie de plaire à Dieu, en parole, en pensée et en actes.

Une nuit où je me tournais et me retournais dans mon lit, consumée par le désir d'un enfant, Jésus est descendu de Sa croix et m'a annoncé que j'aurai une petite fille. Que je devais être patiente. Qu'on obtient tout à force de patience. Sainte Thérèse d'Ávila l'a dit.

Je désire une petite fille toute à moi. Pas un garçon. Je ne veux pas d'un garçon avec une zigounette entre les jambes qui grandira avec lui et qu'il baladera partout comme un roi. Comme Larry Reidheimer. Comme mon père après mon entrée au lycée. Maman me l'a dit.

Une fois, j'ai dit à mon père ce que je pensais de lui. Il ne s'est pas mis en colère :

— Edythe, il y a certaines choses que tu ne peux pas comprendre. Il y a certaines choses dans le mariage que ta mère refuse. Ces choses, je vais les chercher ailleurs. J'aime ta mère. Je t'aime.

Mais à mon avis, il était damné. Non, je ne veux pas d'un garçon. Quand on les circoncit à la naissance, on devrait simplement tout leur couper.

Je veux une petite fille. Comme moi. Que je pourrai aimer. Une fillette du bon Dieu.

Je suis préparée. J'ai deux chambres dans mon appartement, ce qui n'est pas donné. Mais je paie le supplément pour être prête quand je recevrai le signe. Dieu ne bougerait pas si je n'avais qu'une chambre. Bien sûr, je ne la mettrai dans sa chambre que lorsqu'elle sera assez grande pour ne plus dormir avec moi. Cela pourra prendre des années, mais je dois être prête. Dieu compte sur moi.

Quand j'ai démissionné du Veteran's Hospital, Mlle Honansson, du service du personnel – elle était de Chicago, ça se voyait à son accent –, a été la seule à m'en demander les raisons :

— Pourquoi partez-vous, Edythe ? Vous êtes si efficace.

— Je ne resterais que si on retirait son engin à Larry Reidheimer. Si on me laissait faire, je le mettrais dans la charnière d'une portière et je claquerais la porte. Sans l'ombre d'une hésitation.

J'aimais bien Mlle Honansson, elle m'offrait chaque année une carte pour la Saint-Valentin. Elle est mignonne, a un joli sourire et de jolies chaussures. Mais voici ce qu'elle m'a dit :

— Edythe, avez-vous songé à demander une assistance médicale ?

Elle est tombée sur la tête. Dieu est mon sauveur. La sainte Église de Rome m'offre toute l'assistance qu'il me faut. Je n'ai besoin que d'un enfant.

Ma fillette m'a été désignée au vidéoclub Schmideo, situé près du Garden District. Un mercredi après-midi, peu avant trois heures, j'étais à l'affût, comme d'habitude, faisant semblant de lire la pochette de *La Splendeur des Amberson*. Et voilà que mon bébé est arrivé en trottinant avec sa mère qui n'est autre que Joanie Hammond – elle exige qu'on l'appelle Joanie *Ogden* Hammond : quel culot de vouloir utiliser son nom de jeune fille alors qu'elle est bel et bien mariée ! Ce n'est pas la première fois que je la vois avec sa fille qui, je crois me souvenir, s'appelle Rosalyn.

Je lui donne trois ans. Elle est blonde, avec des yeux noisette. Elle porte une salopette et, par-dessus, une petite veste mal fichue aux épaules qui lui donne l'air d'être bossue. Mais ce n'est qu'une illusion. Je sais qu'elle a un corps parfait. Elle me regarde droit dans les yeux. Je peux voir dans ses prunelles qu'elle est prête à venir à moi. Elle commence à s'amuser avec moi, à rouler ses beaux yeux, à jouer à cache-cache. Je me contente de lui sourire vaguement. Comme si elle n'était pas le don de Dieu sur terre. Je ne veux pas attirer l'attention sur moi.

Sa mère, qui joue avec ses clés, est en grande conversation avec une de ses amies qu'elle vient de rencontrer. Elle imite pour rire la voix de Melanie Griffith. Je te reconnais, madame Joanie Petite Ya-Ya, toi et ta façon si chic de t'habiller. Tu te conduis comme si tu étais encore célibataire, comme si tu n'avais pas d'enfant. Oh ! tu es tellement dans le coup que tu ne surveilles pas ta fille. Mais tu ne seras plus aussi décontractée quand tu l'auras perdue. N'est-ce pas Joanie, la grande copine de Siddalee Walker et des autres princesses ? Tu auras un tel chagrin, tu seras malheureuse pendant si longtemps que plus personne ne t'aimera. On ne te téléphonera plus. Ton mari te quittera. Pourtant tu te remarieras. Tu auras un, deux, ou trois autres enfants, mais sans jamais en connaître la valeur.

Je vous connais, toi et les filles de ton espèce. Siddalee et sa bande – dont tu faisais partie – se moquaient de moi en classe, tout comme les Ya-Ya avaient pris ma mère en grippe au lycée. Maman me l'a raconté. Elle me dit tout. Mais tu t'en sortiras. Vous vous en sortez toujours.

Et voici que la petite vient droit sur moi. Elle me sourit. Sans hésiter. Je me penche pour la prendre dans mes bras, comme si je la connaissais, comme si j'étais sa tante ou quelqu'un de sa famille. Elle émet un petit bruit, pas vraiment une phrase. Je me dirige droit vers la porte. Je la tiens et personne ne peut plus nous arrêter. Je vais directement à ma voiture et la pose sur le siège du passager. Je regrette de ne pas avoir le temps de la boucler dans le petit siège d'enfant que j'ai acheté spécialement et que j'ai installé sur la banquette arrière. Mais ça ne fait rien, je vais conduire prudemment avec ma précieuse petite fille. Mon cœur bat à toute vitesse, je transpire. Mais j'ai l'esprit clair. Il n'y a pas de place pour le doute. Je suis sûre de moi. J'ai reçu le signe.

Je me dirige vers mon appartement. Quand, après un bout de chemin, je me sens hors de danger, je stoppe pour mettre Rosalyn dans son petit siège. C'est une façon de dire merci à Dieu, de montrer que je ne suis pas une ingrate pour la vie qu'on m'a offerte. Je sais comment l'installer : je me suis exercée plusieurs fois avec un ours en peluche. Rosalyn n'a pas peur et elle ne se défend pas.

Je continue à conduire prudemment. J'emmène la fillette chez moi et ferme la porte à clé. Nous entrons dans ma chambre. Je m'allonge à côté d'elle sur mon lit, qui est jonché de peluches que je me suis procurées pour elle. Je caresse ses cheveux, sa peau délicate. Je lui parle de moi, je lui confie des choses que je n'ai jamais dites à personne. Elle m'écoute. Elle me comprend. Dieu me l'a envoyée. Elle me ressemble. Nous demeurons couchées, côté à côte, les draps relevés jusqu'au menton. Elle m'a attendue comme je l'ai attendue. À l'extérieur nous étions des serviteurs, mais notre temps est venu. Nous sommes dans le temple, les portes sont closes. Toute ma vie j'ai espéré ce moment. J'ai été vigilante car je le sais : *La fille de Dieu ne viendra que si vous avez la vision d'un aigle.*

Tout en riant, Joanie Ogden baisse les yeux pour jeter un coup d'œil à sa fille : Rosalyn a disparu. Elle interrompt sa conversation avec Anne Gautier d'un léger signe de la main et s'éloigne en contournant un étalage de vidéos. Elle fait demi-tour pour inspecter une autre allée en appelant « Rosalyn ! Rosalyn chérie ! » d'une voix chantante. Puis elle inspecte deux autres allées en criant d'une voix plus forte : « Rosalyn ! » Un frisson d'appréhension la saisit. Sans céder à la panique, elle est parcourue de sueurs froides. Elle court dans plusieurs allées sans se rendre compte qu'elle élève de plus en plus la voix. Son cœur bat à toute allure, ses oreilles bourdonnent. Les gens la regardent, mais personne ne l'aide. Ils ont l'air surpris et inquiets à la fois. Sans le vouloir, ils l'empêchent de passer.

Elle se met à réfléchir à toute vitesse. Il n'y a pas d'autre endroit où Rosalyn peut se cacher. « Que Dieu me vienne en aide ! » murmure-t-elle machinalement. Elle est agitée et sur le point de s'évanouir. Joanie percute Anne et s'accroche au chemisier de son amie.

— Appelle le 911. Dis à la police qu'on a enlevé Rosalyn.

Les gens s'activent soudain. Ils regardent sous les étagères qu'elle a déjà vérifiées par deux fois. Une femme va inspecter le parking.

Joanie commence à pleurer. Elle est incapable de se contrôler car elle se rend compte de la situation. Elle se précipite à la porte du magasin et hurle avec d'autres clients le nom de sa fille. Elle a encore de l'espoir. Tout ça est arrivé en si peu de temps. Des gens touchent sa manche pour la réconforter ou lui poser des questions, mais elle les écarte : elle a besoin de bouger, de crier le nom de sa fille à tue-tête. Elle entend une sirène de police. Mais elle a un vertige et elle tombe. Elle sent qu'on l'assied sur une chaise que quelqu'un a apportée.

Un agent se dresse devant elle, la tient par l'épaule. Il aimerait qu'elle se concentre sur ce qu'il a à lui dire :

— Madame, madame, qu'est-il arrivé ?

Elle essaie de parler entre deux sanglots mais cela lui est impossible.

Finalement quelqu'un crie :

— On a kidnappé sa petite fille de trois ans !

Une autre voiture de police arrive, puis la voiture du shérif de la paroisse de Garnet, auquel un officier annonce :

— La petite-fille de George Ogden est introuvable !

En apprenant la nouvelle, George Ogden et Necie Kelleher Ogden appellent toutes leurs relations. George est désormais le juge de la paroisse de Garnet et il a le bras long. Il ne supporte pas qu'on lui refuse quoi que ce soit. Du coup, la police de Thornton, les services du shérif et le bureau des personnes disparues sont rapidement sur le pied de guerre.

Les fouilles commencent tout de suite. La flottille du bureau du shérif est déployée sur le bayou, derrière le vidéoclub. Dans les deux heures qui suivent, des agents et des volontaires passent le voisinage au peigne fin. Tout l'après-midi, c'est le cirque dans le parking du magasin. L'hystérie propre aux petites villes se propage rapidement. Des voitures de police bloquent les extrémités de la rue et personne n'est autorisé à quitter le périmètre. Les policiers font répéter leurs histoires aux témoins. Quelqu'un a vu un drôle de type filer quand la mère a commencé à crier. Une autre personne parle d'une femme bizarre avec un chien. La plupart des gens ne se souviennent de rien.

— L'enfant est partie. Elle a disparu tout simplement..., dit-on en général.

Les enquêteurs ont de plus en plus de mal à se concentrer : le seul hélicoptère de la télévision de Cenla tournoie au-dessus de leurs têtes, les journalistes de la radio et des journaux se pressent nombreux, le car de la télé arrive avec la blonde qui présente les nouvelles locales.

Dès qu'elle a été mise au courant, Necie Ogden a récité une neuvaine pour demander à la Vierge Marie d'épargner Rosalyn. Vivi et Teensy l'imitent. Caro, qui ne croit pas à la prière, médite et jure.

Avant la tombée de la nuit, les Ya-Ya dressent leur camp de base chez Necie. Joanie fait le va-et-vient entre sa maison et celle de sa mère. Elle a peur de s'arrêter. Si je continue à bouger, les choses vont s'arranger, s'imagine-t-elle. Trois de ses sœurs et Grove, son mari, veillent avec elle, faisant des rondes, répondant au téléphone, la protégeant de tout le cirque médiatique, des citoyens inquiets, des curieux. Son frère Frank, qui se fait désormais appeler Francis, arrive en avion d'Atlanta.

Ce premier soir, la police ne divulgue pas l'identité de l'enfant à la presse, se contentant de parler de Rosalyn comme d'« une enfant de trois ans appartenant à une des familles les plus en vue de Thornton ». Mais une grande nouvelle vient soudain interrompre les programmes de la nuit. Un condamné aux travaux forcés se serait échappé d'un chantier routier à cinquante kilomètres de Thornton, le matin même vers sept heures. Un certain Doyle Dubro était dans un camion avec quinze autres prisonniers qu'on emmenait curer des fossés, quand il s'était fait la belle en s'enfuyant dans les bois environnants. Comme il n'y avait que deux gardiens pour surveiller les autres détenus, ils ne se sont pas lancés à sa poursuite. En fait, la prison, qui espérait retrouver le fugitif et éviter de la mauvaise publicité, n'a divulgué la nouvelle qu'avec douze heures de retard.

Les Ya-Ya occupent pour la nuit les chambres d'amis du premier étage que Necie tient toujours prêtes. Sauf Caro, qui dort en bas sur le canapé-lit, sa bouteille d'oxygène à côté d'elle, pour ne pas avoir à monter l'escalier.

Dans la chambre conjugale, Necie et George ont une vive discussion dont Vivi et Teensy ne perdent pas un mot. Chaque fois que Necie répond vertement à son mari, elles l'encouragent en silence. Il semble qu'elle n'apprécie pas la façon dont George appréhende la situation.

Le lendemain matin, quand Vivi et Teensy se réveillent, elles ne savent toujours pas qui a eu le dernier mot.

À dix heures, George Ogden tient une conférence de presse sur les marches du tribunal de la paroisse de Garnet. Sur la gauche du podium, on a placé une photo agrandie de Doyle Dubro. Sur la droite, adossé à un chevalet, se trouve un immense cliché de Rosalyn. Au centre du podium, on peut voir George et son épouse Necie, ainsi que Joanie et son mari, Grove Hammond. Les caméras de la télévision enregistrent les paroles de George qui regarde droit dans l'objectif :

— Depuis hier, 5 novembre 1994, quinze heures, il semblerait qu'une petite fille de trois ans a été kidnappée au vidéoclub Schmideo, à Thornton. À cette heure, les soupçons se portent principalement sur un prisonnier en fuite, un certain Doyle Dubro. Nous avons déployé toutes les forces de police disponibles, y compris celles de Thornton…

À cet instant, Necie se rapproche du micro et prend la parole. George est tellement surpris qu'il ne réagit pas tout de suite :

— La petite fille s'appelle Rosalyn, elle est la fille de Joanie, se dépêche de dire Necie d'une voix tremblante. Je vous en prie, sa vie nous est précieuse. Même si elle n'était pas ma petite-fille, sa vie serait tout aussi précieuse, car c'est une créature de Dieu. Je vous en prie, apportez-nous votre aide. Mettez à notre disposition vos yeux, vos oreilles, toutes les facultés dont le Seigneur vous a pourvus…

Elle est interrompue par George, qui la pousse de côté et reprend possession du micro :

— Comme je l'ai dit, nous avons déployé toutes les forces à notre disposition. Mais Dubro est sans doute armé et dangereux. Si vous le voyez, ne tentez pas de l'arrêter mais appelez le 911 immédiatement. Que

Dieu nous bénisse tous et nous tienne en Sa sauvegarde. Merci.

Necie et Joanie ne peuvent retenir leurs larmes : elles se pressent vers Grove, qui les enlace toutes les deux. Oubliant que le micro est resté ouvert, George dit :

— Necie et Joanie, je vous avais bien prévenues que je ne voulais pas de femelles hystériques avec moi ! Je n'aurais jamais dû vous laisser apparaître en public.

La caméra quitte la famille Ogden pour cadrer le visage ravissant et bêta de la journaliste locale, une blonde d'une vingtaine d'années.

— Monsieur le juge, quelles garanties pouvez-vous nous donner que les forces de police font le maximum ?

George fixe son interlocutrice dans les yeux :

— Les patrouilles de la police d'État et du comté, ainsi que les autres unités, font le maximum pour enquêter sur un lien possible entre le kidnapping et le fugitif.

— Vous voulez insinuer qu'il est le principal suspect ?

— Oui, j'ai bien peur qu'il en soit ainsi.

Sur ce, George prend Necie par le coude et entraîne Joanie et son mari à l'intérieur du tribunal.

La blonde se retrouve alors seule devant la caméra et conclut :

— Ainsi se poursuit l'atroce odyssée de Thornton qui tente de retrouver une de ses enfants chéries. En plus du téléphone rouge de la ville, notre station K-Dixie-BS-TV a mis à votre disposition son propre téléphone rouge. Nous diffuserons la photo de Doyle Dubro dans notre bulletin horaire pour vous permettre de mémoriser son visage. Votre aide sera précieuse pour mettre fin au calvaire d'une des familles les plus éminentes de Thornton.

Vivi, Teensy et Caro sont allongées sur le canapé-lit de la salle de jeux et suivent la conférence de presse. Caro est encore en pyjama.

Elle éteint le poste avec la télécommande qu'elle jette, dégoûtée, à travers la pièce.

— Quels cons ! crache Vivi.

— Bon Dieu ! s'exclame Caro de sa voix rocailleuse. Vivi, explique-moi pourquoi on ne vire pas ces vieux idiots ! Un malfaiteur s'échappe d'un chantier. Il a cambriolé – une seule et unique fois – une épicerie avec un pistolet à eau ! Il n'a jamais été arrêté pour un délit sexuel, kidnapping ou pédophilie. C'est un délinquant primaire. Et ne crois pas qu'il se cache dans la forêt. Non, penses-tu, il réussit à parcourir quarante kilomètres sur la route départementale sans être repéré alors qu'il porte son uniforme orange vif de prisonnier. Arrivé dans le centre de Thornton, il n'a rien de mieux à faire que d'entrer dans un vidéoclub et, bon sang de bonsoir, de kidnapper une fillette de trois ans ! Les gens devaient avoir la tête dans le cul pour ne pas remarquer un prisonnier maigrichon, couvert de boue, en salopette orange vif, qui entrait en plein jour…

Caro se met à tousser, d'une toux grasse qui lui secoue tout le corps. Une des choses qu'elle déteste le plus dans son emphysème, c'est qu'il l'empêche de terminer ce qu'elle a sur le cœur.

— Détends-toi, chéérie, dit Vivi, respire lentement et à fond.

Vivi attend tranquillement que Caro reprenne peu à peu son souffle et continue :

— Je suis si fière de Necie, fière qu'elle ait pris la parole. Son abominable singe de mari est pire que le jour où il a essayé de fermer la station de radio qui diffusait ce qu'il appelait de la « musique raciale » dans les années 60. J'aurais dû lui foutre une dégelée quand il a voulu s'immiscer entre Dinah Washington et les Ya-Ya.

— Caro, tu as cent pour cent raison, fait Vivi. Il est temps de prendre les choses en main.

Lorsque Necie rentre chez elle en compagnie de Joanie et de Grove, les Ya-Ya l'assignent au téléphone. Teensy, Vivi et Caro vont utiliser la décapotable de Vivi. Teensy sera au volant. Caro restera dans la voiture, prendra des notes et fera des croix sur la carte au surligneur. Vivi sortira et interrogera les gens sur ce qu'ils ont vu la veille.

— C'est un peu improvisé, fait remarquer Vivi, mais on n'a pas trop le temps de peaufiner.

Et puis, les Ya-Ya se livrent à un cérémonial qu'avec le temps elles ont presque oublié. Elles se tiennent par les épaules et forment un cercle en plein milieu du salon de Necie. Vivi s'adresse alors à chacune d'elles par le nom tribal qu'elle leur a donné lors d'une cérémonie d'initiation, il y a des décennies de ça.

— Duchesse Aigle-qui-Vole ? demande Vivi.

— Présente ! fait Caro.

— Princesse Nue-comme-un-Ver ?

— Présente ! répond Teensy.

— Comtesse Nuage-qui-Chante ?

— Présente ! dit Necie.

Necie chantonne alors :

— Reine Ruisseau-qui-Danse ?

— Présente ! approuve Vivi calmement. En route maintenant !

Les Ya-Ya ont souvent roulé en décapotable durant leur longue amitié, mais elles n'ont jamais été aussi calmes ni aussi silencieuses. En ce bel après-midi de novembre, elles discutent principalement des rues à inspecter ou bien elles écoutent les rapports que leur fait Vivi après ses interviews. Il ne s'agit pas d'une partie de plaisir. Au bout de deux heures, elles commencent à se décourager.

— Je dirais que ce que nous faisons est *futile*, déclare Caro, qui porte des lunettes enveloppantes avec un petit tuyau d'oxygène placé sous le nez.

— Dire que pendant tout ce temps je n'ai trouvé que huit personnes à interroger, résume Vivi. Et nous n'avons pas une piste.

Teensy exprime leur frustration ainsi :

— Il y a quarante ans ou même trente ans, on aurait parlé à une cinquantaine de personnes au moins. Et elles n'auraient pas réagi comme si on allait les braquer.

Caro est la seule à remarquer le jardinier dans l'ombre de la First Baptist Church, l'église baptiste. Elle fait part de sa trouvaille à sa manière : elle claque les doigts de sa main gauche et pointe son index droit vers l'église. Puis elle se replonge dans sa carte.

Teensy s'arrête le long du trottoir. Vivi sort de la voiture et traverse directement la pelouse pour parler au vieil homme qui taille une haie. Vivi lui donne dans les soixante-dix ans, mais elle n'en jurerait pas. Sa maigre carcasse flotte dans des vêtements propres et bien repassés : une chemise grise et un pantalon qui devaient être à sa taille il y a des lustres. Il porte un bonnet tricoté rouge, son visage est café-au-lait.

Vivi l'interroge selon le système qu'elle a parfaitement rodé :

— Désolée de vous déranger, monsieur, mais...

— C'est la nouvelle décapotable Saab que j'ai vue à la télé ?

Au lieu de regarder Vivi, le vieil homme observe sa voiture, tout en se grattant tranquillement le menton.

Vivi n'a pas l'impression qu'il lui pose une question. Elle meurt d'envie de lui arracher son sécateur et de lui couper les doigts de pied en criant : « Danse ! Danse ! » Mettant rapidement fin à ce fantasme, elle poursuit :

— C'est vraiment très urgent. Une question de vie ou de mort.

— Ouais, j'ai vu quelque chose d'assez inhabituel hier. Une femme blanche s'est arrêtée devant l'église. Elle a sorti de la voiture une petite gamine qu'elle a tendue vers le soleil pendant un long moment. Ensuite elle a ouvert la portière arrière. Elle a attaché la gosse et elle est partie. Je me demande pourquoi elle a fait ça.

Vivi a la tremblote en notant la marque de la voiture et la description de la femme. Elle lui demande le numéro d'immatriculation.

— Ma vue est pas assez forte pour voir le numéro.

— Oui, mais tâchez de vous rappeler autre chose. Une petite fille a été kidnappée et on doit la retrouver.

— Ma p'tite dame, y a combien de Mazda blanches avec le pare-chocs cabossé dans cette ville ? La dame, elle était grosse, avec des cheveux foncés, et la gosse était claire comme tout. Je ne vois plus guère mais j'peux vous dire sûr que c'était une Mazda, vieille de dix ou douze ans. Mon neveu en a une. Je les connais. Il a que des ennuis avec.

— Merci beaucoup, monsieur.

— Que Dieu vous bénisse et le petit enfant aussi, dit le vieil homme en retournant à son travail.

Viviane Walker fonce vers la voiture, agitant son carnet de notes à bout de bras, courant aussi vite que le lui permettent ses jambes de soixante-huit ans.

Les Ya-Ya se rendent immédiatement au commissariat de police.

— Merci, mesdames, leur dit l'inspecteur après les avoir fait poireauter une heure, heure pendant laquelle chacune à son tour a piqué une crise. Nous vous sommes reconnaissants de votre esprit civique, mais nous avons la situation bien en main. Et vous pouvez être sûres que le juge Ogden suit les progrès de l'enquête très attentivement. Je vais transmettre ce renseignement aux services compétents. Et maintenant, rentrez chez vous, et laissez faire les professionnels aguerris.

Elles reprennent la décapotable jusqu'au prochain pâté de maisons. Caro reste dans la voiture tandis que Teensy et Vivi grimpent à toute vitesse les marches du tribunal pour se rendre au bureau de George. Dans l'antichambre, un jeune secrétaire empesé comprend qu'elles sont des amies proches du juge Ogden, mais, désolé, il ne peut être dérangé.

Vivi sort de son sac son briquet Zippo qui ne la quitte pas depuis 1944 :

— Si George Ogden ne passe pas cette porte dans les trente secondes pour parler à Vivi Abbott Walker, je vais mettre le feu à ce joli bureau.

Mais le jeune homme reste planté, l'air sidéré. Alors Vivi allume une des feuilles en soie du faux ficus, pour montrer qu'elle ne plaisante pas.

On les introduit dans le bureau du juge. Le mari de Necie a le visage rouge de fureur :

— George, tonne Vivi, nous n'avons pas toujours été d'accord sur bien des points, c'est le moins qu'on puisse dire. Mais, toi et moi, nous n'avons jamais sous-estimé notre intelligence. Alors écoute !

Puis elle raconte ce qu'elles ont découvert. Il est honnête de souligner que George réagit immédiatement.

Le matin du troisième jour de la disparition de l'enfant, les membres de la brigade d'intervention fracassent la porte d'Edythe Spevey. Ils portent leurs tenues de combat de rue, des gilets en Kevlar et sont armés.

Ils découvrent un appartement parfaitement tenu qui sent la compote de pommes faite maison. Les fenêtres ont des rideaux en dentelle, le plancher de la cuisine vient d'être ciré. Ils trouvent aussi une femme obèse au teint pâle, au gros nez chaussé d'épaisses lunettes, qui joue avec une petite fille blonde installée par terre sur une couverture. La fillette est impeccable et entourée de jouets tout neufs. Rosalyn pleure quand un policier muni d'un casque l'éloigne d'Edythe. Elle est terrorisée.

Necie, sans l'aide de personne, obtient qu'Edythe soit placée en observation dans l'asile psychiatrique de la Louisiane centrale plutôt que d'être jugée pour kidnapping comme George l'exigeait. Necie n'a que rarement tenu tête à son mari, mais chaque fois pour des causes importantes :

— George, Dieu s'est montré miséricordieux. On n'a pas touché à un cheveu de Rosalyn. Nous devons également faire preuve d'indulgence.

Les Ya-Ya sont restées presque tout le temps aux côtés de Necie. Elles ont cuisiné, prié, répondu au téléphone, organisé la distribution des affichettes. Elles l'ont entourée de leur amour.

Quand tout est bien qui finit bien, Necie s'effondre dans les bras de Vivi et de Teensy. Caro, assise dans un fauteuil, tient la main de Necie qui se met à sangloter :

— Ne vous inquiétez pas, je pleure de soulagement ! dit-elle à celles qui sont ses amies depuis plus de cinquante ans. Mais c'est si triste ! Cette Edythe a fait partie d'une troupe de jeannettes à une certaine époque. Souviens-toi, Vivi ! Edythe Spevey était présente quand j'ai fait marche arrière avec le break droit dans un poteau téléphonique lors d'une sortie de camping. Peut-être que j'aurais dû faire plus attention à elle ? Mais comment aurais-je pu savoir qu'elle avait besoin d'aide ?

— Je t'en prie, la rassure Vivi. Ne te flagelle pas, Denise. Cette fille était déjà glauque et tu le savais. Au lycée, sa mère n'était déjà pas nette, et telle mère, telle fille. Remercie Dieu et la Sainte Vierge d'avoir récupéré Rosalyn. Estime-toi heureuse que ta fille ne soit pas devenue folle au cours de ces trois jours d'angoisse. Prie plutôt pour qu'Edythe ne soit pas libérée et qu'elle ne recommence pas en sortant.

— Tu as agi comme il le fallait, déclare Caro. Edythe va passer le reste de ses jours dans un établissement psychiatrique en Louisiane. Ce qui équivaut à être emprisonnée dans un pays du Moyen-Orient. Crois-moi, elle n'entrera plus jamais dans un vidéoclub.

Teensy soupire :

— Tu as raison, Necie. C'est très triste, horriblement triste.

Pendant un certain temps, les membres de la tribu Ya-Ya sont paralysés par la peur. Puis, au fil des jours, chacun trouve un moyen pour éliminer cette angoisse qui leur a été injectée comme un poison. Tous et toutes, sauf Joanie.

Elle refuse de sortir de chez elle, même pour aller jusqu'à l'épicerie. Necie et Grove font les courses à sa place. Joanie s'accroche à Rosalyn. La petite fille n'a pas le droit de s'éloigner de sa mère, à peine de quitter ses bras. Joanie a une obsession : faire installer le système d'alarme le plus sophistiqué qu'on puisse trouver. La fillette ne peut plus aller à la crèche. Seule Lee-Lee Walker est autorisée à venir jouer avec elle, un point c'est tout. Pendant près de quinze jours Grove reste à la maison, avant de retourner travailler. Necie vient chaque jour s'occuper de sa petite-fille pendant que Joanie vaque à quelques occupations dans la maison. Elle lui chantonne de vieux airs de Harry James et s'assure qu'elle est toujours protégée. Mais quand Joanie quitte la pièce pour un moment, Necie encourage Rosalyn à gambader toute seule, malgré l'interdiction maternelle.

Plus pieuse que jamais, Necie voit sa peur diminuer plus vite que celle de sa fille. Pourtant, elle n'est totalement rassurée que le jour où elle rend visite à Edythe dans son asile psychiatrique. Là, comme Edythe lui apprend que sa mère ne reçoit aucune visite à l'institut Harmony, Necie décide d'augmenter ses heures de volontariat. Elle s'aperçoit aussi de la solitude d'Edythe, de son innocence d'esprit. Auprès de Myrtis, elle découvre qu'elle est prisonnière de son esprit brouillé et de cette maison de repos où elle ne voit que rarement le soleil. Elle leur rend visite régulièrement à toutes les deux. Et elle pardonne. Avec le pardon vient la paix.

Les Ya-Ya ne voient pas les choses de la même façon. Necie a trop bon cœur ou alors elle est trop naïve, estiment-elles. Parfois elles donnent raison à George : Edythe aurait dû être enfermée à Saint-Gabriel, la prison de femmes de Louisiane du Sud, et ne plus en sortir.

Un jour où Necie va voir Edythe, elle lui apporte une poupée :

— Voici ton bébé, Edythe. Il attendait sa maman.

Edythe change d'expression. Les profondes rides au-dessus de ses sourcils s'effacent, son visage s'ouvre, ses yeux brillent. Sa poitrine s'épanouit sous sa chemise de nuit en flanelle rose. Les yeux de Necie se mouillent en voyant la joie d'Edythe et son attachement immédiat à la poupée. Elle l'embrasse, la caresse, la presse avec tendresse contre son sein. Le cœur de Necie se brise quand elle voit qu'Edythe ouvre lentement ses yeux et caresse les cheveux de la poupée. Chacun de ses gestes est synonyme de paix, de plénitude.

Je ne comprendrai jamais certains mystères de la vie, songe Necie.

Au bout d'un moment, Edythe se met à fredonner. Puis à chanter une délicieuse comptine :

Fais dodo, Colin mon petit frère,
Fais dodo, t'auras du lolo.
Papa est en haut, qui fait du gâteau,
Maman est en bas, qui fait du chocolat…

À cet instant, Necie se souvient d'Edythe lors d'un camp de jeannettes quand elle avait dix ans et Joanie onze ans. Elle se tenait devant des rideaux que Necie et Vivi avaient confectionnés avec des draps. Edythe portait un vieux peignoir, un filet à cheveux et de hideuses lunettes à monture noire qui lui donnaient l'air d'une petite vieille. Mais cette gamine adorait la nature. Elle connaissait le nom des plantes et des papillons alors que les autres petites filles ne les remarquaient même pas.

Necie a le cœur gros en disant :

— Au revoir, Edythe. Je sais que tu t'occuperas bien du bébé.

— Oh, ça, n'ayez crainte, madame. Je placerai une couronne d'étoiles sur sa tête. Elle est ma fillette de Dieu.

Necie demeure un long moment sur le parking de l'asile avant de rentrer chez elle. Elle songe à des choses qu'elle a faites et que personne ne connaît, pas même les Ya-Ya, du moins le croit-elle. Elle pense à la manière dont l'esprit peut s'embrouiller. Elle pense à la Vierge Marie, qui avait tenu son enfant avec tant de tendresse. Savait-elle ce qui arriverait à son fils, le

Sauveur ? Si oui, comment son cœur n'a-t-il pas éclaté de douleur quand l'archange Gabriel lui est apparu ? Si nous savions les souffrances qui nous attendent, ne sauterions-nous pas tous du pont de la Garnet ?

Necie songe aux courants au fond du fleuve. À son mari le républicain raciste. À l'amour qu'elle lui porte. À la façon dont elle lui pardonne ce qu'il n'a pas encore fait. À sa vie et à l'amour qui l'habite et qu'elle répand autour d'elle.

Je suis bénie. J'ai sept merveilleux enfants. Je n'ai pas eu à attendre une fille. Je n'ai pas eu à en voler une. J'ai volé d'autres choses, cependant. Comme nous toutes, non ? Je n'ai pas à jeter la première pierre. Ma main est vide de pierres.

UN JARDIN EXUBÉRANT

En sécurité

Novembre 1994

C'est l'après-midi du kidnapping de Rosalyn. Baylor Walker vient d'arriver à son cabinet après avoir passé la journée à témoigner au tribunal. Il est fatigué, il a envie de faire la sieste, bien que ce ne soit pas l'heure. Lorsque Carlene, sa secrétaire, le prévient par l'interphone que sa mère est au téléphone, il hésite à répondre. Les conversations avec Vivi sont souvent exténuantes. Sa mère est à la fois un poison et un élixir d'amour.

Il respire à fond et finalement prend son appel :

— Allô, ma beauté ? Quoi de neuf ?

— Bay, il faut que je me dépêche. Il y a un gros pépin. Je t'appelle parce que je ne veux pas que tu me reproches d'avoir effrayé ta femme. Rosalyn, la fille de Joanie, a été kidnappée il y a moins d'une heure et demie. Je voulais t'avertir. Où sont Lee-Lee, Caitlin et Jeff ?

— Attends une seconde ! Qu'est-ce que c'est que cette histoire de kidnapping ? Vous avez toutes encore trop bu ?

— Non, nous n'avons pas trop bu. C'est arrivé au vidéoclub Schmideo. Rosalyn s'est volatilisée. On a peur qu'il soit arrivé un truc affreux. Maintenant je me fais de la bile pour les enfants. Tu sais où ils sont en ce moment ? Avec Melissa, leur mère ?

Baylor prend sa voix grave, celle aux intonations d'avocat qu'il a cultivée en étudiant son droit et qui lui vient quand il est perturbé et qu'il ne veut pas le montrer.

— Maman, je suis certain que les enfants vont bien. Ils sont avec Melissa. Calme-toi. Rosalyn est sans doute entrée dans une autre boutique. On habite une petite ville. Les gosses ne se font pas enlever comme dans les téléfilms. Respire à fond et récite ton rosaire. Tout va s'arranger, crois-moi.

— Je te laisse. Il faut que je file auprès de Necie et des autres Ya-Ya. Je t'embrasse. Au revoir.

Là-dessus, sa mère raccroche.

Pendant un instant, il regrette qu'elle ait interrompu leur conversation. Il aurait aimé entendre sa voix un peu plus longtemps. Une certaine angoisse l'envahit, mais il se maîtrise. Il faut qu'il reste calme, pour le bien de sa famille. Dans la salle de bains attenante à son bureau, il s'asperge le visage d'eau froide, aussi froide qu'il peut le supporter. Réveille-toi, se dit-il. Tu croyais que ta journée se terminait mais elle ne fait que commencer.

Baylor retourne dans son bureau, décroche sa veste de l'antique portemanteau. En moins de cinq minutes il se retrouve au volant de sa voiture, fonçant dans Jefferson Street. Tant pis si un flic l'arrête ! De toute façon il peut faire sauter toutes les contraventions. Il roule à plus de quatre-vingts à l'heure dans les rues pavées de briques du vieux quartier, tourne à gauche sur les chapeaux de roue dans Olive Street, puis prend à droite dans la 21e Rue avant de piler net devant l'école paroissiale de la Divine-Compassion. C'est là que Melissa doit venir chercher les jumeaux, Jeff et sa sœur Caitlin, qui sont en huitième. Il cherche des yeux le monospace blanc de sa femme. Bon Dieu ! Où est-elle ? se demande-t-il avant de consulter sa montre. Il est cinq heures moins le quart. Sa femme a déjà récupéré les enfants et doit se trouver à la maison. Il l'appelle de son portable.

— Vous êtes chez les Walker, Jeff à l'appareil, répond une voix enfantine comme l'a enseigné Melissa à ses enfants – la politesse au téléphone est une de ses priorités.

— Jeff ? fait Baylor soudain rassuré, ça va, fiston ?

— Absolument. Je suis en train de réviser mon cours d'histoire. Papa, tu savais qu'au début du siècle dernier un écureuil pouvait aller d'Alabama jusqu'au Maine rien qu'en sautant d'arbre en arbre ? C'était avant qu'on abatte...

— Jeff, où est ta sœur ? Je veux parler à Caitlin.

— Heu, j'sais pas où elle est.

— Comment ça ? Va la chercher. Je veux lui parler.

— Elle est quelque part avec maman.

— Elles sont à la maison ?

— J'crois.

— Jeff, écoute-moi bien. Pose le téléphone et va chercher ta mère, Caitlin et aussi Lee-Lee. Tu as entendu ? Trouve-les tout de suite. C'est important. Grouille !

— Oui.

Baylor redémarre et sort du parking de l'école. Il fait automatiquement le signe de croix en passant à toute vitesse devant l'église de sa jeunesse. Il songe à son ange gardien. Aux anges gardiens des enfants.

L'importance d'un ange gardien, Baylor l'a apprise avant même d'aller à l'école et il l'a admise plus facilement que l'existence de Dieu. Il se souvient que Siddy lui a dit en secret qu'elle avait vu un ange voler au-dessus des azalées, près de la cafétéria de l'école.

Ange de Dieu,
Mon cher gardien,
À qui Dieu a demandé
De veiller sur moi
Chaque jour,
De rester à mon côté
Pour m'éclairer et me protéger,
Me diriger et me guider.
Amen.

Il s'efforce d'imaginer les anges gardiens de ses enfants. Celui de Lee-Lee doit être différent de celui de Jeff ! Et Jeff et Caitlin, bien que jumeaux, doivent avoir des anges qui ne se ressemblent pas. Existe-t-il des anges jumeaux ? Baylor s'étonne d'être submergé par cette vague de foi. Ah, ah ! C'est le comble ! pense-t-il. Mais voyons, toute aide est la bienvenue.

En traversant la ville, il conclut un marché : Dieu, si vous protégez mes enfants, je ferai ce que Vous voudrez. Je transformerai mon cabinet en un centre d'aide juridique pour les milliers de pauvres Noirs illettrés de Louisiane. Non, quand même pas à cent pour cent. Mais si mes enfants sont saufs, je ne demanderai qu'un minimum d'honoraires aux pauvres, qu'ils soient blancs ou noirs. J'équilibrerai mes revenus en demandant plus cher aux gens riches. Je le fais déjà de temps en temps, mais cela deviendra la politique de mon cabinet. Je cesserai de boire de l'alcool. Ça fait un certain temps que j'y pense. Mais je le ferai. Promis.

Juste de la bière. Et peut-être un peu de vin. Bon sang, on vous donne bien du vin pendant la communion. Ouais, je pourrai boire du vin.

Baylor n'a pas assisté à une messe depuis Noël. C'est dire qu'il n'est pas pieux. Pourtant, c'est fou comme tout revient quand on en ressent le besoin.

Il coupe Alma Street quand Melissa vient au téléphone :

— Baylor ! Tu as fait peur à Jeff. Qu'est-ce qui ne va pas ?

— Les gosses sont avec toi ? Tout va bien ?

— Mais oui. Lee-Lee chante dans le micro en plastique que tu lui as donné. Elle se prend pour Mick Jagger.

— Formidable ! Je voulais juste vérifier. Je suis en route pour la maison. Mais, euh… j'ai quelque chose à te dire.

— Quoi donc ?

— Ça peut attendre que je sois là.

— Bon, alors à tout de suite.

— Au fait, la grille et les portes sont bien fermées à clé ?

— Baylor, dis-moi ce qui se passe.

— Rien. Vérifie que tout est bouclé, c'est tout. Juste comme ça. Rien d'extraordinaire, si ?

— Tout va bien. Ou plutôt tout allait bien. C'est toi qui fiches la trouille à tout le monde. Bon Dieu, dis-moi !

— Dès que je serai arrivé. Dans quelques minutes. Je t'embrasse.

— Tu me rends nerveuse. Arrête de te conduire bizarrement.

— Oh, tu savais que j'étais bizarre quand tu m'as épousé. Baylor le Bizarre. Tu trouvais ça sexy.

— Pas sexy ! Seulement bizarre. Parle-moi, à la fin !

La voix de Baylor se fait encore plus grave :

— Chérie, Rosalyn a disparu.

— Quoi ? Explique !

— On en parlera à la maison. Mais n'allume pas la radio ni la télé devant les enfants, d'accord ?

La respiration de Melissa change de rythme et Baylor s'en aperçoit.

— Voilà, je longe le Pizzo's Market. J'en ai pour moins de cinq minutes.

— Sois prudent. Ne roule pas trop vite. On est tous là.

— Je t'aime.

— Je t'aime. Même si t'es bizarroïde.

— Voilà ce que j'ai envie d'entendre.

Ayant raccroché, Baylor allume la radio pour écouter les nouvelles locales. On parle de la petite Rosalyn disparue dans un vidéoclub et des recherches de la police. Toute personne ayant un renseignement à transmettre doit alerter les autorités. Baylor a la tête qui tourne.

Tout est silencieux quand il entre chez lui. La cuisine est vide. L'immense salon avec son atrium qui donne sur la piscine et sur le bosquet de chênes ne montre aucun signe de vie. Il traverse lentement la maison en sifflant. Sa façon de ne pas perdre la boule. Arrivé devant la chambre conjugale, il siffle plus fort. L'air qui lui vient à l'esprit a été composé par Jimmie Davis, un ex-gouverneur de Louisiane. C'est devenu le classique *You Are My Sunshine*. La porte est fermée à clé. Il frappe de toutes ses forces.

— Qui va là ? demande Melissa.

— Le mari de Madame !

La porte s'ouvre. Melissa est blanche comme un

linge. Les trois enfants sont installés sur le grand lit, entourés de jouets et regardent la cassette d'un film avec Shirley Temple.

— Salut les gamins, ça boume ?

Il aimerait se contenir, mais il en est incapable. Il enlève ses chaussures, saute en l'air et atterrit sur le lit au milieu de ses enfants. Il les serre dans ses bras, leur caresse les cheveux et les joues, respire leur odeur. Hurlant de rire, les enfants embrassent leur père, même Caitlin, âgée de neuf ans, qui répète ce que dit sa mère :

— Oh, papa, tu es tellement bizarre !

— Et toi, ma blonde Mary Caitlin, jumelle de Jeff, tu es ma Miss Bizarre chérie !

Baylor fait une de ses grimaces et elle se met à rire.

Melissa les rejoint sur le lit et passe sa main dans les cheveux de son mari.

— Compte-les, ils appartiendront bientôt à une espèce en voie de disparition.

Elle sourit en hochant la tête.

— On regarde un Shirley Temple, se plaint Jeff en louchant de dégoût. C'est bon pour les filles, papa. Pourquoi c'est toujours elles qui choisissent les films ?

Baylor ébouriffe les cheveux de son fils en l'attirant vers lui :

— C'est la vie, mon vieux !

Lee-Lee, le bébé de la maison, rampe sur les cuisses de son père :

— Tu veux me voir danser comme Shirley ?

Il lui embrasse la tête :

— Oui, mais un peu plus tard.

Baylor se penche vers Caitlin, lui donne un baiser sur la joue :

— À quoi penses-tu, ma grande ?

Caitlin l'embrasse avec fougue. Ses enfants l'aiment profondément. Depuis leur naissance, il les a inondés d'amour.

— Papa, pourquoi es-tu rentré si tôt ? demande Caitlin.

D'habitude il travaille tard et va même à son bureau le samedi.

— Vous me manquiez trop, il fallait que je vienne vous voir. J'ai rangé mes dossiers et j'ai pensé : j'ai envie de m'allonger sur mon lit avec mes trois enfants et leur jolie maman pour regarder un Shirley Temple.

Il les embrasse à tour de rôle. Puis, faisant semblant de boiter et sifflant l'air des *Simpson*, il quitte la chambre. Mais pas avant de s'être avancé, l'air de rien, jusqu'aux portes-fenêtres qui donnent sur la piscine afin de vérifier qu'elles sont bien fermées.

Dans la cuisine, Baylor et Melissa s'installent à la grande table ancienne en bois de cyprès. Il lui répète le peu d'informations qu'il a sur la disparition de Rosalyn.

— Je vais passer quelques coups de fil pour en savoir plus, ajoute-t-il.

Melissa a l'air bouleversée. Une larme coule sur sa joue, que Baylor essuie gentiment du bout du doigt.

— Allons, nous sommes les Walker ! Rien ne peut nous arriver. Tel Superman, seule la kryptonite peut abattre le Grand Baylor. Ne l'oublie pas !

Melissa sourit faiblement.

— Essaie d'avoir plus de renseignements.

— Conduisons-nous d'une façon normale devant les enfants, d'accord ?

— Nous conduire normalement ? Aucun problème.

Surtout si le Grand Baylor le Bizarroïde nous montre l'exemple.

Avant de sortir de la cuisine, Baylor se retourne vers sa femme. Ils échangent un long regard sans se parler. Melissa devine ce qu'il a en tête sans qu'il ait besoin de le lui dire : ne laisse pas les enfants sans surveillance. Il s'avance vers elle et la prend dans ses bras.

Enfermé dans son bureau, Baylor appelle Cliff McDaniel, inspecteur du commissariat de Thornton, qui se trouve être un de ses vieux potes. Cliff le met au courant et lui assure que le maximum est fait. Baylor lui demande de le tenir informé. Après avoir raccroché, il hésite. Est-ce le moment de téléphoner à Joanie et à son mari, Grove Hammond, ou est-ce encore trop tôt ? Il connaît Joanie depuis qu'elle est née. Dans sa jeunesse, elle était surtout copine avec Siddy, mais ils se sont rapprochés : leurs filles Rosalyn et Lee-Lee sont venues au monde à deux semaines d'intervalle et sont maintenant inséparables. Les deux couples dînent ensemble une fois par mois, et Joanie joue au tennis avec Melissa. Et bien sûr, tout le monde se retrouve aux fêtes des Ya-Ya qui rassemblent les Petites Ya-Ya et leurs enfants, les Très Petites. Grove et lui, qui ont fait leurs études de droit ensemble, se voient presque tous les jours au tribunal. Sans être amis intimes, ils s'entendent bien et se font confiance.

C'est Teensy qui répond au téléphone chez les Hammond.

— Tante Teensy, Baylor à l'appareil. Comment va Joanie ?

— *Cher*, le médecin lui a donné un sédatif et elle dort. Ta mère, Caro et moi allons chez Necie dès que

Chick sera venu nous chercher. George et Necie vont rester ici avec Grove un peu plus longtemps, au cas où Joanie se réveillerait. Imagine-toi que Chick nous interdit de prendre la voiture seules ce soir ! Comme si on allait se faire enlever !

— Pour se coltiner trois Ya-Ya, il faudrait quelqu'un de très téméraire, dit Baylor.

Teensy lui répond par un petit rire las.

— Et Grove ? Il est près de toi ?

— Non. Attends. Je vais le chercher.

Grove Hammond prend l'appel debout dans la cuisine. Il a mal à la tête et se sent patraque. Sa voix est rauque.

— Hammond, c'est Baylor à l'appareil. Ça va ?

— C'est l'horreur, mon vieux.

Baylor se cale dans le fauteuil de cuir de son bureau agencé à la perfection. En attrapant un carnet de notes, il contemple la mappemonde ancienne dont les couleurs délavées donnent à la pièce un air Ancien Monde. *Par la grâce de Dieu, je vais*, se souvient-il.

— Dis-moi ce que tu as comme affaires en cours et je suis ton homme. Je m'occuperai de tout à ta place. Tu n'as qu'à me demander.

Ils discutent brièvement des dossiers de Grove. Baylor prend des notes, taille son crayon au moins six fois pendant leur conversation.

Soudain, alors qu'il lui explique en détail une négociation pour une compagnie d'assurances, Grove a la voix brisée. Il se met à sangloter.

— Oh, désolé de t'avoir parlé boulot ! C'était prématuré, fait Baylor. Carlene appellera ton bureau demain matin. On s'occupera de toi. Téléphone si tu as besoin de quoi que ce soit. Bon sang, tu peux nous joindre jour et nuit. Toi ou Joanie. Melissa et moi sommes de tout cœur avec vous, compris ?

— Merci, dit Grove, la voix encore tremblante. Ta sœur aînée a appelé Joanie juste avant que le médecin lui donne un somnifère. Elles ont parlé pendant au moins une demi-heure. Dans leur jargon.

— Radio Ya-Ya va plus vite que l'éclair. Nous, les mecs, on a l'air de demeurés à côté. Essaie de dormir. Tout va s'arranger, j'en suis sûr. Tu m'entends ?

Après le dîner, une fois les enfants en pyjama, Baylor annonce :

— Bon, la petite troupe ! On va célébrer Thanksgiving en avance par un supercamping dans la maison. On va tous dormir ensemble dans le grand lit. Sauf toi, Jeff, parce que tu es trop grand. Tu apporteras ton sac de couchage...

— Je l'ai préparé, intervient Melissa depuis la porte.

Elle tient le duvet imprimé de canards en vol que grand-pa Shep a offert à Jeff pour la chasse. Il ne l'a pas encore étrenné.

Elle le tend à Jeff.

— Hum ! Merci, maman, il est tout chaud.

Jeff l'étale le long du mur près de l'armoire ancienne qui renferme la télévision. Melissa s'agenouille pour lui donner un oreiller.

— Tu veux ton Henry Clay ? lui demande-t-elle en évoquant le vieux chien en peluche que Jeff trimbale depuis sa petite enfance.

— Non, merci. Je ne suis plus un bébé.

Baylor sort de la salle de bains en se brossant les dents :

— Henry Clay n'est certainement pas pour les

bébés ! s'exclame-t-il. C'est un chien de chasse. Il protège les gens. Va le chercher. Toute la famille doit camper ensemble.

En fonçant dans sa chambre pour prendre sa peluche favorite, Jeff ne peut cacher son soulagement.

Baylor et Melissa se couchent, leurs deux filles entre eux. En général, la famille ne fait pas sa prière en commun. Mais ce soir, Baylor dit :

— Reine de mon cœur, voudrais-tu dire une prière pour nous ?

Melissa le regarde comme s'il était tombé sur la tête.

— Commençons par éteindre les lampes.

Baylor actionne l'interrupteur immédiatement. Il ne veut pas que ses enfants remarquent qu'il est au bord des larmes, ou qu'il « se déchire », selon l'expression de son père.

— Seigneur, dit Melissa, merci pour cette journée. Merci pour notre famille et nos amis. Merci pour…

Mais elle ne peut poursuivre. Baylor devine à quoi elle pense. Il continue à sa place :

— Merci pour cette nuit que nous allons passer en sécurité. Nous savons que Vous veillerez sur tous les autres citoyens de la ville. Amen.

— Amen, font les enfants en chœur.

Au bout d'un moment, Baylor prend la main de Melissa en faisant attention de ne pas déranger les filles. Leurs doigts se touchent. C'est ma famille, se dit-il, sans elle je ne supporterais pas la vie. Il voit en pensée le petit visage de Rosalyn avec ses joues rebondies. Il songe à la façon dont Lee-Lee et Rosalyn interprètent les chansonnettes que les Ya-Ya leur ont apprises. Comme elles aiment faire des bêtises ensemble, comme elles s'adorent, songe-t-il. Parfois, sans raison particulière, elles s'embrassent ou se prennent par la main en marchant. Baylor n'essaie même pas de dormir. Il reste couché à écouter ses enfants respirer. Jusqu'à ce que Melissa lui lâche la main, jusqu'à ce que son souffle lui indique qu'elle est dans les bras de Morphée. Il se remémore le truc anti-panique de Siddy :

— Quand tu as peur, imagine que tu te loves dans les bras de quelqu'un qui t'aime. Il te serre et rien ne peut t'arriver. Ça marche, tu devrais essayer.

Il déteste le jargon psy de sa sœur, mais il n'a pas oublié. Finalement, au milieu de la nuit, alors qu'il s'en veut de ne pas être dehors à la recherche de Rosalyn, il se laisse tomber, mais avec prudence, dans ces bras aimants.

Pendant les deux jours suivants, Baylor met les bouchées doubles. Il réorganise son travail de manière à pouvoir s'occuper en priorité des affaires de Grove. Il potasse ses dossiers, ses audiences, ses requêtes. Enfin, quand il a une minute de libre, il appelle Siddy pour prendre de ses nouvelles :

— Bay, dit-elle, j'ai allumé des bougies. J'ai la photo de Joanie sur mon autel improvisé. Ça me tue de ne pas pouvoir laisser tomber mon boulot et prendre l'avion pour être à ses côtés.

— Tu sais, tes coups de fil lui font autant plaisir. Au téléphone, elle peut se laisser aller, elle peut fermer les yeux et écouter, elle peut sentir qu'elle est entendue.

— Tu tiens le coup ?

— Je fais mon boulot.

— Je t'ai demandé comment tu allais, pas si tu travaillais.

— Je ne sais pas quoi te répondre. Quand je travaille, je ne pense pas au pire.

— Tu arrives à dormir ?

— Oui, pas mal. Et toi et Connor, ça va ?

— Ouais.

Baylor trouve que la voix de sa sœur est tendue. Mais qui n'est pas tendu par les temps qui courent ?

Le soir, Baylor rentre chez lui aussi tôt que possible mais jamais assez tôt à son goût. La famille regarde de vieux films. Des histoires rassurantes dans lesquelles les enfants étaient en sécurité et où rien d'imprévu n'arrivait. Les films qu'ils choisissent sont tournés avant 1944. Des classiques comme *Le Grand national* ou des épisodes des *Petits Chenapans*.

Baylor et Melissa aimeraient garder les jumeaux à la maison, mais finalement ils les envoient en classe. Ils essaient de ne rien changer à leurs habitudes. Sœur Brenda Vanderhoven, la supérieure de la Divine-Compassion, accepte que la police fasse des rondes. Baylor est reconnaissant à McDaniel de cette mesure de protection.

En revanche, ils décident de garder Lee-Lee à la maison, du moins le premier jour. Ils ne veulent pas qu'elle risque d'entendre parler du kidnapping à la crèche. La petite fille râle et rue dans les brancards. Elle se plaint furieusement : « Lee-Lee et Ros'lyn ont du travail. »

Lorsqu'il rend visite à Joanie et à Grove, Baylor n'arrive pas les mains vides : il leur apporte plein de nourriture. Mais se traite mentalement de crétin en voyant que leur cuisine est submergée de plats nombreux et variés, du gombo traditionnel au très familial ragoût de nouilles au thon. Il faut dire que dans une ville comme Thornton, pareille tragédie est l'occasion pour les paroissiennes de la Divine-Compassion de se mettre aux fourneaux. Une manière pour elles de manifester leur soutien à la famille frappée par le drame.

Joanie est immobile, le regard éteint, la main crispée sur son portable.

— Salut, Joanie, fait Baylor en s'asseyant à côté d'elle sur le canapé et en posant sa main sur la sienne. Radio Ya-Ya est branchée en permanence sur la fréquence prières. Tu vas voir, ça va s'arranger.

Il sait qu'il ne doit pas prononcer le nom de Rosalyn. Cela lui briserait le cœur.

En route pour le tribunal où il va remplacer Grove, Baylor apprend la libération de Rosalyn en écoutant la fréquence de la police. Il pousse un grand soupir de soulagement. Euphorique, il se dépêche de liquider les affaires du jour, sourit à tout le monde, s'arrête pour bavarder avec des amis, des relations, des inconnus. Il lui faut partager sa joie.

Il appelle Melissa :

— Chérie, c'est fini. On l'a retrouvée. Saine et sauve. Tout va bien.

— Dieu merci, soupire Melissa, Dieu merci.

En quittant le tribunal, soudain, ses défenses s'écroulent : la carapace qu'il s'est bâtie, la pyramide de responsabilités qu'il a élevée, l'obligation de paraître fort. Il lui est impossible de raisonner logiquement, puis tout d'un coup une évidence s'impose à lui : il lui faut un revolver. Maintenant que Rosalyn est sauve, il ressent dans son corps et son esprit un besoin primitif de protéger sa famille.

Je dois acheter une arme, et si quelqu'un s'avise de toucher à un cheveu de mes enfants, je lui tirerai une balle dans la tête et une autre dans le cœur. Je veux être à armes égales avec un agresseur. Je vais acheter ce dont j'ai besoin pour défendre les miens.

Il roule lentement jusqu'au magasin d'articles de sport Security Sporting Goods. En Louisiane, « articles de sport » ne signifie pas des chaussures de jogging ou des survêtements. Le sport, c'est la chasse, c'est-à-dire des fusils, des carabines, des armes à feu.

Il se gare dans le parking en sachant pertinemment ce qu'il veut : il va entrer dans la boutique, saluer son vieux copain Chuck Couvillion, qui a hérité l'affaire de son père, et lui dire qu'il a besoin d'un revolver convenable. Rien de fantaisiste ou de semi-automatique. Juste un revolver classique. Pas de canon trop long. Rien qui ressemble à un jouet en plastique comme quand petit garçon il jouait au cow-boy.

Une fillette de trois ans a été kidnappée alors que sa mère se tenait à un mètre de là. Combien de temps Joanie a-t-elle quitté sa fille des yeux ? Deux minutes ? Trois ? Par les temps qui courent, on ne peut même plus cligner des yeux sans mettre en danger ses enfants.

Bon sang, se souvient Baylor, maman pouvait me déposer devant la station de télé K-Dixie-BS-TV, me laisser seul entrer à l'intérieur, passer à la télé et aller toujours seul téléphoner sur Jefferson Street. Elle savait que je ne craignais rien. Elle n'avait pas à se faire de souci. Mais c'était il y a trente ans. Oublions ça. Nos enfants grandissent dans un monde différent. Il faut les protéger et les aider.

Aussi loin qu'il s'en souvienne, Baylor a manipulé des armes. Comment faire autrement ? Grandir en Louisiane, c'est chasser. Donc être en contact avec des armes à feu dès l'âge de cinq ans. D'abord des carabines à air comprimé, puis à plomb, et enfin un vrai fusil.

Shep a commencé par donner une Winchester à chacun de ses fils. Lors de leur douzième anniversaire, il leur a offert un Browning Automatic A-5 à double canon, gravé à leurs initiales. Il l'a fait au cours d'une cérémonie rituelle sous un immense chêne de la propriété, en prenant le temps de leur expliquer le fonctionnement de l'arme.

— C'est un objet très personnel. Traite-la bien et elle te sera fidèle.

Shep lui-même possédait une L.C. Smith et une Winchester 70. Sans oublier les fusils qu'il avait hérités de son père. Baylor les connaît bien car ils figurent dans le testament de son père, dont il est l'exécuteur.

Il a d'ailleurs prévenu son père :

— Je ne chasse pas. Laisse-les à Shep. Moi je n'en ai pas besoin.

Dans les testaments qu'il établit pour ses clients, il est souvent fait mention de bons fusils, d'armes rares. Chez les Walker, seuls les garçons chassaient, mais dans d'autres familles on donnait des fusils aux filles, à qui on apprenait à tirer de gré ou de force. Surtout si le père désirait un fils et qu'il ait dû se contenter de filles. Ce qui n'était pas le cas chez les Ya-Ya ou dans sa propre famille.

Quand les gens de Thornton parlaient de l'Ouverture, il n'était question ni de base-ball, ni de football, ni d'une nouvelle boutique au centre commercial de Southgate. C'était le premier jour pour la chasse au cerf, au canard ou au pigeon. Les petites amies du lycée devaient l'accepter. Les femmes mariées expliquaient aux nouvelles épouses que l'Ouverture était aussi sacrée pour les hommes que la messe du dimanche pour les femmes.

Des semaines avant l'Ouverture, Shep emmenait Baylor et Little Shep sur le territoire des cerfs pour leur montrer comment repérer les traces des animaux, les foulées où ils avaient dormi, les arbres que les mâles avaient écorcés de leurs bois. Parfois ils laissaient du maïs ou des pains de sel pour attirer les bêtes. Mais seulement avant l'Ouverture. Après, ça s'appelait « appâter le terrain », une pratique non seulement illégale mais qui allait contre le code d'honneur du chasseur.

— Seuls les péquenots font une chose pareille, leur avait dit Shep. À cause d'eux, la chasse a mauvaise réputation.

De même pour les gens qui utilisaient leur camionnette à parcourir les bois pendant la nuit et aveugler les cerfs de leurs phares.

— Il n'y a que les connards de culs-terreux pour se comporter d'une façon aussi merdique, leur avait dit Shep.

Lui n'était pas du genre à enfreindre la loi et il ne fréquentait pas ceux qui la violaient. Il dénonçait sans hésitation les fraudeurs aux gardes-chasse.

Baylor se souvient que son père lui a appris qu'à l'Ouverture les cerfs étaient naïfs et innocents. On avait plus de chances de les tuer, car ils étaient moins sur leurs gardes. Depuis des mois, ils vivaient en sécurité sans craindre les balles. C'était le moment de les prendre. Ramène un grand cerf ce jour-là. Plus les cors ont de pointes, plus tu seras fier, disait-il a ses fils.

Le jour de l'ouverture, les Ya-Ya étaient ravies de donner des fêtes entre elles. Les fusils n'étaient pas leur affaire, mais cela leur était égal que leurs fils en possèdent. L'Ouverture était une occasion supplémentaire de s'amuser entre filles. Elles mangeaient, buvaient, fumaient, jouaient à la *bourrée*, et mettaient leurs maris au défi de les faire nettoyer ce qu'ils avaient tué. Quand ils rentraient, sales et pleins d'histoires, elles les écoutaient poliment pendant quelques instants avant de les envoyer se laver.

Baylor a détesté la chasse dès le premier instant. Il y allait car il n'avait pas le choix. Il aimait bien marcher et camper. Le soir, autour du feu, entouré de son père et de Little Shep, il appréciait cette fraternité masculine. Les hommes parlaient plus facilement autour d'un feu. Il aimait écouter leurs histoires. Surtout, il aimait voir son père attiser le feu, boire, mettre son bras autour de ses épaules. Il aimait l'entendre parler de Manny Calvit, qui s'était roulé dans la bouse de vache pour s'imprégner de l'odeur animale « et se sentir dans le coup ». Le but était à la fois de se débarrasser de l'odeur humaine et d'attirer les cerfs.

Shep terminait toujours l'histoire par ces mots :

— Manny, lui ai-je dit, j'espère que tu vas attirer les cerfs, parce qu'il est sûr que sur cette vacherie de terre aucun être humain ne va s'approcher de toi à moins de quinze kilomètres à la ronde !

Et tout le monde riait en écoutant Shep. Les autres chasseurs l'admiraient et aimaient l'écouter car c'était un conteur-né. Baylor préférait les histoires drôles aux histoires plus sordides, qui le rendaient malade. Il aimait particulièrement les blagues que l'on racontait de génération en génération. Une des histoires qu'il détestait le plus était celle du chasseur qu'on baptise en lui versant dessus un seau de sang de cerf pour fêter sa première mise à mort. Si Little Shep trouvait ça chouette, Baylor y voyait une raison de plus pour haïr la chasse.

Pour un gosse de Louisiane, ne pas chasser, c'était être un paria, tel Frank, le fils de Necie. À cause de ça, on l'avait traité de « poule mouillée » dès l'âge de six ans. Baylor avait remarqué que la vie de Frank en avait été marquée. Un après-midi où elles étaient dans le petit salon, il avait entendu Necie dire à Vivi qu'elle était embêtée que George se moque de son propre fils parce qu'il avait peur des armes à feu. George avait même essayé d'entraîner Joanie à la chasse mais Necie s'y était opposée. Vivi en avait parlé à Baylor pour que cela lui serve de leçon un jour.

— Il n'y a pas que la chasse dans la vie, chééri, lui avait-elle dit, même si ton père le croit.

En secret, Baylor avait admiré Frank, qui faisait ce que lui n'osait pas faire : aller au cinéma le week-end, rester couché à lire, se déguiser, inventer des pièces de théâtre avec des filles.

Je n'ai jamais tué de cerf, songe Baylor. Ce serait comme si je tuais un être humain. Et je ne peux pas l'imaginer. J'ai chassé des canards. Je n'aimais pas ça, mais je l'ai fait. J'ai tué des pigeons, ce que j'ai détesté. Des petits oiseaux si fragiles. J'ai vomi la première fois que j'ai mangé du gombo de pigeon fait avec les oiseaux que mon père, mon frère et moi avions tués.

La chasse aux cerfs… On se levait tôt, vers trois heures et demie ou quatre heures du matin. Pour se rendre sur le territoire des cerfs.

Quand il était tout petit, avant de savoir écrire, il croyait que son père et son frère parlaient du territoire des chers, comme lorsque Buggy ou Willetta l'appelaient « cher ». Ce n'est qu'à l'école qu'il s'était rendu compte que c'était le territoire des massacres.

Pecan Grove ne se prêtait pas à la chasse aux cerfs. Les arbres n'étaient pas groupés comme il le fallait. Il convenait à la chasse aux pigeons et à certaines cailles, pas aux cerfs. Le territoire des cerfs appartenait à Andrew Maddox, un ami de son grand-père, et ils y chassaient ensemble. La génération suivante avait fait de même. Seul un petit groupe d'hommes savait où il était situé et le secret passait de père en fils. Il ne fallait pas que d'autres chasseurs connaissent l'emplacement. C'était privé et cela faisait partie du Code. Un petit refuge était installé sur le territoire, une cabane en forme de L qui pouvait loger huit personnes. Une vague cuisinière et des WC à l'extérieur. Baylor y passait parfois la nuit pour être prêt à se mettre à l'affût dès l'aube, ce moment magique où le soleil brille timidement en répandant ses rayons roses.

La lumière : c'est ce qu'il aimait dans la chasse aux cerfs. Il s'en était confié à Siddy – et à personne d'autre. Il aimait aussi la présence de son père. Ces instants privilégiés où il pouvait respirer son odeur, le voir pendant des heures d'affilée, être l'objet de toute son attention.

Dans la loge, avec sa cheminée rustique et ses piles de magazines de chasse mais aussi de *Playboy*, Baylor regardait les photos de femmes toutes nues. Il lisait dans *Field and Stream* des petites annonces pour des extraits de parfum. On pouvait commander par correspondance des extraits d'urine de renard ou de biche qui servaient à couvrir l'odeur humaine. C'était impératif. Le cerf, lui disait son père, a un odorat plus développé que celui des chiens ; or Baylor savait que les chiens sentent cent fois mieux que les hommes.

Il aimait la chasse car son père lui parlait. Même en picolant ou en jouant au poker, Shep surveillait toujours Baylor, s'assurait que son fusil était prêt, qu'il avait un en-cas à manger tôt le matin : des sandwichs au gibier tué l'année précédente et une thermos de café au lait. Et bien sûr du papier toilette. À l'aube, Shep se penchait sur lui, et lui tapotait l'épaule en lui disant :

— Fiston, tu vas rester couché toute la journée ? Dehors, les cerfs nous attendent. Allons, debout, et enfile ton treillis.

La première fois qu'il était resté seul à l'affût, Baylor avait prétendu qu'il avait raté le cerf qu'il avait visé. Ce n'était pas un gros mensonge. Le recul lui avait fait tellement mal que son épaule était restée bleue pendant quinze jours et qu'il pouvait à peine la bouger. Vivi avait râlé, sans grand résultat : Shep lui avait dit que cela faisait partie du sport, et elle s'était calmée.

Les chasseurs grimpaient, silencieux comme des Sioux, dans les différents affûts, et quand Baylor avait été en âge de les imiter, il avait souhaité que le vent rabatte son odeur dans la direction des cerfs pour qu'ils ne s'approchent pas. Parfois, il pissait au pied de l'arbre pour être sûr que les cerfs l'éviteraient. Une fois, il observait un bosquet depuis des heures quand il s'aperçut que la bête était dedans. Elle s'était trahie en agitant légèrement la queue. Baylor s'était figé. Il s'était concentré jusqu'à ce qu'il puisse distinguer les yeux de l'animal. Il aurait aimé que le cerf comprenne qu'il n'avait rien à craindre de lui. *Reste près de moi, mon pote, je ne vais pas te tuer. J'ai un fusil mais il ne me fait pas plus plaisir qu'à toi.*

Pendant longtemps il avait regardé le jeune mâle, sa peau très lisse, ses longs cils, sa tête à laquelle il trouvait un air intelligent. Combien de temps étaient-ils restés ainsi ? En tout cas, il n'avait jamais oublié cet instant. Il avait prié pour que le cerf échappe aux autres tireurs. Il avait imaginé que la bête avait un ange gardien et il l'avait prié de la garder en vie. Finalement, des coups de feu avaient été tirés à proximité et le cerf avait décampé dans les bois.

Si l'on abattait un cerf, on tirait en l'air plusieurs fois et l'on criait pour prévenir les autres. Parfois, le cerf blessé continuait à courir et il fallait le forcer.

Il arrivait à Baylor de tirer dans le vide. C'était mal vu de rester perché pendant des heures sans tirer un coup de feu. Le soir, en général, il n'avouait à personne qu'il avait vu un cerf. On aurait insisté pour savoir pourquoi il n'avait pas tiré. Il était plus facile de dire : « J'ai rien vu. »

Un revolver. Ouais. Je vais entrer et m'acheter un foutu un revolver. Pas d'autre moyen. Je ressemblerai à papa et je le nettoierai le dimanche soir.

Baylor a encore en tête le rituel du dimanche soir où, après le dîner, Shep étalait ses armes sur la table de la cuisine et les nettoyait. Ce n'étaient rien que des morceaux de métal, mais il en émanait une vraie sensualité. Shep commençait par poser ses carabines et ses fusils sur un vieux dessus-de-lit en coton. Il les nettoyait avec du solvant Hoppe n° 9 dont l'odeur était à la fois puissante et caractéristique. Little Shep rejoignait son père, qui lui donnait une leçon :

— Juste un peu de Hoppe sur un petit chiffon. Enfonce-le dans le canon jusqu'à ce qu'il soit propre. Puis tu sèches avec deux chiffons. Pour terminer tu mets une goutte d'huile à fusil sur un autre chiffon, et tu graisses le canon.

Baylor a essayé une fois. Ça lui a donné mal à la tête. Ensuite, il a prétendu qu'il avait ses devoirs à faire. Il faisait tout son possible pour éviter de regarder son grand frère et son père qui semblaient détendus, à l'aise, complices. On aurait dit qu'ils caressaient leurs foutues armes. Cela le rendait malade. Et jaloux. Merde, songe Baylor, c'était peut-être une sorte d'étrange thérapie. En tout cas, l'odeur du Hoppe continue à lui donner des migraines.

Le cœur. Il faut viser le cœur. C'est la meilleure façon, une balle qui traverse la poitrine et le cœur, juste derrière le défaut de l'épaule du cerf. Ou on vise le cou. Ouais, ça brise la colonne vertébrale. Mais ce n'est pas mortel et le cerf peut déguerpir. L'étiquette voulait qu'on attende dix ou quinze minutes, afin de ne pas se précipiter à sa poursuite mais d'attendre pour le trouver mort.

Baylor se souvient de son premier cerf mort. Il avait douze ans. Il partageait un affût avec son frère et son père. Little Shep avait abattu un jeune six-cors d'une balle en plein cœur.

— Youppie ! avait-t-il crié en tirant plusieurs coups en l'air pour avertir les autres chasseurs de son exploit.

Puis son père l'avait aidé à traîner ce qui avait été un magnifique animal jusqu'au sentier le plus proche et à le hisser dans le vieux 4 × 4 de Shep. Little Shep était resté à l'arrière avec son trophée, Baylor s'étant assis à côté de son père.

— Un de ces jours, toi aussi tu en tireras un ! l'avait rassuré son père.

Ils avaient ramené le cerf jusqu'au camp. Baylor était frappé par le sang écarlate sur sa peau beige et blanc, par ses yeux grands ouverts et fixes. Quelques instants plus tôt, ce cerf cherchait des baies. Combien de temps s'était-il écoulé entre le moment ou il avait décelé la présence de son meurtrier et l'impact de la balle qui avait déchiré son cœur ? Comme Shep était fier de son fils, lorsqu'il avait accroché la carcasse à un arbre. C'était en novembre et il faisait froid.

— Étripe-le vite, avait conseillé Shep. Avec ce froid, si on le dépèce tout de suite, la viande sera succulente.

Baylor avait regardé son père superviser la boucherie : sans sourciller, Little Shep avait arraché les entrailles. Il ne cherchait à l'évidence qu'à faire plaisir à son père. Baylor avait supporté cet horrible spectacle jusqu'à ce qu'il soit pris de nausées et qu'il vomisse sur ses bottes. Par la suite, ni son frère ni son père ne lui avaient laissé oublier l'incident.

Son frère lui avait demandé :

— Tu es devenu une poule mouillée, toi aussi ?

Des années plus tard, après la naissance des jumeaux, Baylor a cessé de faire semblant et s'est mis au jardinage. Il a transformé un petit terrain derrière sa maison en un véritable éden, un refuge pour les oiseaux, un lieu de réunion pour les papillons. À tous ceux qui le lui demandaient, il répondait qu'il avait rejoint la Congrégation du jardinage. En fait, il croyait sincèrement que le jardinage était une forme de salut. L'année précédente, quand la plupart des garçons avaient reçu leur première carabine à plombs, il avait offert un appareil photo à son fils. Ainsi que des jumelles et un livre sur les oiseaux. Cependant, par obligation professionnelle, il continuait à assister à des chasses. Mais sans porter de fusil. Il se fichait de ce qu'on pensait de lui.

Baylor sort de sa rêverie quand une plume se pose sur son pare-brise. Il ne l'a pas entendue, c'est sa couleur qui a éveillé son attention. Il sort de sa voiture et prend la plume. Il l'examine à la lumière d'un jour de novembre, la tourne et la retourne, se demandant de quel oiseau elle provient. En général, il est doué pour identifier les plumes. Mais celle-la lui est inconnue. Grise avec des taches délicates et un axe jaune pâle, elle est douce et légèrement cintrée. Une plume du corps, pas des ailes. Sa subtile beauté l'émeut. Soudain, un coup de vent l'emporte. Baylor a envie de lui courir après. Pour la trouver, l'identifier, ou au moins la conserver tel un talisman. Mais elle a disparu.

Pour la première fois, Baylor remarque qu'il y a des guirlandes électriques dans la vitrine du magasin d'articles de sport. Des lampes rouges, blanches et bleues clignotent parmi des boîtes de balles, des petits drapeaux américains, des cerceaux en plastique pour tout petits, des armes en plastique et des fusils. Un Père Noël grandeur nature vêtu d'un treillis pointe le doigt vers une destination inconnue. Baylor trouve ce décor obscène. Il se retourne avec le vague espoir de repérer sa plume. Mais il ne voit que des cumulus changeant de forme et un ciel chargé qui diffuse une lumière douce. Il reste planté au milieu du parking dans l'attente de quelque chose qu'il ne saurait définir.

Finalement, il retourne à sa voiture et se fond dans le trafic. Il ne réfléchit pas, il se contente de conduire.

À l'église de la Divine-Compassion, l'autel Saint-Joseph se trouve sur le côté, près du vitrail représentant l'archange Michel. Un ange redoutable. Baylor est assis au premier rang, à proximité de l'autel, et regarde alternativement le redoutable archange et l'image de saint Joseph, « le père terrestre de Jésus ». Il les observe sans bouger de son banc. La statue représente un homme portant une soutane beige et tenant un bébé dans ses bras. Baylor songe aux millions de fois où il a tenu ses bébés dans ses bras. À leur naissance. À la manière dont chaque naissance a ressemblé à la venue du Saint-Esprit. Les naissances de ses enfants étaient les miracles de sa vie. Il fixe la statue. À l'âge de Jeff, il trouvait que Joseph était une mauviette. Un homme qui épouse une femme enceinte et dont on n'entend plus parler sauf quand il mène un âne à l'étable et conduit le gosse au temple. Baylor a toujours été gêné pour Joseph. Mais maintenant, assis sur son banc, entouré des parfums si familiers d'encens, de bougies, du bois des vieux bancs, du cuir qui craque sous les genoux des fidèles, il change d'opinion. Soudain, il voit une certaine fureur dans les yeux de la statue. Il remarque ses biceps. Bon sang, il était charpentier et sans doute fort comme un bœuf. Mais ce qui le frappe le plus, c'est la tendresse de Joseph, tendresse qu'il prenait auparavant pour de la faiblesse. Il tient le bébé serré contre son cœur, il le presse contre lui, sa tête est penchée comme s'il allait embrasser l'enfant. Plus Baylor le regarde, plus il découvre l'image d'un père qui doit protéger son fils, le tenir contre son cœur mais également le montrer au monde entier. Alors, il se laisse aller à pleurer. Pas « se déchirer », comme dirait son père, mais simplement pleurer. À cause de la tendresse qu'il ressent dans son cœur. En se rendant compte que pour protéger ses enfants, il faut avoir une certaine fureur au cœur mais aussi un regard aimant, une douceur presque féminine.

Embrassez l'enfant pour moi, prie Baylor, *allez, penchez-vous et embrassez-le sur le front. Embrassez tous les enfants. Tous ceux qui vivent dans cette folle ville de Thornton et tous les enfants du monde, ceux qui sautent sur des mines ou meurent de faim parce que leurs mères sont tellement sous-alimentées qu'elles n'ont plus de lait, ceux qui souffrent du cancer, du sida. Embrassez ceux qui sont incapables de marcher, ceux qui ne sortent pas de leur fauteuil roulant, embrassez-les tous. Nous en avons besoin. Nous avons besoin de vos prières. On ne peut y arriver sans vous.*

Il ne pense plus à ses larmes et les laisse couler. Il baisse la tête et se laisse submerger par son émotion. *Il n'existe pas d'arme qui puisse remplacer l'amour. Comment ai-je pu vivre si longtemps sans savoir cela ?*

En rentrant, il pense à un slogan : « Les armes ne sauvent pas les gens. Les fêtes, oui ! » C'est à ce moment qu'il décide que la fête de Noël des Ya-Ya aura lieu chez lui. Il se rappelle Vivi les faisant chanter *We Need a Little Christmas*[1], du film *Ma Tante*[2] quand il était petit. *Mon Dieu, ça n'a jamais été autant d'actualité.* Il appelle Melissa sur son portable.

— Eh, ma belle plante, dit-il quand elle décroche.

— Mon Dieu, je suis si soulagée. J'ai l'impression de pouvoir enfin respirer.

— Dieu est bon. Tu as envie d'une pizza ?

— On meurt de faim.

— Commande-la et je vais passer la prendre. Je la veux épaisse et dégoulinante de fromage.

— Compris. Je t'aime, mon Bizarroïde !

---

1. « On a besoin d'un petit Noël ». *(N.d.T.)*
2. En anglais *Auntie Mame*, spectacle de Broadway porté à l'écran en 1958 avec Rosalind Russell. *(N.d.T.)*

— Je t'aime, Melissa la Magnifique. Embrasse les enfants pour moi. On se voit rapido.

Baylor raccroche et appelle Siddy :

— On l'a retrouvée saine et sauve.

Siddy laisse échapper un profond soupir :

— Merci mon Dieu, merci.

— Remercie aussi saint Joseph.

— Merci les anges et les saints.

— On ne serait pas des dingos de catholiques, par hasard ?

— Mais si ! J'aimerais tellement être avec vous.

— Moi aussi. Reviens pour Noël. Je donne une fête.

— J'ai trop de boulot avec ce spectacle. Impossible que je m'en aille. C'est nul d'être autant débordée.

— Tu vas bien, non ?

— Qui sait ? Je suis si occupée que je n'y fais pas attention. Je pense à l'année prochaine.

— OK, Scarlett. Je t'aime. Je t'embrasse, et aussi Connor. Au revoir.

Baylor attend avant de téléphoner à Grove. Il ne veut pas l'importuner. Rosalyn et ses parents doivent « cocooner », se dit-il. Finalement, il attend la première semaine de décembre pour appeler.

— Salut, c'est Baylor à l'appareil.

— Salut, fait Grove. Je n'ai pas eu une minute pour te remercier. Comment ça va ?

— C'est à toi qu'il faut le demander.

— Pas mal du tout. Je fais du mi-temps au bureau. Necie reste tout le temps avec Joanie. Joanie, elle, ne lâche pas Rosalyn de vue. En fait, elle la garde presque tout le temps dans ses bras.

— Je comprends.

— Pas à ce point-là. C'est un peu effrayant. Joanie est pétrifiée. Au fait, je te remercie d'avoir donné à ma secrétaire tous les renseignements concernant les alarmes. Nous sommes en train de transformer notre maison en Fort Knox.

— J'ai installé tous ces foutus systèmes dans ma maison quand je l'ai fait construire. J'ai toujours été paranoïaque, tu le sais bien.

— Écoute, mon vieux, encore merci pour tout.

— À quelle heure ça ne vous dérangerait pas que je passe ? J'ai une invitation pour vous.

— Je vais en parler à Joanie et je te rappelle. Elle est un peu… disons fragile. Et je te préviens, je ne pense pas qu'on accepte de sorties. Joanie se barricade à la maison.

— Elle ne va pas bien ?

— Ce n'est pas qu'elle fasse une dépression nerveuse ou un truc pareil. Elle est juste ultra-prudente. Il faut qu'elle sache tout le temps qui vient et qui sort. La nuit, elle entend des bruits à l'extérieur. Tu vois le genre ?

— Compris. Dis-moi quand je peux venir.

Joanie accepte de recevoir Baylor quelques jours plus tard. Quand il pénètre dans la maison, qui se trouve dans le quartier du Garden District de Thornton et donne sur le bayou qui traverse la ville, Joanie est installée dans un canapé, Rosalyn sur ses genoux. Elle ne se lève pas pour l'accueillir.

— Oncle Bay, s'écrie Rosalyn !

Elle commence à descendre des genoux de sa mère quand Joanie l'arrête.

Baylor s'installe en face d'elles dans un fauteuil à oreilles.

— Je t'apporte quelque chose de la part de Lee-Lee, dit-il à Rosalyn.

— Ze veux voir Lee-Lee ! Ze veux voir Lee-Lee !

Les deux fillettes ont bavardé au téléphone, mais ne se sont pas vues depuis la veille du kidnapping. Une éternité pour deux Très Petites Ya-Ya.

Baylor tend un paquet à Rosalyn, mais Joanie s'en empare la première :

— Maman va l'ouvrir pour toi.

Oh, merde, songe Baylor.

Se détournant de sa fille, Joanie sort du paquet un petit bonnet en feutre rouge avec des bois de renne.

— À moi ! crie Rosalyn en le saisissant et en le mettant sur sa tête.

Puis elle échappe à sa mère et commence une petite danse. Baylor a vu un million de fois Lee-Lee et elle l'exécuter. Les deux gamines sont de vraies petites bonnes femmes.

— Une glace ! dit Rosalyn en fonçant vers les toilettes du rez-de-chaussée.

Joanie court derrière elle.

— Je t'ai dit de rester avec moi ! crie-t-elle.

Grove jette à Baylor un regard qui vaut mille mots.

— Ça lui passera, dit Baylor.

— Ouais, opine Grove.

Au bout d'une minute il propose un verre à Baylor.

— Avec plaisir.

— Comme d'habitude, dit Grove, sachant que Baylor aime son bourbon à l'eau.

— Oh, non, merci. Tu aurais une bière ?

— Ouais. Une Heineken, ça t'irait ?

— Parfait.

Lorsque Joanie et Rosalyn reviennent au salon, Baylor prend la parole :

— J'organise la fête de Noël des Ya-Ya à la maison et j'aimerais que vous veniez.

Personne ne dit mot, sauf Rosalyn qui papote avec sa poupée Barbie.

— On ne va pas tellement bouger de la maison pendant les fêtes, dit finalement Joanie.

Grove baisse la tête.

Baylor ouvre son porte-documents. Il s'était préparé à ce genre de réponse.

— Je sais que vous installez un système de sécurité comparable au nôtre. Je vais vous montrer comment notre maison est protégée.

Joanie dégage la table basse des livres et des magazines qui l'encombrent. Baylor étale un plan de la maison et du terrain. Il commence par leur expliquer soigneusement le fonctionnement de la grille électronique :

— Elle a près de quatre mètres de haut et elle est surmontée de piquants. On ne fait pas mieux.

Puis il montre à Joanie la façon dont toutes les portes et les fenêtres sont sécurisées. Il insiste sur l'emplacement des boutons d'appel, la façon dont marchent les détecteurs de mouvement et les alarmes extérieures.

— C'est le genre de choses qu'on a installé. Mais cette foutue grille électronique n'est toujours pas en place, dit-elle, un peu détendue.

— Je vous en prie, venez à la fête, plaide Baylor.

Grove observe Joanie en train de regarder Rosalyn :

— Ze veux dire merci à Lee-Lee au téléphone, d'accord ?

— On va s'embêter sans vous, reprend Baylor. Maman sera déçue. Les Ya-Ya ont imaginé mettre en scène des tableaux vivants de Noël. Caitlin est furax parce que les bonnes sœurs de la Divine-Compassion ne lui ont pas encore donné le rôle de la Vierge Marie. Alors, maman lui a dit : « Comment ! Elles ont le toupet de ne pas lui attribuer le rôle ! Eh bien, on va monter notre propre spectacle. Je m'occuperai moi-même des costumes. »

— Tiens, parle à Lee-Lee, fait Joanie en composant le numéro de Baylor et en tendant l'appareil à sa fille.

Les adultes se taisent pour écouter Rosalyn chanter sur l'air de *Jingle Bells*, une célèbre comptine de Noël :

— *Vive l'hôtel !*
Vive l'hôtel !
Vive l'hôtel, d'ac !

— Étais-tu aussi délurée quand tu avais trois ans ? demande Grove à sa femme.

— J'étais aussi bonne ! Je chantais en duo avec Siddy.

— Alors, dit Baylor en buvant une gorgée de bière, vous allez venir ?

Joanie se tasse sur elle-même :

— Je ne crois pas, Bay. Impossible. Je ne peux pas quitter la maison. Je dois garder les yeux ouverts en permanence. Je ne peux pas la quitter des yeux. Si je bats des cils, elle pourrait disparaître. Je ne peux pas à la fois quitter la maison et garder les yeux écarquillés. C'est trop.

— Joanie, réplique Baylor, tu auras quatre Ya-Ya, trois maris de Ya-Ya, un ex-mari de Ya-Ya et son amant, toutes tes sœurs, ton frère s'il peut venir d'Atlanta, Shep, moi, Melissa, le reste des Petites Ya-Ya et dix-huit Très Petites Ya-Ya qui surveilleront Rosalyn. Crois-moi, elle sera en sécurité. Tout le monde veillera à ce qu'il ne lui arrive rien. Tu nous connais tous. La maison sera bouclée. Je ne laisserai même pas le Père Noël descendre par la cheminée. Nous serons entre nous. Je te promets que nous serons en sécurité. Juré.

Joanie a commencé à pleurer pendant que Baylor parlait. Grove, assis à côté d'elle, lui prend la main :

— Il n'y a aucun danger. Tu seras dorlotée par les Ya-Ya.

— Ce n'est pas le problème, réplique Joanie en essuyant ses larmes. C'est ce que j'ai fait. Il a suffi que je regarde ailleurs pour qu'elle disparaisse. Comment être certaine qu'à cause de moi ça ne va pas recommencer ?

— Joanie, dit doucement Baylor. Fais-nous confiance. Rosalyn sera en sécurité. Si tu bats des cils, des dizaines d'yeux monteront la garde et rien ne pourra lui arriver. Et comment vais-je calmer Lee-Lee si Rosalyn ne vient pas ? Elle se prend pour Mick Jagger et pour Supergirl. Elle va en faire une maladie si sa copine Ros'lyn n'est pas à sa fête de Noël.

Joanie se tait un moment. Puis elle dit enfin :

— D'accord, on va essayer.

Rosalyn hurle de rire en entendant ce que Lee-Lee lui raconte au téléphone. Elle se met soudain à parler si vite et si intensément qu'on dirait qu'elle parle une langue étrangère. Les adultes l'écoutent, fascinés.

— Joanie, dit Baylor, je te demande un peu, est-ce que nos mères parlaient comme ça quand elles étaient petites ?

— Sans doute. Je parie que Siddy et moi, on était comme elles.

Baylor se lève et tapote l'épaule de Joanie :

— Je fais un vœu pour que cette amitié féminine continue à jamais. Que Dieu les protège.

La nuit étoilée

Décembre 1994

Le samedi 17 décembre, trois monospaces transportant les Ya-Ya, leur progéniture et la progéniture de leur progéniture s'arrêtent devant chez Baylor en klaxonnant à qui mieux mieux. Lui qui croyait être fin prêt pour les recevoir trouve qu'il s'en est mis un peu trop sur les bras.

— Joyeux Noël ! s'exclame Melissa en sortant sur le perron.

Elle est à la fois élégante et chaudement vêtue d'un pantalon de laine bleu marine, d'une blouse de soie blanche et d'un blazer rouge, une couleur qui met en valeur ses cheveux sombres et son teint ravissant.

Vivi s'extirpe d'une des voitures. Avec une perruque noire et un maquillage des yeux tout aussi noir, elle constitue un spectacle à elle seule. Elle est enveloppée dans un grand manteau comme si elle avait quelque chose à cacher. Elle ne porte pas ses habituelles lunettes. En fait, ses yeux ont changé de couleur !

— Baylor, aide ta mère ! ordonne Caro de sa voix rauque. Elle a mis des verres de contact violets pour ressembler à Elizabeth Taylor, mais elle n'y voit rien !

Baylor se dépêche de prendre le bras de sa mère.

— J'ai du mal à marcher sans mes lunettes trifocales. Ces lentilles violettes ne sont que bifocales. Je ne ferai pas mon numéro de danse. Bon Dieu, qu'il fait froid !

— Maman, demande Baylor, qu'est-ce qui t'a pris de t'habiller comme ça ?

— Que veux-tu dire ? Je suis une des Reines mages, espèce d'idiot. Je suis une visiteuse royale, venue de loin pour m'incliner devant le petit Jésus. Il aime beaucoup les visites. Au fait, j'adore ta veste rouge. Tu fais très gentleman-farmer anglais.

— J'aurais dû savoir que rien ne t'arrêterait !

Une meute d'enfants émerge du deuxième monospace. Suivie par Teensy en Reine mage, encore plus visiteuse royale. Qu'elle soit arrivée à fixer sur sa tête une longue perruque blonde terminée en queue-de-cheval prouve son ingéniosité et sa détermination. Elles n'y sont pas allées de main morte, les Ya-Ya.

Baylor va aider Caro à sortir du troisième véhicule. Elle est reliée comme toujours à sa bouteille d'oxygène, mais elle semble engoncée dans un long manteau en poil de chameau, comme si elle portait un gros vêtement en dessous. Mais Baylor ne pose pas de questions. Il fait glacial pour Thornton. La matinée a été ensoleillée et froide, avec un ciel bleu gentiane. Les nuages sont arrivés dans l'après-midi, le jour s'est assombri. En ce début de soirée, il ne fait que un degré au-dessus de zéro, et la météo annonce une nouvelle baisse de température.

Un échantillonnage de dix-huit gosses en manteaux, écharpes, chapeaux, gants continue à sortir des voitures, les grands aidant les plus petits, mais tous assistés par le fils de Necie. Frank, qui a divorcé récemment, a demandé à retrouver son prénom de baptême, Francis. Il est arrivé en avion d'Atlanta la semaine précédente pour être avec Joanie et aider sa mère à coudre les costumes et à organiser le spectacle. Sous son manteau Armani en laine grise, il est déguisé en jeune tambour avec des collants et des culottes bouffantes.

— Dis donc, Bay, on se les gèle ici !

— Rentre donc et réchauffe-toi. Dépêche-toi avant que les voisins ne te voient. J'ai un boulot honorable dans cette ville, tu sais.

— Honorable en quoi ? Il y a quelques esprits curieux qui se posent la question.

— Joyeux Noël ! Frank – je veux dire Francis. J'ai souvent pensé à toi. Dis-moi : c'est le genre d'accoutrement que les gens portent à Atlanta en ce moment ?

— Oui, monseigneur, certains d'entre nous se parent ainsi pour se faire beaux.

Baylor a été un des seuls de la famille à ne pas s'étonner du divorce de Francis après seulement deux ans de mariage. Il le connaît depuis toujours et il lui a paru naturel qu'il montre sa vraie nature. Francis n'a pas encore effectué son coming out mais ça ne devrait pas tarder.

— C'est pas tout ça, fait Francis, je dois aider les divas et leurs petits-enfants dans les « coulisses ». Tu nous as installé de vraies loges, mon chou ?

— La chambre, la salle de bains et les couloirs sont à votre disposition. Tant que vous ne versez pas de sang, vous pouvez faire ce que vous voulez.

— Je veux juste réunir les enfants avant qu'ils ne salissent leurs costumes. Je croise les doigts pour que Joanie soit des nôtres. Elle est déjà arrivée avec Grove et leur Rose ?

— Pas encore.

— Bon, il ne nous reste qu'à prier.

Ouvrant en grand la porte d'entrée et après s'être raclé la gorge, Baylor annonce avec sa voix d'avocat et un faux accent anglais :

— Enfants, mesdames, diablotins, veuillez accueillir Son Altesse Royale, le magnifique, le rutilant comte, vicomte sans mécompte, oncle Francis, régent de l'Orient, et sa troupe de mille figurants !

Toute l'assemblée (à l'exception de George, qui a jeté un coup d'œil à son fils et lui a tourné le dos) sourit, applaudit et crie :

— Ici ! Ici !

Baylor comprend enfin pourquoi son père est arrivé de bonne heure pour mettre un rôti de porc à cuire sur le barbecue.

— Je préfère laisser la maison aux acteurs, a dit Shep.

Une constatation pleine de sous-entendus.

Les Ya-Ya ont fait leur répétition générale à Pecan Grove. Tout s'est relativement bien passé, si l'on excepte les intermèdes musicaux que plusieurs enfants et trois des Ya-Ya ont voulu incorporer au tableau vivant de Noël, et ce malgré les protestations de Necie, qui voulait que cela reste « doux et sacré ».

La foule étant arrivée, c'est au tour de Shep d'entrer et d'enlever sa grosse veste campagnarde. Il exhibe une nouvelle robe de chambre en flanelle rouge qu'il porte sur un pantalon vert et ses plus belles bottes de cow-boy.

— Je me présente, Shep le berger. J'ai attendu cinquante piges pour porter ma robe de chambre à une des fiestas des Ya-Ya. C'est enfin l'occasion.

Un feu d'enfer pétille dans la cheminée, les lumières de Noël et les rameaux de sapin accueillent le clan Ya-Ya. Une estrade a été élevée un peu plus tôt dans un coin du grand salon au vaste volume et au joli mobilier confortable. Little Shep et Baylor ont réalisé le décor, une petite étable délabrée, avec du bois qu'ils ont trouvé près d'un vieux chêne à Pecan Grove. Ils ont également construit une mangeoire et éparpillé de la paille. Melissa a insisté pour qu'ils recouvrent la scène d'une bâche en plastique. C'est fou ce que les femmes sont peu concernées par la vraisemblance, ont grommelé les deux frères, tout en faisant de leur mieux pour la dissimuler. Elle a également insisté pour que la paille soit propre, ce qui a fait hurler de rire son beau-père :

— Shep Walker ne vend que de la paille propre. C'est une question d'honneur.

Les plats, préparés par les Ya-Ya et livrés la veille, ont été mis à réchauffer dans l'impeccable cuisine de Melissa. Le « Gombo du bayou » au poulet et aux crevettes, à servir avec du riz et beaucoup de filé[1] fait maison, est l'œuvre de Teensy. Le « Soufflé ivre aux patates douces », bourré de marshmallows et imbibé de bourbon, est une spécialité de Vivi. Richard, le petit ami de l'ex-mari de Caro, a préparé un jambalaya : une soupe épaisse à base de poulet, de saucisses et d'un tas d'épices dont l'odeur se répand dans toute la cuisine. On le servira plus tard dans une grande soupière que Blaine et lui ont rapportée de Provence. On a réussi à persuader Necie de ne pas cuisiner puisqu'elle

1. Condiment à base de feuilles de sassafras. *(N.d.T.)*

s'occupait du spectacle. Ses filles Melanie, Rose, Lissa et Annie ont contribué au festin en apportant toutes sortes de plats originaux.

L'ambiance bruyante et gaie qui envahit la maison a une heureuse influence sur Baylor : pour la première fois depuis longtemps, il se détend. Pourtant, un tel chaos dans un lieu habituellement aussi ordonné devrait le déranger. Mais c'est un soir béni et il le sait. Il en remercie le Seigneur en silence.

Chick est arrivé de bonne heure pour s'occuper des boissons. Il porte un déguisement complet de lutin, y compris des chaussures recourbées au bout. Dès le début, il a distribué des *old-fashioned*[1] et des punchs au whisky. Son *eggnog* (une mesure de bourbon par œuf et une mesure pour le bol) est indispensable pour démarrer une fête des Ya-Ya. Il a également prévu plein de champagne, de vin, de coca, et une autre de ses spécialités, du cidre chaud à la cannelle et à la noix muscade pour les enfants, qui mijote sur un petit réchaud au bout du bar. Pour les Petites Ya-Ya et certaines dames, il a aussi prévu du Perrier et une grande thermos de café. Quand Chick tient le bar, on est sûr de ne jamais avoir le gosier à sec. Avec ses munitions, il y a de quoi tenir des jours entiers.

— *Joyeux Noël, Petits Monstres !* crie-t-il. Qui sont les jolis anges qui veulent un shirley temple ? Et qui parmi les bergers a envie d'un rob roy ?

Les mères tentent d'éviter que les Très Petites ne courent dans la maison. Des cris aigus, des hurlements, des rires couvrent les conversations. Les adultes qui ne participent pas au spectacle aident à disposer les

---

1. Cocktail à base de whisky, de bitter et d'eau de Seltz. *(N.d.T.)*

plateaux d'amuse-gueules et à mettre des nappes sur les tables de bridge prévues pour les enfants.

Shep sort de la cuisine, passe son bras autour des épaules de Baylor et jette un coup d'œil autour de lui. Au bout d'un moment, il lui tapote le dos et, sans s'adresser spécialement à son fils, il s'écrie :

— La vie est plutôt agréable, non ?

Francis et Necie parviennent à parquer les enfants dans les « coulisses » tandis que Vivi accepte une bouteille de Moët des mains de Chick. Teensy fait signe aux autres Ya-Ya de s'éclipser. Blaine et Richard embrassent Caro sur les deux joues, lui donnent un verre de vodka-tonic, et elle disparaît elle aussi en coulisse.

Chick et Kane, la femme de Little Shep, apportent aux petits du coca et d'autres boissons sans alcool, ainsi que des plateaux de noix de cajou, de fromages et de crackers.

— Chick, tu es extraordinaire ! Tu as même pensé à leur donner des verres antifuite.

— Écoute, tu ne voudrais tout de même pas que les petits anges renversent leur shirley temple sur leur robe. C'est sympa de vous voir, Shep et toi, si bien fringués ! Et Dorey et Kurt, je me demande ce qu'ils ont sous leurs chapeaux et leurs manteaux.

— Je suis ravie de voir Jacques, dit Kane.

— Quelle chance que mon fils et sa famille aient pu venir.

— Quand sont-ils arrivés d'Italie ?

— À dix heures et demie hier soir. On était tellement excités. J'ai à peine fermé l'œil de la nuit. As-tu vu les enfants ?

— Absolument. Des cils aussi longs que ceux de

Jack devraient être réservés aux filles. C'est du gâchis sur un gamin de quatre ans !

— Qui prétend que la vie est juste ? Et comment trouves-tu Geneviève ? N'est-elle pas la plus divine gamine de deux ans ?

— Ma parole, tu es sous son charme !

— Oui, je suis charmé, complètement charmé, dit-il en lui faisant un clin d'œil.

L'odeur des saucisses que Shep, Little Shep et Baylor ont fait griller envahit le salon. Ils les servent en rondelles avec de la moutarde. Ils proposent aussi des noix de pécan passées au four et assaisonnées d'ail, de sel et de beurre. Et ils ont disposé sur de grandes assiettes des « anges à cheval », qui sont des huîtres sorties de leurs coquilles, entourées de bacon, passées dans de la chapelure et frites. Il y a aussi des crackers avec une sauce à l'aneth et des tonnes d'allumettes au fromage.

Les Ya-Ya ont décrété que tout le monde devait porter quelque chose en rapport avec Noël. Certains se sont totalement déguisés, d'autres ont fait le minimum. Little Shep porte un chapeau surmonté de bois de renne. Les filles de Necie ont des chandails en laine tricotés à la main où figurent les emblèmes de Noël. Toutes, sauf Lissa, ont appris à tricoter auprès de leur grand-mère ou de leur mère, mais elles ont rarement l'occasion d'exhiber leurs créations à cause du climat semi-tropical qui règne en Louisiane. Les maris, eux, arborent un détail qui rappelle Noël. Par exemple, l'un porte des chaussons de Père Noël, un autre un brin de gui épinglé à son pull-over.

Blaine et Richard ont pris les instructions des Ya-Ya à la lettre. Ils sont habillés tels les soldats de plomb de *Casse-Noisette.*

— Bon sang, fait remarquer Shep, vous n'y êtes pas allés de main morte. Ces bottes seules ont dû vous coûter bonbon.

— Pour tout avouer, nos costumes datent d'une fête de la Saint-Sylvestre d'il y a deux ans. Et oui, nous adorons les bottes.

— Comme vous, ajoute Richard.

— Oui, mais les miennes sont merdiques à côté des vôtres.

— On est tous un peu merdiques, fait Blaine en levant son verre. À la santé des merdiques !

Baylor a observé cette scène du coin de l'œil. Il ne peut qu'admirer son père, qui a accepté si facilement l'homosexualité du mari de Caro. Il se souvient de la réaction de Shep en apprenant la nouvelle :

— Bon, Blaine est finalement sorti du placard et il a admis qu'il aimait les garçons. Je le sais depuis que nous avons vingt ans. Du moment qu'il ne me demande pas de porter une jupe, je m'en contrefiche. Il y a quand même une limite à tout.

Seul George ne semble pas dans le coup. Il porte un costume plus adapté à une audience de tribunal qu'à une fête, surtout une fête tribale des Ya-Ya. Sa seule concession est de tenir à la main une couronne de Roi mage. Baylor a étudié George attentivement quand il est entré. Il avait une dégaine bizarre et ça n'était pas seulement à cause de son costume ultraclassique. Sa démarche était quelque peu insolite. Il prenait des airs importants et même suffisants, un peu comme s'il était porteur d'un secret. Oui, il semblait dissimuler quelque chose.

Les filles de Necie, flanquées de leurs maris, bavardent avec les fils de Caro, Turner, Gavin et Bernard, et leurs épouses. Tous échangent les potins qu'ils ont glanés sur le spectacle.

— Maman m'a dit que Caitlin s'était octroyé le rôle de metteur en scène, confie Rose. Elle donnait des directives à tout le monde. Vous croyez qu'elle marche sur les traces de sa tante Siddy ?

— Je ne sais pas qui est la plus proche de Siddy, Caitlin ou Lee-Lee, répond Melissa en avalant une gorgée de bordeaux. Caitlin déborde d'imagination et elle joue au petit chef, non que Siddy soit autoritaire, mais elle sait ce qu'elle veut. Et Lee-Lee a le goût du drame. Dieu sait ce qu'elles ont inventé. On m'a dit que Necie n'avait pas eu la tâche facile. En tout cas, je lui tire mon chapeau !

— J'ai du mal à imaginer que Necie ait pu faire tous ces costumes, dit Turner. C'est pratique d'avoir des filles qui savent coudre.

— Ah ! fait Rose. Hier encore maman a dit à Vivi, et je la cite : « Francis est une meilleure couturière que mes cinq filles réunies. »

Tous éclatent de rire, heureux d'avoir Francis parmi eux.

Jacques (ou Ruffin comme on l'appelait dans sa jeunesse) et sa femme Sophia sont un des centres d'attraction. Jacques, qui est peintre, travaille sur une série de dessins et de peintures s'inspirant des fontaines de petites villes de Toscane. Il a rencontré sa femme à l'école d'art de Rhode Island. Tous deux, quoique sophistiqués, sont accessibles et faciles à vivre.

— Je veux te remercier encore une fois d'avoir fait les costumes pour les bambini, dit Jacques à Melanie.

— Je sais, fait remarquer Sophia, que j'aurais dû

acheter des vêtements typiquement italiens pour mon fils. En fait, je me suis contentée d'emballer ses sous-vêtements. L'art de voyager avec un enfant de deux ans ne m'a pas été enseigné à Rhode Island.

Elle avale une gorgée de vin rouge et conclut :

— Nous avons encore de la chance d'avoir nos petites culottes !

Malgré la qualité et la gaieté de la musique – Baylor a fait une compilation de disques de Frank Sinatra interprétant des chants de Noël, mêlés à de la soul music et à des airs de jazz –, l'assistance remarque que l'heure tourne. Plus il se fait tard et plus les gens regardent leurs montres avec nervosité. Ils n'ont qu'une question en tête : Joanie, Grove et Rosalyn vont-ils venir ? Les Ya-Ya ont insisté pour que le tableau vivant de Noël ne démarre que lorsque tous les spectateurs seront présents, et Francis est déjà sorti des coulisses deux fois en disant :

— La jeune troupe commence à s'impatienter. Joanie n'est toujours pas là ?

Chaque fois on lui a dit que non et il est retourné en coulisse pour gérer le chaos.

Au moment où Baylor va composer le numéro de Grove, la sonnerie de l'interphone retentit. Les voilà ! Il ouvre les portes du garage pour qu'ils puissent entrer directement, comme il l'a promis à Joanie. Il va lui-même les accueillir et vérifier que les portes se sont refermées immédiatement. Ce n'est pas le moment de badiner avec les mesures de sécurité.

Dès que Grove, Joanie et Rosalyn font leur apparition, ils sont accueillis avec force baisers, étreintes et félicitations. Rosalyn porte une robe en velours vert avec un col en dentelle irlandaise. Elle a un nœud rouge dans les cheveux, un collant blanc et des chaussures rouges à barrette. Elle répète :

— Où Lee-Lee ? Où Lee-Lee ?

Baylor fonce prévenir Francis que sa sœur est arrivée.

— Que le spectacle commence ! dit Francis. Tu as préparé ton discours de présentation ?

— Tu me prends pour un cancre ? répond Baylor.

— Non, tu es superbe si on aime le genre George Clooney, fait Francis. Sur ce, il rejoint sa petite troupe.

Baylor se tient devant la crèche, face à l'assistance. Certains sont assis sur les divans, d'autres sur les chaises de la salle à manger, d'autres sur les tabourets de la cuisine. Au tout premier rang, Joanie, à côté de son mari, est cramponnée à sa fille.

— Mesdames et messieurs et notre invitée d'honneur, mademoiselle Rosalyn, je suis heureux de vous accueillir chez moi pour le spectacle annuel de Noël et de variétés des Ya-Ya !

Baylor descend alors de l'estrade et s'accoude à une console près de Melissa.

Les spectateurs font silence tandis que Necie entre par la porte qui mène aux chambres. Elle est habillée en paysanne de Bethléem. Avec, en plus, une tiare que les autres Ya-Ya l'ont forcée à mettre :

— Tu n'es pas n'importe qui ! Il faut montrer que tu es royale ! a insisté Vivi.

Ses jupes au vent, elle traverse la pièce pour allumer les bougies d'un grand chandelier d'église en cuivre que Melissa a dégoté chez un de ses antiquaires favoris de La Nouvelle-Orléans. Puis elle s'assied au piano, un quart-de-queue sur lequel les enfants de Baylor font leurs gammes.

D'une manière tranquille et recueillie, elle joue les premières notes du chant *Il est né le divin enfant...*, puis elle lit un extrait de saint Luc : « En ces jours-là... »

S'élève alors de l'arrière de la maison le chœur pur mais légèrement désordonné des enfants qui reprend : « Il est né le divin enfant... », soutenu par les voix de Francis et des Ya-Ya.

Neuf anges – six filles et trois garçons entre deux et sept ans – montent sur scène en trébuchant : ils portent des ailes faites maison, retenues dans le dos par des élastiques. Les ailes de deux anges ont l'air d'avoir beaucoup voyagé sous la pluie. Des guirlandes dorées font office d'auréoles. Tous portent des robes blanches coupées dans des draps avec des cordelières dorées autour de la taille.

Une seule exception.

Au dernier moment Lee-Lee Walker a exigé de mettre son tutu. Elle a piqué une telle crise que Francis a cédé :

— D'accord, petit rat. Fais ce qu'il te plaît.

Il a eu du mal à ne pas éclater de rire quand elle a complété sa tenue avec un petit sac rouge qui se balance à son bras et une paire de gants blancs qu'elle contemple avec ravissement.

Rosalyn, sagement assise sur les genoux de sa mère, pousse un cri aigu en voyant apparaître sa meilleure amie :

— Lee-Lee ! fait-elle en agitant la main.

Joanie lui parle à l'oreille et la petite se calme.

John Blaine, le fils de cinq ans de Turner, a accepté d'être un ange à une seule condition : être autorisé à garder son casque de bicyclette. Les Ya-Ya ont bien essayé de l'en dissuader, mais comme Caro l'a fait observer avec sagesse :

— Ce gosse est un malin. Avec cette troupe de frappadingues, il a sans doute raison de vouloir se protéger la tête.

Puis c'est le tour des animaux de faire leur entrée. Un mouton est en tête du cortège. Marchant à quatre pattes avec aisance, Virginia, la fille de Rose, porte une serviette-éponge blanche autour du cou. Necie a refusé que les animaux soient composés de deux enfants :

— Ce sera un désastre assuré, croyez-moi.

Une des filles de Lissa, déguisée en vache brune avec des taches blanches (grâce à de l'eau de Javel versée par erreur sur une pile de serviettes), s'est montrée intraitable au sujet de son chapeau rose de cow-girl.

— Je veux le mettre, sinon personne ne saura que je suis une vache !

Quand elle apparaît sur l'estrade, l'audience s'efforce de garder son sérieux avec force toux et raclements de gorge.

Il semble que Marie et Joseph se fassent attendre. Pendant quelques instants rien ne se passe. Puis, dans le silence, résonne la voix de stentor de Caitlin qui réprimande Daniel, le fils de neuf ans de Turner :

— Marche convenablement ! Je t'ai pourtant dit comment t'y prendre. Tu es un charpentier de Nazareth, oui ou non ? Alors joue ton rôle, espèce d'idiot ! Sinon, ils vont croire que tu viens de l'Arkansas ou d'ailleurs !

Les spectateurs font semblant de ne rien entendre. Certains font signe à Chick de remplir leurs verres. Discrètement, ce dernier se fraie un passage vers le bar.

Lorsque Caitlin fait son apparition, elle n'est plus que douceur et sainteté. Ayant pillé les placards à linge de Melissa, elle est vêtue d'un peignoir blanc tandis que sa poupée est en bleu. Elle la tient dans ses bras avec tant de dévotion qu'il est difficile de croire qu'il ne s'agit pas de l'Enfant Jésus. Tout en Caitlin a l'air parfaitement sacré, sauf son rouge à lèvres « Rouge Sexy » et son épaisse couche de mascara noir.

Viennent ensuite les bergers, dans des peignoirs disparates, la tête recouverte de longues écharpes elles-mêmes nouées à d'autres écharpes enroulées autour du cou. Jeff ressemble à un Arafat miniature revu et corrigé par Hermès. Quand Necie attaque un nouveau morceau, il sourit au public, découvrant des crocs de vampire.

Baylor s'écroule de rire, et se tape sur les cuisses sans prêter attention à Melissa qui fait « non » à l'adresse de leur fils.

George marmonne :

— Jésus, Marie, Joseph, priez pour nous !

Avec l'aide du public et de Necie qui articule avec soin chaque syllabe, les enfants entonnent « Dans cette étable ».

Puis vient Alise, la fille de cinq ans de Bernard, déguisée en archange. Elle porte un bâton terminé par une étoile en papier d'aluminium. Elle est la seule à avoir un texte à dire et elle s'en tire parfaitement. S'avançant en sautillant, elle s'arrête, regarde le public et crie :

— Hé ! vous tous, un enfant est né !

À ce moment, George accepte un verre des mains de Chick.

— Dieu merci, la Louisiane est loin du Vatican, lui glisse Chick.

— Amen, répond George avant d'avaler une gorgée.

Necie attaque alors *Les Anges dans nos campagnes* et quand les enfants commencent à siffler (obéissant ainsi à Jeff) au lieu de chanter, elle pousse un énorme soupir. Jeff enlève alors ses canines et siffle de tout son cœur. Malheureusement, la moitié des gosses, qui ne savent pas s'y prendre, soufflent dans le vide. Les autres sont encouragés par Shep, Little Shep et Baylor – trois experts –, ainsi que par Chick et Bernard. Et Francis, resté dans les coulisses, essaie de sauver sa troupe de la débandade en sifflant avec brio. Quant à Kane, la seule mère dans l'assistance qui sache siffler, elle s'en donne à cœur joie.

C'est au tour des trois Rois mages de faire leur entrée sur scène, le pied incertain mais l'œil espiègle. Kurt et ses deux potes Turner et Jack portent des cafetans de couleurs vives qui ont appartenu aux Ya-Ya dans les années 60 et ont été recoupés à leur taille. Leurs couronnes ont été taillées dans des boîtes de porridge et recouvertes des chutes des cafetans. Sacré trio en vérité ! La seule chose de typique de la Louisiane, ce sont les appeaux qu'ils ont accrochés autour de leur cou.

Portant des cadeaux pour l'Enfant Jésus, ils sont suivis sur scène par Vivi, Teensy et Caro : elles aussi ont des tiares sur la tête. Mais ce n'est pas tout.

En tant que Reine mage, Vivi a pris pour modèle Liz Taylor dans *Cléopâtre*. Elle s'est surpassée : une robe au profond décolleté, une perruque noire, des tonnes d'eye-liner noir, des bijoux pleins les bras, des verres de contact violets. N'y voyant goutte elle est obligée de s'appuyer sur Teensy, ce qui l'exaspère pour une raison : les spectateurs vont encore croire qu'elle a bu un coup de trop ! Alors qu'elle n'a avalé qu'un mimosa (champagne et jus d'orange) pendant la répétition puis deux petites flûtes de champagne.

Il faut un moment au public pour comprendre que la main que Vivi agrippe est celle de Teensy. En plus de sa perruque blonde, cette Ya-Ya modèle de poche arbore un soutien-gorge à paillettes, un sarouel et des clochettes autour des chevilles.

— J'aurais dû le savoir ! marmonne George, j'aurais dû le savoir.

— Maman ! rugit Jacques, secoué de rire.

Blaine et Richard sifflent d'admiration et Teensy leur répond d'une petite révérence.

— Elle est vraiment extraordinaire ! chuchote Chick.

Caro, vêtue d'une robe bleu paon et vert incrustée de bijoux avec un col montant, ferme la marche.

— Plus que royale, impériale ! murmure Richard, qui se donne une tape sur la joue quand George lui décoche un regard meurtrier.

— Elles sont impressionnantes, chuchote Blaine avec un clin d'œil à George.

Les trois Reines mages prennent place sur des sièges disposés stratégiquement près de la crèche et à côté du piano.

Vivi n'a pas le temps d'arranger sa perruque que les trois Rois mages attaquent. On les a pourtant avertis à plusieurs reprises. Mais ils ont décidé de n'en faire qu'à leur tête. Les trois gamins se mettent à chanter :

Trois anges sont venus ce soir
En fumant des gros pétards,
Qui ont explosé dans le noir...

Necie se racle la gorge et frappe un accord en mineur sur le Steinway tandis que Vivi, dans un murmure audible, leur lance :

— Arrêtez tout de suite ou je vous transforme en vaches en une seconde et demie !

Les garçons reprennent alors les paroles traditionnelles. Mais le mal est fait. Shep crie :

— Bravo, les garçons !

Quant à Baylor, il sort un grand mouchoir amidonné et s'en couvre le visage pour rire à gorge déployée.

À la fin du premier couplet, les Rois mages (ou les stupides Mages, comme Shep devait les appeler plus tard) déposent leurs offrandes devant la mangeoire et s'éloignent le plus possible des Ya-Ya. Et surtout de Caro, qui les menace de sa canne.

Francis, qui jusque-là était resté dans les coulisses pour tout organiser, se glisse parmi les spectateurs aussi discrètement que sa haute stature costumée en petit joueur de tambour le lui permet.

S'accompagnant au piano, Necie fredonne *Ô douce nuit* pour clore officiellement le spectacle de Noël.

Quand elle a terminé, les applaudissements et les hourras fusent. Les trois Ya-Ya se lèvent et font de profondes révérences que Sarah Bernhardt aurait enviées. Necie fait signe aux enfants, qui saluent et quittent la scène en se bousculant et en trébuchant sur leurs costumes. Necie hoche discrètement la tête et se met à jouer *Petit Papa Noël*, tandis que tous les anges, les animaux, les bergers, Marie et Joseph, l'archange reviennent sur scène en courant pour un dernier salut. Jeff a remis ses crocs et sourit de toutes ses dents ! Le casque de John Blaine est de guingois, tout comme les auréoles des anges et les couronnes des Rois mages.

Lee-Lee est la seule à rester digne. Arrivée à la porte, elle exécute en prime une parfaite pirouette.

Rosalyn n'y tient plus. Elle s'échappe en se tortillant des bras de sa mère et fonce vers Lee-Lee en hurlant :

— Moi aussi ! Moi aussi !

Lee-Lee retire son auréole et la pose sur la tête de Rosalyn, qui fait aussitôt une pirouette. Puis elles courent vers les coulisses rejoindre les autres enfants.

C'est arrivé si vite que Joanie ne s'est aperçue de rien. Mais Baylor avait raison : tous les regards sont sur Rosalyn et elle est en sécurité. Des larmes montent aux yeux de Joanie. Et, comme s'il pouvait entendre ses larmes couler, Grove lève la tête au même moment et l'observe.

Il fixe sa femme jusqu'à ce qu'elle sente son regard sur elle et se retourne. Les yeux dans les yeux, ils échangent un moment d'une grande tendresse dont toute la famille est témoin. Puis, sans crier gare, la troupe remonte sur scène. Necie arrête de jouer et prend les mains des autres Ya-Ya, qui avec tous les enfants forment une immense chaîne. Lee-Lee et donc Rosalyn se démènent pour être au premier rang, et Joanie envoie des baisers à sa fille comme si c'étaient des fleurs.

Que ces familles soient sanctifiées ! songe Baylor.

Les enfants se repaissent des applaudissements, mais Francis les fait sortir, sachant qu'il ne faut pas abuser des bonnes choses. Les Ya-Ya quittent aussi la scène. Cette fois, Vivi s'appuie sur le bras de Necie.

— Quelle plaie, ces verres de contact. Je n'arrête pas de les perdre. Je me demande comment Liz se débrouille !

Baylor ne peut s'empêcher de crier « Bis ! », aussitôt imité par Shep et Little Shep.

Personne n'est surpris lorsque Francis traverse le salon en faisant un *grand jeté*. Un véritable exploit quand on pense au petit tambour qu'il porte autour du cou. Il n'a pas exécuté cette figure depuis que ses sœurs ont arrêté la danse classique, et il le regrette bien.

— Merci, merci beaucoup, dit-il. Nous sommes ravis que ce petit spectacle vous ait plu. Nous avons encore deux numéros à vous présenter que, j'espère, vous apprécierez. Voici – et il se tourne en tendant un bras vers la porte et frappe sur son tambour – la chorale des Très Petits Joueurs d'Appeaux !

Sur ce, les trois Rois mages reviennent en scène. Ils attendent que les autres enfants prennent place parmi le public. Puis, le visage grave, ils s'emparent de leurs appeaux et se mettent à jouer *Les Anges dans nos campagnes*.

Necie tape de toutes ses forces sur son piano pour essayer de se faire entendre, mais les appeaux couvrent tout.

— Allez ! fait Little Shep en battant la mesure.

— Continuez ! crie Shep.

Le public s'écroule de rire. Personne n'a jamais entendu jouer un chant de Noël sur un appeau. Turner se lève en se tenant les côtes tandis que Jacques s'écrie :

— On ne voit ça qu'en Louisiane !

Le trio termine sa prestation sous un tonnerre d'applaudissements. Ils essaient de prendre l'air modeste mais se trahissent en se donnant de grandes tapes sur l'épaule.

— Vraiment cool, fait Kurt.

— Les garçons, ce que vous avez fait est inoubliable ! s'exclame Francis.

— C'est plutôt impardonnable, décrète George avec une petite grimace.

Rosalyn a grimpé sur ses genoux et il rayonne de joie.

— Famille et amis, voici pour réchauffer nos cœurs et terminer cette soirée glacée de novembre : les Quatre Ya-Ya d'Origine vont partager la scène avec trois jeunes chanteuses qui quitteront un jour Thornton pour découvrir la vie. Mesdames et messieurs, veuillez accueillir deux générations de Ya-Ya rossignols de Noël !

Pendant qu'il parle, les Ya-Ya se réunissent au milieu de l'estrade. Vivi et Teensy incitent Necie à quitter son piano et à venir les rejoindre, tandis que Francis installe Caro sur une chaise, sa bouteille d'oxygène à côté d'elle. Ensemble, elles ouvrent les bras en grand pour accueillir Caitlin, Dorey et Alise. Toutes les sept ont ajouté une tiare à leur déguisement.

Necie donne le ton et elles entonnent *La Plus Belle Nuit* en un mélange exquis de contraltos et de sopranos qui ferait fondre le plus farouche ennemi de Noël.

Le chant terminé, Baylor sourit et applaudit et recommence encore. Les trois petites filles font la révérence, les Ya-Ya saluent avec la majesté que leur confère leur rang.

C'est fini. L'heure de la nativité approche.

Baylor observe Rosalyn assise sur les genoux de son grand-père. Sans le prévenir, elle lui claque un gros baiser sur la joue qui envoie valser sa couronne.

— Pardon ! dit-elle.

Il regarde avec amour sa petite-fille qui l'enlace tendrement et s'écrie :

— Qui voudrait être un Roi mage quand on a un ange sur les genoux ?

Rosalyn se tortille, l'air confus. Elle tapote le côté du torse de son grand-père et dit :

— Papi a une bosse !

Le visage de George trahit soudain la peur et la tristesse, mais cela passe si vite que Baylor est le seul à le remarquer. George pose Rosalyn par terre : elle est récupérée par Joanie et par Lee-Lee qui la prennent chacune par une main.

Lee-Lee regarde Joanie :

— Pardon, miss Joanie, mais on veut jouer s'il te plaît.

Joanie hésite un instant puis lâche la main de sa fille. Respirant à fond, elle va aider à disposer les tonnes de nourriture.

On sert aux enfants des macaronis au fromage, de petites tranches de jambon et des haricots verts. Et une gelée bleue aux fruits.

— Je ne sais pas pourquoi, mais ils adorent le bleu, explique Kane, qui l'a préparée.

Ils plongent leurs doigts dedans et liquident leur assiette.

Kurt ouvre les portes-fenêtres qui donnent sur le patio, où le barbecue est installé, pour permettre à Shep d'apporter les tranches de rôti de porc que l'on mangera dans des petits pains. Little Shep suit son père avec un filet de bœuf fumé qui embaume l'ail. Des ah ! et des oh ! accueillent ces victuailles.

Melissa entre avec un plat de mirlitons – des courges farcies aux crevettes, au riz sale, aux foies de poulets et aux gésiers.

— *Mais oui*, s'exclame Chick, plus c'est sale, mieux c'est !

Quand la cuisine a été vidée de ses trésors, le buffet croule sous le poids des bonnes choses produites par la terre de Louisiane.

— De quoi nourrir une armée entière ! s'exclame Vivi en inspectant les nombreux plats. Heureusement, j'ai enlevé mes verres de contact et chaussé mes lunettes trifocales, je vais enfin voir ce que je mange.

Les adultes s'éparpillent sur tous les sièges disponibles, canapés, causeuses, fauteuils, des assiettes débordantes de nourriture sur les genoux.

— Formidable, fait Melanie, grâce à tous les restes, nous n'aurons plus à faire la cuisine pendant des jours et des jours.

George, qui en général récite le bénédicité, est invisible. Shep officie à sa place :

— Oh, vieux Pépère, merci pour cette bonne nourriture, nos bons amis et nos familles. Nous bénissons ce repas en souhaitant que tout le monde en ait autant. Abracadabra, passez les plats !

Les enfants, qui adorent ce genre de prière, ricanent en commençant à picorer. Les adultes attaquent leurs assiettes. Ils sont heureux.

En prenant comme prétexte d'aller à la cuisine chercher quelque chose, Baylor se met à la recherche de George. Devant l'évier, il inspecte le ciel à travers la fenêtre. Les nuages s'amoncellent, annonciateurs de neige. Ça serait amusant, se dit il.

George n'est pas sorti. Où peut-il être ? Baylor s'avance vers son bureau. Une vaste pièce parfaitement conçue avec ses portes-fenêtres donnant sur le patio, ses étagères vitrées, ses fauteuils en cuir brun. Son lieu de retraite, sa tour d'ivoire. Tout est à sa place. L'antique mappemonde et le spot qui la met en valeur.

Les enfants n'ont pas le droit de pénétrer ici. Il y vient pour réfléchir, pour écrire, pour téléphoner à Siddy.

Il se doutait bien qu'il le trouverait dans cette pièce. Effectivement, George est là, appuyé contre le bureau de Baylor, tremblant. Pendant un instant, Baylor se demande si le vieil homme n'a pas une crise cardiaque. Puis il se rend compte que George est en train de pleurer. George le juge sanglote, incapable de se contrôler ! Baylor va lui chercher un verre d'eau et le lui tend, ainsi qu'un mouchoir en papier qu'il a pris dans un des tiroirs du bureau. Puis il se recule en attendant que George ait repris ses esprits.

Comme il ne peut s'arrêter de pleurer, Baylor le prend gentiment par le coude et le fait asseoir :

— Asseyez-vous, monsieur le juge, détendez-vous.

Il allume le feu au gaz dans la cheminée. Une lueur rose emplit la pièce.

— Buvez encore un peu.

— Désolé, fiston, vraiment désolé, fait George entre deux sanglots.

— Ne vous en faites pas. Il n'y a pas si longtemps, moi aussi j'ai pleuré dans ce bureau.

George regarde autour de lui :

— Tu as un bel endroit pour travailler. Tout est parfaitement rangé.

— Oui, mais ce n'est pas facile de tout garder en ordre, n'est-ce pas, monsieur le juge ?

— Ne m'appelle plus ainsi. J'en ai assez d'être un juge.

— D'accord, monsieur Ogden.

— Non, George suffit. C'était idiot de ma part d'exiger d'être appelé monsieur Ogden alors que vous donniez de l'« oncle » à tout le monde. Je voulais être un homme important. Être traité avec respect.

Baylor va fermer la porte. Son bureau est à l'extrémité d'un long couloir. Personne ne les dérangera. De plus, la pièce est insonorisée : aucun bruit de la fête ne leur parvient.

Baylor observe George attentivement, remarque ses yeux rouges, craintifs, terriblement tristes. Cette génération a pris un affreux coup de vieux, songe-t-il.

— Je dois vous dire quelque chose. Vous portez une arme. J'ai vu que vous aviez une bosse sous votre veste. Elle est bien dissimulée mais je l'ai quand même remarquée.

Baylor attend la réaction de George. Comme rien ne vient, il poursuit :

— J'interdis qu'on soit armé dans ma maison. Soit vous allez la mettre dans votre voiture, soit vous me la remettez et je la range dans mon coffre.

George réprime un nouveau sanglot. Regardant par la fenêtre, il prend la parole :

— Je porte une arme depuis le jour où Rosalyn a été enlevée. C'est un sujet de dispute avec Necie. Je me suis fait faire exprès de nouveaux costumes. Il faut bien protéger ces enfants.

— Je sais, je sais.

— Je ne peux pas m'en séparer. J'aurais l'impression d'être nu.

— Qui avez-vous prié ?

— Jésus, Marie, saint Joseph, saint Jude, tous. Je n'ai pas cessé de prier depuis que Rosalyn a disparu.

— Et vous ne croyez pas que Dieu l'a protégée ? Que son ange gardien l'a protégée ? Ou tous les saints. George, vous êtes catholique depuis...

— Près de soixante-dix ans. Depuis que j'ai été baptisé à l'âge de deux semaines.

— Et vous ne croyez pas que Dieu veille particulièrement sur les petits ?

George se tait. Il baisse la tête. Il soupire tristement :

— J'avais la foi. J'ignore ce qui est arrivé.

— Vous êtes fatigué. Vous avez reçu un choc. Mais pensez-y. Vous connaissez la Bible mieux que moi. Moi, je ne suis qu'un âne à moitié agnostique mais je peux vous dire une chose : si Dieu existe, Il s'occupe d'eux. C'est Lui qui a dit : Laissez venir à moi les petits enfants.

Inconsciemment, George joint les mains comme s'il priait.

— Je veux que vous me remettiez votre arme.

George tâte sa bosse :

— Tu me donnes un ordre, fiston ?

— Non, mais je vous le demande. Donnez-la-moi et je vais l'enfermer dans mon coffre. On retournera à la fête et vous vous sentirez plus léger. Vous participerez enfin à cette folle fête de Noël. Renoncez à être armé, George de nos folles familles.

— Impossible. Tu ne comprends pas.

Baylor se lève :

— Moi aussi, j'ai des enfants. Vous n'êtes pas le seul à avoir eu la trouille de votre vie.

Baylor appuie sur un bouton secret et un panneau de bois glisse, révélant un coffre-fort. Une fois qu'il a composé le code, la porte d'acier s'ouvre.

— Vous voyez ce coffre ? Il ne contient pas d'arme. Mais il s'en est fallu d'un cheveu. Plus de mille fois j'ai envisagé d'acheter un revolver, quoique j'aie donné à mon frère mon fusil de chasse. Je ne pensais qu'à la protection de mes enfants.

Baylor semble en colère, non pas à cause de George mais parce qu'il ne peut se contrôler.

— Je suis presque devenu fou. J'ai ressassé l'idée de tuer le premier connard qui toucherait à mes enfants. J'aurais pu perdre ma famille à cause de ma propre peur. Vous me comprenez ? La seule chose importante, c'est de protéger nos enfants. Pas de les tuer par peur. Au fait, vous connaissez l'autel Saint-Joseph à l'église de la Divine-Compassion ?

— Je le connais bien, fiston.

— Pas suffisamment. Saint Joseph exprime l'amour viril. Pas la puissance. Il ne juge pas. C'est l'amour paisible, la seule vraie défense. Je ne veux pas être un chevalier sans peur et sans reproche. Ni monter un cheval blanc muni d'une épée et d'une armure. Je veux tenir mes enfants dans mes bras. Je veux les protéger en les embrassant. Faites comme bon vous semble, mais ne m'accusez pas de ne pas comprendre. Je ne suis plus un enfant. Je suis un père de famille, un homme. Et votre propre fils Francis est un homme, même si vous n'aimez pas ses justaucorps. Si vous ne me remettez pas votre arme, je vais vous prier de quitter ma maison.

Lentement, George bouge dans son fauteuil. Il glisse une main dans sa veste, sort un Glock semi-automatique de son holster et le tend à Baylor.

— Merde alors ! dit Baylor en voyant cette arme dernier cri. Vous n'y allez pas de main morte. Moi, un simple revolver m'aurait suffi. Au fond, je dois n'être qu'un cow-boy de base.

— Je voulais une arme à répétition pour éviter de perdre du temps entre chaque coup.

— Eh bien, vous avez choisi la bonne arme, ou plutôt, la bonne arme à feu.

— Tu as raison : je n'avais pas choisi la bonne arme. Merci fiston. Je veux que tu saches combien je te suis reconnaissant.

Puis le juge George Ogden respire à fond et suit des yeux Baylor qui met le Glock dans le coffre, ferme la porte d'acier, brouille le code et remet le panneau en place.

Un instant plus tard, Shep fait irruption dans le bureau, vêtu de son peignoir rouge peu conforme avec la solennité des lieux. Il a deux verres à la main.

— Hé, *Feliz Navidad* ! Qu'est-ce que vous fabriquez ici, vous causez juridique ?

George s'essuie les yeux.

— Ça va, George ?

— Très bien. J'ai juste une poussière dans l'œil.

Shep boit une gorgée et croise le regard de Baylor : le père et le fils échangent un sourire.

— Ce n'est pas une poussière que tu as, mais de l'amour, fait Shep.

Il lui tend un verre en cristal rempli de Glenlivet pur :

— Voici ton whisky. Je ne sais pas comment tu arrives à boire ça.

— Merci.

Shep et George se regardent. Ils n'ont jamais été proches et n'ont rien en commun. Mais à cause de leurs femmes, ils ont développé une sorte de modus vivendi.

Quand George prend le verre, Shep s'aperçoit à quel point il tremble. Fait tout à fait rare, Shep s'approche de George et pose sa main sur son épaule :

— C'est Noël, mon vieux. On a tous de la merde dans les yeux. J'ai essayé de me battre, mais maintenant je laisse faire. Mon médecin prétend que c'est meilleur pour mon cœur. Penses-y.

— Merci, Walker. J'ai besoin d'une ou deux gorgées. Au fait, je dois te dire que ton fils est un type bien. J'espère que tu le sais.

Shep s'avance vers Baylor, qui s'appuie contre le mur du coffre d'où il observe les deux hommes. Il enlace son fils brusquement, un geste typique de la Louisiane.

— En fait, je le sais. Malgré ses parents, il s'en est bien sorti.

— Allez, dit Baylor, la fête bat son plein. Il est temps d'y retourner.

— Et comment, approuve Shep. On ne sait jamais ce que les Ya-Ya peuvent fabriquer en notre absence.

— Celles-là sont des rapides ! constate George.

— Bon sang, George, on n'a jamais été capables de tenir le rythme et on ne pourra jamais. Mais on le savait en se mariant, non ?

George sourit :

— J'étais plus bête que toi. J'ai cru que je serais le maître.

Shep se met à rire :

— Maîtriser une Ya-Ya, mais t'es complètement borné ou quoi ?

— « Au royaume des aveugles, les borgnes sont rois », cite George. Ce qui fait de toi le roi Shep.

Shep rit de nouveau.

— Bon sang, George, tu as fait une plaisanterie ! Quel événement ! Je vais le raconter à tout le monde. Qui sait, tu vas même devenir un vrai comique. Ed Sullivan va en crever de jalousie.

— Enfant de salaud ! s'exclame George.

— Enfin ! Enfin, je suis arrivé à te faire jurer. On n'arrête pas le progrès !

George sourit à son tour.

— Comment me suis-je embarqué dans une telle galère ?

— Je l'ignore aussi. Mais il n'y a pas de porte de

sortie, mon vieux George. En tout cas, je ne suis pas encore prêt à tirer ma révérence.

— Non, mon cher vieux père, intervient Baylor, il n'y a pas d'issue, point final. Si tu crois que casser ta pipe va te libérer, tu te trompes. Les Ya-Ya ne vous lâchent pas d'un poil. Cela continue au-delà de la tombe, si tu vois ce que je veux dire.

— Je vois, font en chœur Shep et George.

Au moment où ils quittent le bureau, Rosalyn et Lee-Lee entrent en trombe :

— Il neige ! crient-elles. Venez vite !

De retour dans le salon, Baylor s'aperçoit que les portes-fenêtres sont grandes ouvertes. Tous les gosses courent, marchent, trottinent vers l'extérieur en hurlant de joie. C'est vrai que la neige tombe sur le sol de Louisiane. Les adultes restent dans le patio et surveillent la folie qui s'est emparée des enfants. Tous sauf Little Shep. Il est dehors et court comme s'il avait huit ans. La nuit est tombée sur la terre, les bayous, les passiflores grimpantes que l'on a bâchées pour les protéger du gel. Baylor allume les lampadaires, qui nimbent les flocons de neige d'une aura surnaturelle. Il prend le temps d'observer tous les invités un à un.

— Necie, demande Little Shep, tu ne nous jouerais pas un joli chant de Noël ?

— Mais avec plaisir.

En allant jusqu'au piano, elle donne à son mari un baiser et lui serre la main.

Puis elle attaque « Douce nuit, sainte nuit ».

La musique flotte jusqu'au patio. Baylor n'en croit pas ses yeux : la neige tient ! Il ne se souvient plus de la dernière fois qu'il a neigé en Louisiane. Il écoute les cris des enfants et il imagine que les anges ne sont pas loin.

Soudain, une sonnerie retentit dans le patio, où il avait apporté tout exprès un téléphone : il savait qu'elle appellerait.

— Salut, grande sœur !

— Salut à toi, dit Siddy. Comment va tout le monde ? Bien ?

— Mieux que bien ! Il neige, tu te rends compte ?

— Tu plaisantes !

— Non, c'est vrai. Necie joue « Douce nuit, sainte nuit », et tous les enfants sont dans le jardin comme atteints de folie, y compris ton grand enfant de frère.

— Il ne s'est pas fracassé la tête contre une vitre en sortant, j'espère ?

— Non, fait Baylor en riant, il a eu de la chance. Pas de visite aux urgences.

— Alors tout le monde est en sécurité.

— On ne sera jamais mieux protégés. Il ne nous manque que les étoiles. Mais on ne peut avoir à la fois de la neige et des étoiles. Au fait, il n'y a qu'à toi que je puisse confier ça : j'ai l'impression que nous avons des étoiles en nous. Comme si une pure lumière nous avait traversé la tête et nettoyé le cœur avant de ressortir. En regardant les gosses, j'ai l'impression qu'ils sont de brillantes lucioles. Et si je ferme les yeux, comme je le fais en ce moment, pendant une seconde, je vois une auréole nous entourer. Tu crois que je suis complètement paf ?

— Oui, mais à la manière de quelqu'un qui sait qu'il est déjà au paradis.

— Ah ! fait Baylor en riant et en pleurant en même temps. Je suis au paradis. Au milieu de Thornton. Ici avec ma famille, avec le clan zinzin des Ya-Ya, avec les cent cinquante bulbes de jonquille que j'ai plantés : ils sont confortablement installés sous terre, en parfaite sécurité jusqu'au printemps où ils fleuriront.

— Je t'adore, Baylor, joyeux Noël !

— Je t'adore, ma Siddy !

— Dommage que je ne sois pas là avec Connor.

— Mais tu es là. Dans mon cœur.

Après avoir raccroché, Baylor conserve le combiné contre lui, comme s'il tenait sa sœur dans ses bras.

Puis il sort sur la pelouse, ramasse de la neige et, se glissant derrière son frère, la lui enfonce dans le cou.

Little Shep se retourne :

— T'es pas fou, petit frère ? Tu sais ce que je pourrais te faire ?

— Ouais, je suis dingue. Et alors ?

Little Shep réussit à se débarrasser de la neige, prend son petit frère dans ses bras et le serre à l'étouffer.

Ils entendent alors la voix de leur mère venue du patio leur crier :

— Enlace-le ! Embrasse-le ! L'Enfant Jésus adore être enlacé et embrassé.

Alors il advint qu'en décembre 1994, à Thornton, en Louisiane, la tribu des Ya-Ya et ceux qu'elle avait engendrés sentirent une étoile briller en eux. Ceux qui avaient eu peur pour leurs enfants et leurs petits-enfants, ceux qui avaient craint pour leur corps et pour leur âme se sentirent en parfaite sécurité, serrés qu'ils étaient dans les bras de l'amour, l'amour divin qui ne connaît pas de frontières et l'amour humain avec tous ses défauts. Dans le jardin de Baylor, endormi pour l'hiver, une nouvelle vie germait et une assemblée d'êtres faibles était persuadée d'être un troupeau sur lequel la nuit veillait.

REMERCIEMENTS

Je tiens à remercier particulièrement :

Thomas Schworer, Jr., complice en amour et en écriture.

Kim Witherspoon, mon agent, dont la profonde sagesse, la compassion et l'intelligence m'ont guidée à travers bien des tempêtes.

David Forrer, son associé et bras droit, et le merveilleux personnel de Witherspoon Associates.

Neil Rabitoy et Barbara Connor, dont l'aide m'a évité bien des embûches.

Meaghan Dowling, mon éditeur à HarperCollins, le meilleur soutien qu'un écrivain puisse avoir.

Mary Helen Clarke, dont le talent éditorial est venu au bon moment.

Wayne Richardson-Harp, conteur de Louisiane et meilleur ami qu'un écrivain du Sud puisse avoir.

Susan Ronn, qui a lu le manuscrit et nous a donné, à lui et à moi, une amitié sans pareille.

Pat Conroy, Fannie Flag, Barbara Kingsolver et John O'Donohue, des écrivains au grand cœur qui m'ont apporté conseils et amitié quand j'en avais le plus besoin.

Et ces êtres indispensables :

Steve Coenen, Tom Wells, Toni Carmichael et Gary Larson, Wendy Best, Ann New, Julia McSherry, Sue Bucy et son clan de joueurs inspirés, Tom Sr. et Barbara Schworer, Nancy Chambers Richards, Zelda Long et le regretté Cary Long, Sally et John Renn, Donna Lambdin, T. Gibson, Marta et David Maxwell, M. Cain, Nans et Bob Metts, Lauren Artress et Veriditas, D. Buscher, George Sheanshang, Marian Wood, Mark Lawless, Barbara Gibney, Miranda Ottewell, Rome Quezada, Brenda Hafer, fée du Web, et les amies de ya-ya.com ; Mary Stien, Jay Morris, Dick Zorn, Abigail Halpirin, Peg Maas, Jon Kabat-Zinn, dont les travaux m'inspirent quotidiennement ; Corrie Moore, Leta Rose Scott, Darrell Jaimeson, Willie Mae Lowe et sa famille, dont l'amour est toujours présent ; la mère et les bébés baleines des eaux de Maui, les hérons au-dessus du Puget Sound.

Et toujours : La Sainte Vierge et sa bande d'anges infatigables.

TABLE

Un petit cadeau d'amour 11

LES GRAINES DE L'AMITIÉ

La légende de Teensy et de sa noix de pécan .. 25
Les petites belettes du bon Dieu 34
Cinéma et magie 53

L'ÉCLOSION DES JEUNES POUSSES

Premières scènes 71
Le cow-boy chantant 97
Neige au soleil 117
La leçon de choses 128
Le globe magique 162
Pèlerinage 176

MEURTRISSURES

Violences sauvages 215
La fillette du bon Dieu 246

UN JARDIN EXUBÉRANT

En sécurité 275
La nuit étoilée 309

Remerciements 341

Composition et mise en pages : FACOMPO, LISIEUX

Achevé d'imprimer sur les presses de

BUSSIÈRE

GROUPE CPI

à Saint-Amand-Montrond (Cher)
en avril 2006

N° d'édition : 4173. — N° d'impression : 061595/1.
Dépôt légal : mai 2006.

Imprimé en France